译文纪实

WHEN A KILLER CALLS

John Douglas Mark Olshaker

[美]约翰·道格拉斯　马克·奥尔谢克　著
李昊　译

杀手来电

上海译文出版社

献给安·亨尼根

从一开始她就是我们团队中的重要一员。

一切都能被从一个人的身上夺走,仅有一样东西除外,那便是人类最后的自由——在任何情况下选择自己的态度和道路……永远都有选择。

之后重要的便是去证明独一无二的人类潜力能被发挥到极致,将悲剧化作胜利,将困境化作成就。

——维克托·E. 弗兰克尔博士(Dr. Viktor E. Frankl)

目 录

前 言 ··· 001

第一部分　追踪杀手 ··· 001

第一章 ··· 003

第二章 ··· 014

第三章 ··· 023

第四章 ··· 040

第五章 ··· 047

第六章 ··· 053

第七章 ··· 063

第八章 ··· 075

第二部分　犯罪现场 ··· 083

第九章 ··· 085

第十章 ··· 092

第十一章 ·· 097

第十二章 ·· 112

第十三章 …………………………………………… 117

　　第十四章 …………………………………………… 126

　　第十五章 …………………………………………… 132

　　第十六章 …………………………………………… 148

第三部分　寻求正义 ………………………………… 157

　　第十七章 …………………………………………… 159

　　第十八章 …………………………………………… 168

　　第十九章 …………………………………………… 174

　　第二十章 …………………………………………… 181

　　第二十一章 ………………………………………… 187

　　第二十二章 ………………………………………… 193

　　第二十三章 ………………………………………… 205

　　第二十四章 ………………………………………… 211

　　第二十五章 ………………………………………… 214

　　第二十六章 ………………………………………… 223

　　第二十七章 ………………………………………… 229

后记 …………………………………………………… 234

致谢 …………………………………………………… 236

前　言

莎莉·史密斯的这一天已经够忙的了。匆匆吃过早饭，在完成了父母规定的，为自己和十五岁弟弟罗伯特进行的短暂而虔诚的祈祷后，她冲向学校，参加这个周日将要举行的列克星敦高中1985届毕业典礼的排练。毕业典礼将在南卡罗来纳州大学的卡罗来纳体育馆里举行。她和安迪·奥恩被选中演唱国歌《星条旗永不落》，因此要同合唱老师布洛克夫人一起排练。等到她跨出学校大门，这一天里剩下的时间也是相当紧迫，还得为毕业旅行做准备——下周他们将会乘游轮去巴哈马群岛。

莎莉喜欢唱歌，是列克星敦高中爵士乐队的独唱歌手，也是合唱团成员，还是舞台合唱团[①]的歌手和舞者。高中二年级和三年级里，她获得了州级的合唱荣誉表彰，在毕业年级则入选了州长艺术学院，这还是在兼顾了三年学生会工作之外达成的。她已经面试了一份暑假的唱跳表演工作，地点在州界以北，北卡罗来纳州夏洛特县西南的卡罗兹游乐园。也是在这里，莎莉那位和她长得很像的姐姐唐恩已经在表演了。尽管卡罗兹很少招收高中生，莎莉依然赢得了一个职位，她盼望着这个夏天都能和唐恩一起表演。唐恩当时和两个室友住在夏洛特县的一处公寓里。和唐恩一样，她们也在南卡罗来纳州哥伦比亚市的哥伦比亚学院主修声乐和钢琴。史密斯家这两个美貌惊人的蓝眼金发姑娘惯常在她们所属的列克星敦浸会教堂表演独唱和对唱，已经被

When a Killer Calls　　001

称为"史密斯姐妹"的两人也接到了来自该地区其他教堂数不胜数的表演邀请。罗伯特没投篮的时候,莎莉喜欢在自家车库前的篮球场上练舞,有时候她会把爸妈叫出来当观众。

但莎莉关于这个夏天的梦想破碎了。她已经花了好几个周末在卡罗兹学习乡村市集上要表演的歌舞。可仅仅排练了几次,她嗓子就哑了,没法表演。妈妈和爸爸带她看了咽喉专家,后者给他们带来了坏消息:莎莉的声带上长了结节。她得让嗓子彻底休息两周,之后六周也不能唱歌。莎莉因这个夏天没法在卡罗兹工作而心碎不已。唯一的安慰是她会在秋天的时候,升入哥伦比亚学院,同唐恩会合。

当天早上十点左右,莎莉从学校给妈妈打了个电话,说自己会在离开学校时再打通电话,这样她们可以在银行碰头,为自己的出游申领旅行支票。她在十一点左右又打了一次,说自己还没准备好出发,但很快会再打过来。父母要求她和罗伯特频繁来电,好知道他们人在哪儿,这是一条她不会反对的规定,因为莎莉喜欢聊天。年鉴里针对毕业生的评比中,莎莉被选为"最风趣的同学"。她同时还当选了"最有才的同学",但一个人没法拥有两个头衔,所以她把后一个头衔让给了另一个姑娘,后者为这个荣誉激动不已。

还要做好多事儿才能准备好。

大约在上午十一点半,莎莉再次给家里打了个电话,告诉妈妈可以在半小时后到列克星敦镇广场购物中心的南卡罗来纳国家银行分行同自己碰头。莎莉让妈妈帮自己带上泳衣和浴巾,这样在去过银行之后,就能马上到几英里外的穆雷湖,参加朋友丹娜家里举行的泳池派对。她可以在到了朋友家后,直接换下自己宽松的白色短裤和黑白条纹套头衫。

在银行里,莎莉遇到了自己的男朋友理查德·劳森和好友布伦

---

① stage choir,包含合唱和舞蹈等表演形式的舞台表演。——译者

达·布泽。她很开心自己身边有三个如此亲近的人。在拿到旅行支票后,莎莉和布伦达同理查德朝着派对去了,把她们的汽车留在了购物中心的停车场上。

当天下午约二点半,莎莉从丹娜家打来了电话,说自己要回家了。在两件式泳装外面套上 T 恤和短裤后,她和布伦达、理查德一起离开了派对。约十五分钟后,三人组回到了购物中心。布伦达和莎莉在这里取上了各自的车。布伦达说了再见,莎莉和理查德两人在后者的车里又坐了一会儿。随后莎莉进了自己那辆小小的蓝色雪佛兰掀背款汽车里,出发回家了。理查德一直开车跟着她,直到她转上一号高速,朝着雷德班克去了。

史密斯一家住在乡下的自建房里。房子坐落在普拉特斯普林斯路边一块二十英亩的地块上,离列克星敦约十英里。屋子建在远离大路的一处高地上,在七百五十英尺长的车道尽头,因此保有相当的隐私。家里的女孩儿们并不因为从之前的家搬来此处而感到激动。此前她们住在哥伦比亚市舒适的厄默社区一条独头路上,那时她们的朋友住在附近,学校就在一英里外。但她们的爸爸是在乡下长大的,他认为那里才是养育孩子最好的地方。他们的新家有足够的空间建泳池,唐恩和莎莉还能养马,虽然等到唐恩上大学后,莎莉和罗伯特已经对骑着一辆小摩托在场地上巡游更感兴趣了,马也卖掉了。这俩孩子有时候一次会骑上好几个小时,为谁能骑更长的时间而嬉戏争吵。哪怕有着柔美的女性特质,也是个坐拥天使嗓音的金发美人儿,但莎莉不像唐恩——姐姐常被戏称是个老好人——她有着挺假小子的一面。

三点二十五分左右,莎莉开上了自家的车道,把雪佛兰停下来,查看柱子上木制邮箱里的信件——她回家的时候总会这么做。因为邮箱离车子也就几步远,她于是留汽车引擎打着火,也没费心要穿上那双黑色的塑料凉鞋。

当天是 1985 年 5 月 31 日,星期五。

莎莉来电说自己要从丹娜家派对上离开时，鲍勃·史密斯和希尔达·史密斯已经在后院泳池边上躺了一阵。之后不久他们回到了屋里，鲍勃要为之前安排的高尔夫做准备。鲍勃是一名曾在高速公路部门工作的工程师，如今在为一家名叫达科电子的公司销售电子计分板和标志，经常居家办公。他也志愿在监狱和男孩矫正学校里布道。唐恩和莎莉经常陪他去表演唱歌。希尔达则是一名兼职的公立学校代课教师。

希尔达望向窗外，看见莎莉的蓝色雪佛兰停在车道头上。车子几分钟都没有动，希尔达想莎莉一定是收到了唐恩的信，停下来在读。莎莉喜欢收到唐恩的信，希尔达都有点担心莎莉是在依靠姐姐唐恩撑着过日子了，毕竟她去卡罗兹唱歌跳舞的夏日计划被声带的问题给毁了。希尔达和鲍勃是虔诚的信徒，一直试着以对上帝同样的敬意和信仰来养大自家的三个孩子。因这个夏天没法和唐恩待在一起分享舞台，莎莉非常伤心，这让希尔达有时候会质疑为什么上帝要给自己的小女儿带来如此巨大的失望。

五分钟后，前门还没有随着活泼的莎莉冲进来而洞开，鲍勃从他办公室窗户看了出去，发现她的车还停在路口。有点奇怪。希尔达告诉他说莎莉也许还坐在车里读唐恩的信，但鲍勃认为一定是出事儿了。莎莉身患一种罕见病症，名叫"尿崩症"（diabetes insipidus），也被叫做"水糖尿病"，会导致患者持续干渴以及频繁小便，所以患者几乎一直都会面临威胁生命的脱水危险。这种病无药可医，但莎莉服用着能替代抗利尿激素的药物，利用这种她身体无法分泌的荷尔蒙调节着体内的液体平衡。还小的时候，她不得不每隔一天就使用巨大的针头来进行痛苦的注射。后来，谢天谢地，一种鼻腔喷雾被发明出来了，替代了注射。莎莉的包里总备着一罐喷雾，还有一罐则存在家里的冰箱。要是由于某种原因，莎莉没有带药，她就会晕过去，逐渐陷入昏迷。无论是什么原因让她此刻还没有顺着车道开下来，鲍勃都担心不已。

他迅速抓起车钥匙,去到车库,进到自己的车里,开上了那条长长的土车道。

他几秒钟后就到了路口。莎莉汽车驾驶座一侧的车门开着,引擎还打着火。打开的邮箱下,信件散落了一地。但他没看到莎莉。他喊了她的名字,但没人回应。他看向开着的车门里。希尔达带给莎莉的浴巾铺在驾驶座上,莎莉的手袋放在副驾上,鞋子在地上。鲍勃拉开手袋,在里面摸索。莎莉的钱包和药都在。

在土路上,赤脚留下的脚印从车边延伸到了邮箱。但不祥的是,没有回来的脚印。

第一部分
追踪杀手

第一章

1985年6月3日，星期一

"嗨，约翰，"罗恩·沃克，我们小团队里的一名犯罪画像专家，站在走廊里，"有一起南卡罗来纳州哥伦比亚的绑架案。我刚接到了治安官办公室的电话，他们想要行为科学小组的协助。"

"怎么说？"我问道。

"我接到了列克星敦副治安官刘易斯·麦卡迪的电话。莎伦·菲·史密斯（莎莉的全名），十七岁的高中毕业年级学生，上周五下午在她家房前邮箱附近被绑架了。还没有卷宗，所以我只知道电话上听到的这些。"

"他们确定她不是自己跑了？"

"不是那种人，显然。她车还打着火，她的手袋连同里面的钱包都还在座位上。她还有某种严重的糖尿病，要吃药。随时带在身上的药也在包里。另外，按计划她昨天要在毕业仪式上唱国歌，然后出发去巴哈马参加毕业旅行。"

他站在我桌前，传达了麦卡迪给他的信息。女孩家的房子坐落在名叫雷德班克的乡下社区中一块二十英亩大地块上，离列克星敦镇十英里。房子从普拉特斯普林斯路上支开了一条七百五十英尺长的车道。那个被叫做莎莉的少女显然是把车停在车道口，然后去取信件。

写给史密斯一家的信件散落一地,暗示她被吓了一跳,随后被掳走了。她的父亲罗伯特·史密斯,又被叫做"鲍勃",联系了治安官办公室,后者派了个人去。没有明确的文字或者其他法医方面的线索。

治安官詹姆斯·梅茨发出全体动员令,组织了大规模搜索。周末期间,数百名志愿者外加治安官办公室全员参与了行动,哪怕当时当地的天气闷热不堪。

"我们这没啥进展,"罗恩说道,"我刚说了,还没卷宗。但治安官办公室请哥伦比亚办事处开立了一份案件卷宗。他们正在提交所有需要的材料。他们当下在哥伦比亚已有的,办事处会给我们来一个包裹。"

通常,我能意识到当地执法机构对于找我们咨询案子不是很有兴致。他们要么担心局里插手进来后揽走全部功劳,因为局里想要自己控制调查;要么认为我们的分析不会符合警方和社区牢牢钉在脑子里的理论。

但这个案子不是这样。吉姆·梅茨(即前文的詹姆斯·梅茨)和刘易斯·麦卡迪都是联邦调查局全国学院的毕业生,这是一个针对全国范围乃至很多外国资深执法机构人员举行的为期十一周的研习课程。三十七岁的梅茨已经当了十二年治安官,早已是个知名人物了。二十五岁那年他首次当选治安官,并把这个连制服、巡逻车或工作程序都没有(手下们开自己的车,想穿什么都行)的沉闷乡下办公室变成了现代执法机构。他一开始学的是工程,但后来取得了犯罪学的进阶学位,并教过大学课程。梅茨和麦卡迪两人都对调查局、犯罪画像项目和他们在匡蒂科学到的东西非常尊敬。一旦他们确信莎莉·史密斯是违背自己的意愿被绑走后,很快就同意请来当地的联邦调查局办事处以及行为科学小组的我们。梅茨联系了联邦调查局在南卡罗来纳哥伦比亚市的办事处,同负责的特工(special agent in charge,又叫SAC)罗伯特·艾维说了情况,请求调查局介入。

"哥伦比亚市办事处立刻启动了标准的绑架程序,"罗恩说道,"他们派特工去了房子那里,给电话装了监听,还派出一个监控小组。每个人都在坐等要求赎金的信息。但他们接到的却是这样的一些来电,估计是未知嫌犯打来的。第一个是在今天凌晨差不多两点二十打来的。你能想象一下这给那家人造成的影响。妈妈接起了电话,记了笔记。之后,梅茨的办公室为来电安装了录音设备。"

"有赎金要求吗?"我问道。

"那家伙没提。周末的时候有个要赎金的电话,但治安官办公室确信那是个骗子。"一个遭悲伤席卷的家庭进一步被没良心的机会主义者伤害,类似的事儿很不幸,但并不罕见,也总是会激怒我。要是我,会将所有这么做的人都绳之以法。

三天过去了,没有赎金要求,我陷入了沉思。眼下是个不祥之兆啊。在案件刚发生时,你试图保持开放的心态。但现在这样的情况只有两种可能:你遇到了带性目的的绑架案,或者要赎金的绑架案;两种情况里也都有复仇的可能,这正是我们会如此重视受害者研究的原因。所有绑架案都是让人痛心的严峻考验,但根据这项罪行的本质,如果是受金钱驱动的绑架,罪犯必定会同受害者家人互动,这会让罪犯非常容易暴露。虽然这并不意味着受害者会平安归来,但机会要大过大部分其他类型的捕食型犯罪,而且我们几乎总能逮住罪犯。据我所知,联邦调查局从没跟丢过任何一个赎金包裹。在应对有性目的的绑架时,结果往往更黑暗。在这类案子里,侵犯者通常对受害者有以权力和完全控制为目的的施虐倾向,这也是这类犯罪的动机。让受害者离开,并可能指认出自己,对他来说没有任何益处,反而大有害处。在为了赎金的绑架中,平安返还受害者是交易的一部分,虽然受害者依然可能遇害,不管是因为意外还是故意,但她或者他都有更大的生还机会。

这一次,我的头衔是犯罪画像和咨询项目经理。我同老教学伙伴罗伯特·雷斯勒共享一间办公室。就在我俩出差对全国的警察局和治安官办公室进行"旅行教学"途中，鲍勃（即罗伯特·雷斯勒的昵称）和我进行了最早的针对暴力捕食者型犯罪的狱中采访。他和我专注于连环杀手和暴力捕食型罪犯。我作为犯罪画像和咨询项目经理负责执行部分，鲍勃则作为 VICAP——暴力罪犯缉捕项目（Violent Criminal Apprehension Program）的首席经理负责研究。这个项目为全美的这类罪犯及其详细特征建立了一个数据库。

我的工作是哲学式辩论的结果。这种辩论从我和鲍勃刚开始进行监狱采访时，就一直是局里的星星之火。按照调查局的正统看法，学院是为来参加课程和联邦调查局学院研究员项目的特工及其他执法人员提供课程的。因此，参加实际的罪案调查不是学院的核心任务。但在应用犯罪心理学的前一代导师开始为他们教授的执法人员提供非正式案件咨询后，这门学科就真的可以应用到真实生活和正在调查的案件中了。

此刻，鲍勃和我已经进行了数量足够多的监狱采访，感觉自己可以开始把罪犯在犯罪前、中、后期脑子里所想的，同犯罪现场的细节、受害者研究及其他东西联系起来了。之后我们逐渐有了自信，不仅能提供事关罪犯性格和行为的情报，还可以提供当地调查人员用来引诱未知嫌犯（按我们的说法叫 UNSUB）使其主动露面的主动策略，或者帮助其他可能遇到过罪犯或同其打过交道的人站出来指认。这基本上就是匡蒂科犯罪画像和咨询项目的正式源起了。鲍勃和我的队伍中很快就加入了罗伊·黑泽尔伍德，一名专业领域是人际暴力的优秀特工。他在四年前还同我一起去亚特兰大就"ATKID 三十号"大案——亚特兰大儿童系列谋杀案——工作过。同样杰出、专注于针对儿童犯罪的特工肯尼斯·兰宁也加入了我们，但他俩都是以非正式的身份来的，因为理论上他们是负责教学和研究的。

让项目受到认可、获得拓展项目所需资源的努力也一直没断。行为科学小组主任罗杰·L. 迪皮尤是我们坚定的支持者，他经常代表我们去向学院和总部争取。身为海军陆战队老兵和密歇根州前警察局局长的罗杰，坚持认为并不断声明，与其说（我们）是从学院的本职任务上分了心，不如说对进行中的案件提供咨询是对我们理念的证明，证明我们从事的研究和指导是有用的，更证明我们存在的意义。当然，这既给他也给我们带来了巨大的压力，让我们不得不去提供"产品"并获得积极的成果。但谢天谢地，我们已经取得了一些重大胜利，尤其是在1981年的亚特兰大儿童系列谋杀案中。

毫不意外，这些早期的成功为我们的犯罪画像及咨询服务带来了更多需求。我是调查局第一个全职犯罪画像师，好几年来也是唯一一个，工作量很快就变得难以承受。1983年1月，我去找了负责学院的联邦调查局助理局长吉姆·麦肯齐，向他表达了自己的力不从心，并请求提供更多的全职同事。麦肯齐对此颇能共情，他也和罗杰·迪皮尤一样，是项目的坚定支持者。他成功向总部转达了这一请求，从别处挪了点人力和编制到匡蒂科来。实际上，这意味着要从其他项目上"偷人"来当我的首批四名犯罪画像师。于是我有了罗恩·沃克、布莱恩·麦基尔韦恩、吉姆·霍恩和比尔·哈格迈尔。

罗恩是从华盛顿办事处过来的。办事处工作是他的第一个外派任务。这并不常见，因为华盛顿办事处是联邦调查局体系里最重要的办事处之一，但他的背景足以令他获得这个职位。和我一样，他是一名空军老兵。但和我不一样的是，他还是一名有着十一年现役经历的军官，飞过F-4战斗机；还有十六年的预备役经历，涉及特别调查、安保、执法、基地防御和反恐作战。1982年，当时我们正在把犯罪画像项目正式化，在每一个办事处指定一名犯罪画像协调员作为匡蒂科行为科学小组在地方的联络员。罗恩被培训部指派为华盛顿办事处的协调员，尽管他只在调查局里工作了两年，但服役经历和心理学硕士学位使其足以胜任华盛顿办事处的工作。我第一次见到罗恩是在他来参加一次学院培训时。当我劝服吉姆·麦肯齐增加项目人力，罗恩是加入我们团队的自然之选。

现在，他站在我面前，我问道："还有人和你一起处理这桩绑架案吗？"

所有犯罪画像师都有强烈的自尊，这是我们这个职业一定会有的。在建立自信且防范过度自信的同时，我喜欢让团队一起工作、分享观点。我们当时工作中的绝大部分时刻都是凭直觉行事，这让我坚信老话所说的，三个臭皮匠顶个诸葛亮。罗杰·迪皮尤也鼓励这样做。另一方面，鲍勃·雷斯勒喜欢独立工作，像守护领地一样护着自己的案件和项目。我不能说那是错的或者说没什么好的效果，只不过那不是我的行事之道。

"对，我拉来了吉姆。"罗恩回答道。

这看起来合乎逻辑。罗恩同吉姆·赖特共用一间办公室，后者和他一样，也来自华盛顿办事处。他是在我们又争取到三个犯罪画像师编制后来的。之前他花了一年多时间调查华盛顿希尔顿酒店外针对罗纳德·里根总统的行刺企图，并为案例的审理做准备。后来，我们在行为科学小组中建立起独立的行动实体——调查支持小组——并由我担任组长后，吉姆接替我成了项目经理以及小组二把手。罗恩和吉姆都在成为优秀的犯罪画像师。

在联邦调查局的大摊子里，我们是一个很小的组织，明白我们工作的方式以及条件显得非常重要。我们会为各种各样的犯罪提供咨询——从敲诈勒索到绑架，再到性侵犯乃至连环谋杀——在任何时候，我们都面对着递上来的数百起案子，要跟上这样的节奏显然是一种挑战。有些案子简单打个电话就能处理，建议当地机构在一小群嫌疑人里找寻某种人就行；有些案子则极端耗时费力，需要大量的现场评估和分析，就好像罗伊·黑泽尔伍德和我进行的亚特兰大儿童系列谋杀案一样，要同当地警察局和联邦调查局办事处合作。

所以，鲍勃·雷斯勒和我刚开始对在押罪犯进行研究时，就意识到了在暴力捕食型犯罪的领域里，任何案子都有特定的特征，使其或多或少让我们的行为犯罪画像、罪犯调查分析和主动策略能奏效，无论涉及何种犯罪。在 J. 埃德加·胡佛局长的长期领导下，调查局的名声已经足以支持其参与所有关注到的案子里。但是，在我们这里，如果没有任何可贡献的，那就不必去浪费有限的资源或者地方执法机构的宝贵时间。用最简单的话来说：一起犯罪越是平凡普通，用我们的方法来处理就会越难。

实际上，我们那位充满传奇色彩的虚构前辈夏洛克·福尔摩斯在《博斯库姆溪谷谜案》(*The Boscombe Valley Mystery*) 里，和华生医生的一段对话说得最清晰直白不过了：

"关于案子你听说了什么吗？"（福尔摩斯）问道。

"一个字都没有。我已经好几天没看过报纸了。"

"伦敦的媒体还没有很全面的信息。我刚浏览了最近的报纸，想要掌握细节。在我看来，这似乎是那种极端困难的简单案子之一。"

"这话听起来有点矛盾。"

"但非常正确。（拥有）特点几乎毫无例外都是线索。一桩罪行越是没有特点，越是普通，就越是难办。"

动机是一桩暴力犯罪重要而有趣的一面，也是陪审团几乎都想要听到的东西，可它在侦破案子的过程中经常不是太有用。正如罗恩·沃克一开始向我描述莎莉·史密斯案时就注意到的，我们知道动机一定是钱或者某种性侵犯，也许还有复仇元素夹杂其中。一方面搞清楚动机是什么很重要，但单单这一点无法告诉我们太多信息。按照同样标准，在一条暗巷里打劫的动机很明显，但对于确定罪犯没啥帮助。

这就是为什么我们几乎从来不接联邦重罪级别的谋杀案——另一种联邦重罪过程中,比如银行劫案中,发生的谋杀——也不接其他的"常规"罪案。因为其中展示出的情景和行为对我们来说没有突出到可以在标准警方调查外再去贡献点什么。

我们专注的是一系列关键元素,有一些我们之前已经提过了:受害者分析,任何已知的、发生在受害者和罪犯之间的对话;犯罪现场的指示性信息,比如任何表明当时行为的证据;罪行本身是如何被执行的,尸体是如何被处理和抛弃的;犯罪后行为的证据;涉及多少个犯罪现场;环境、地点和时间;施害者的明确数量;有组织或者无组织的程度;武器种类;法医证据;受害者缺失的个人物品,或者故意留在犯罪现场的个人物品;抛尸地点;对幸存受害者的医学检查结果,或者逝世受害者的解剖结果。所有这些因素帮我们对未知嫌犯进行画像,并预测他——每当我们需要对未知嫌犯画像的时候,几乎永远都是"他"——的下一个行动。我们能用来开展工作的东西越多,就能越好地指导地方机构调查和抓捕。像是当天一早,莎莉的可能绑架者打到史密斯家的电话之类的元素,让我们有希望对这个未知嫌犯做出大量分析。

即使只有案件的基本轮廓提供给我们,罗恩和吉姆也已经判定未知嫌犯不太可能是在莎莉到家并停在邮箱前时刚巧开车路过。这意味着他可能已经跟踪了她,或者提前锁定了她。按照刘易斯·麦卡迪的说法,史密斯一家在当地社区里很有名,但并非大富之家,也绝对不是爱炫耀或者卖弄的,因此没有特别的理由被分为为了金钱利益而施行的犯罪类型。但罗恩被告知她是个蓝眼金发美人,在学校里颇受欢迎,还有开朗外向的性格,所以某些变态会轻易地选定她作为自己性幻想或者浪漫幻想的对象。

她爸爸发现车子打着火,钱包和药留在前座上。这一事实不仅告诉我们她不是自愿消失的,还揭示了事关未知嫌犯的不少信息。显然这不是一个能够通过帅气样貌以及/或者搭讪天赋迷倒一名女性或者让其放下戒备的男人。这是清楚自己能让一名女性和他一起离开的唯一方式只能是用强的人，毫无意外还要结合出其不意才行。如果是突袭式的进攻，他突然用强制服了她，比如以完全意料之外的头部重击打晕了她，我们就应该能看到在车子和邮箱之间的软土上留下的印迹，而不是只有从车子到邮箱的单向脚印。更可能的情况是，他用枪或者刀子强迫她进入了他自己的车里。

"随时知会我，"我对罗恩说道，"等收到哥伦比亚寄来的卷宗后，我们会同整个团队来一次案件咨询。"

罗恩离开办公室后，我发现自己无法立刻重新专注到堆在桌面上的工作。此刻我们对史密斯一案几乎一无所知，我的思绪溜回了五年多以前参与过的非常类似这桩案子的另一起案件。

1979年12月，联邦调查局在佐治亚州罗马的驻地机构（比办事处更小的调查局外派机构）特工罗伯特·利里打来电话，告知了一个特别让人困惑的案件细节。之前一周，一个名叫玛丽·弗朗西斯·斯通纳的漂亮活泼的十二岁姑娘在被校车放在自家车道上后失踪了，地点是距离罗马约半小时车程的阿代尔斯维尔。和史密斯案一样，（受害者家的）住宅和道路之间还有一段距离。她的尸体随后在十英里外的一片林区中被寻获。尸体穿着衣服，一件亮黄色的外套盖在她的头部。

致死的原因是头部遭钝器击打。在犯罪现场的照片中，她头部附近的一块石头上沾有血迹。她颈部的痕迹也暗示了是从身后遭到了人手的勒掐。尸检清楚表明她在遭未知嫌犯强奸时还是处女。尸体被发现时，一只鞋没有系上鞋带，内裤里有血迹，表明在遭性侵后，她被匆忙地套上了衣服。

和莎莉·史密斯一样，玛丽·弗朗西斯在她的环境中也是个低风险受害者，所以我想要获知尽可能多的受害者分析内容。她被描述成一个友善、活泼和富有魅力的小孩，和莎莉很像；一个样子和行为都符合她年纪的可爱的十二岁孩子（而不是显得更成熟）；甜美又天真的她是学校乐队的鼓手，会经常穿着乐队制服去上学。在鲍勃·利里（即前文的罗伯特·利里）的完整汇报和对犯罪现场照片进行了研究后，我草草写下了一些有关罪犯的基本感觉：白人男性，二十五到三十岁之间；普通或者略高于普通水平的智商；不超过高中学历的教育水平，也许是辍学生；从军队非荣誉退伍或者因医疗原因退伍；婚姻有问题或者已经离婚；蓝领，可能是电工或者水管工；有纵火以及/或者性侵的犯罪记录；驾驶一辆深色汽车，开了几年了，保养得当；当地人。按照我的经验，有秩序、有条理、强迫症的人会倾向深色的汽车。他的车应该有几年了，因为他买不起新车，但会好好保养。

我想自己可以分析得出玛丽·弗朗西斯遭遇的事儿以及是谁掠走了她，因为尸体被抛弃的地点，我认为罪犯熟悉这个地方。但是，和莎莉的案子一样，这是一次机会犯罪（crime of opportunity）。我认为，和莎莉的案子一样，这个未知嫌犯可能已经在当天或者之前见过玛丽·弗朗西斯，可能观察过她那阳光的外形，并幻想自己能同她有亲密关系，就好像我确信我们当下的未知嫌犯也幻想同莎莉能有亲密关系一样。和当下的未知嫌犯一样，这个家伙可能知道她什么时候会被放到车道上，这让我考虑他曾在这个区域里干过某些活的可能。

两起案件之间的一个不同之处在于玛丽·弗朗西斯的年幼，我认为她也许更容易经由友好的对话来接近。只有当未知嫌犯距离足够近到能把她掳进车中时，才好用上暴力或者刀枪。物理证据显示她是在他的车里被侵犯的，而这一切一旦发生，他就会看见她真实的恐惧、尖叫和痛苦，这一点都不像他的幻想。到那时，或许更早的时候，他就会意识到自己不得不杀了她，不然他的生活就算是毁了。

继续想着可能的场景，我想象他在性侵后试图控制住玛丽·弗朗西斯——当时她已经歇斯底里、惊恐万分了——告诉她快快穿好衣服，他就会放她走。然后他开车去了熟悉的树林。一旦她下了车，并背向着他的时候，他就会从她身后出手，掐着她脖子直到她摔倒。但勒掐不像人们想的那么简单，又因为他在自己车里就已经控制不了她了，他不会冒任何风险。他会拖着她去一棵树下，拿起自己能找到的最近的一块石头，不断地击打她的脑袋。

盖在小姑娘头部的外套告诉我未知嫌犯对自己的所做所为感觉不好，要是我们能抓住他——还得是很快就抓住他——就可以在审讯中用上这点。我相信未知嫌犯是本地人，也知道警方正如何严肃地应对着这桩案子。我有理由确信警方已把他当做是在绑架发生时见到过什么的潜在目击证人问询过了。我在电话上告诉调查人员，这家伙应该是个有条理的人，并为自己已经摆脱了嫌疑而自得。这也许是他的第一次谋杀，但我确信这不是他犯下的第一起性犯罪。

那起案子，如同我们阴暗卷宗里的很多起一样，受害者有着悲惨的结尾。大部分时候，我们最多能做的就是用自己的技术去防止出现更多的受害者。我发现自己不由自主地瞟向书柜上两个小女儿的照片，艾丽卡和劳伦，我禁不住希望当下这起案子能有一个更好的结局。

第二章

回到1985年,刘易斯·麦卡迪就史密斯一案给我们来电时,行为科学小组在联邦调查局学院校区的刑事技术大楼第一层占了一排办公室,学院坐落在弗吉尼亚州匡蒂科美国海军陆战队基地的树林中。不像过后几年,我们搬到了地下六十英尺的一溜狭窄办公室里,位于武器库和室内射击场的下方,此刻我们虽没有私人办公室,但有窗户可供眺望自然。我们还同大楼里的刑事技术部门共用一个会议室,他们对此并不是很开心,因为我们占了他们的一些空间。于是我们开始邀请他们参加我们的一些案件咨询会议,其中很多人似乎蛮喜欢的。

我们星期四见了面,距离罗恩同麦卡迪第一次交谈过了三天。我们为莎莉绑架一案提供案件咨询。我们尝试每周至少举行一次这样的会议,好让团队中的每个人都可以说说自己的案子(一年前,罗珊·拉索和帕特里夏·柯比分别从纽约和巴尔的摩的办事处调了过来,成了我们最早的女性犯罪画像师),供他人提出挑战性的假设和想法。当天,我们刚收到哥伦比亚寄来的史密斯案卷宗,同时还有未知嫌犯几通电话的录音。除此之外,我们每天都同梅茨和麦卡迪通电话,后者告诉我们每一个新进展以及史密斯家的情况,毕竟治安官办公室的人员已经是那里的常驻人员了。案件材料和影印的报纸文章摊满了会议桌。

除了罗恩·沃克、吉姆·赖特和我,布莱恩·麦基尔韦恩和罗伊·黑泽尔伍德也在场。所有人都就该案提供了自己的洞察,并为整个犯罪画像项目带来了重要的贡献。

罗恩和布莱恩还对项目有另外的贡献,至少我是这么认为的:他们救过我的命。

就在不到一年半之前,1983 年 11 月末到 12 月初,我带他们去西雅图为格林河系列谋杀案(Green River Murders)的调查组提供咨询,当时该系列案件俨然已经成为美国历史上最大的连环杀手案之一。之前的夏天,7 月中旬,几个少年发现十六岁的温蒂·李·考菲尔德的尸体漂浮在华盛顿国王县的格林河上。随着接下来的四具尸体在一个月内陆续出现——都是年轻女性,都是在格林河上或者河边被发现的——很明显有人在猎捕离家出走的年轻女性、妓女,以及在西雅图-塔科马沿线暂住的年轻女性。等罗恩、布莱恩和我在 1983 年 11 月抵达那里后,至少已经有十一名受害者被认为遭到了同一名未知嫌犯的杀害,后者当时被称为"格林河杀手"。那时已经成立了一个调查组,搜捕行动也成了全国最大规模的连环杀手调查。就好像谋杀的规模还不够恐怖似的,仅在此一地就有那么多脆弱的年轻女孩和妇女失踪——有些只有十四五岁——这样悲伤的现实更让人心碎,也对所有为此案工作的人造成了影响。

那也是我生活中压力尤其巨大的一段时间。哪怕有了新同事,我还是被工作量压垮了,并出现了睡眠问题。三周前,在面对约三百五十名纽约警察局、交警局以及长岛萨福克县及拿骚县的警官们就犯罪人格画像讲话时,压力席卷了我。我产生了片刻但压倒式的恐惧感,哪怕之前已经做过多次同样的讲话了。

我很快就恢复了,但无法摆脱这个预兆所带来的感觉。因此回到匡蒂科后,我走进自己的办公室,办理了一些额外的生命保险和收入保险,以防自己变成残障人士。

当天早上,我们抵达西雅图后,我为格林河案调查组做了一份演示,建议了一些主动策略。这也许能让杀手作为"目击证人"站出来,要是真发生了,我解释了要如何审问他。罗恩、布莱恩和我花了当天剩下的时间同警方去看抛尸地点,寻找更多的行为线索。西雅图的十一月不是最适合待在户外的时候,当地人还聊着前一周的"火鸡日风暴"。当晚回到希尔顿酒店后,我就倒下了,头痛,感觉自己患上了流感。

我在酒店酒吧试着喝酒放松,并告诉布莱恩和罗恩,让他们第二天自己去国王县法庭翻看记录,同警官们跟进当天早上我们讨论的策略。而我卧床休息一下的话,应该就能好一点了。

第二天是星期四,同事们依照我的要求留我独自一人。我在门外把手上挂了"请勿打扰"的牌子。但当我星期五没有出现吃早饭的时候,他们开始担心了。他们用座机打我房间的电话没人接听,上楼来敲门也没人应答。

警觉起来后,他们回到前台,管经理要了一张房卡。等他们回到楼上打开房门时,安全链是挂着的。他们听到房间里传来了虚弱的呻吟。破门而入后,他们发现我躺在地板上,几近昏迷,显然离死不远了。后来证明这是一场病毒性脑炎。我在西雅图的瑞典医院住了快一个月,第一周里有好几次差点死掉。直到第二年五月我才回去工作。当远离这一切时,我深陷沮丧,质疑着我生活中的一切,以及对这类工作的投入。罗恩是我在那段时间里见过的为数不多的朋友之一,也许是觉得他懂我,能理解我正经历的一切。

如今,我对能有罗恩、布莱恩以及团队里的其他人一起来分享洞察并帮助吸收和缓解压力而充满了感激。

罗恩带头,我们一起回顾了时间线,从莎莉消失的时间开始,一直到我们目前所知的内容。大部分信息是治安官办公室和SLED——南卡罗来纳执法局(South Carolina Law Enforcement Division)——汇集起来的。尽可能多地理解受害者的个性、行为以及案件发生前的位置，还有她同未知嫌犯所有可能的交集，这对于做出一份有效的犯罪画像非常重要。我们想象自己是涉案各方来体验案件，以各方在某一刻知道什么和不知道什么来分析每一步。

"既然我们不认为自己是在处理一起随机绑架，"罗恩回顾道，"你大概会推测它是和性有关的。但然后呢？这家伙是因为某个原因选了这个特定的受害者吗？比如他是社区里的人，还是说他是认识莎莉并看着她来来去去的人？或者他是那种跟踪狂性格，之前遇到了她，跟着她到了家，然后在遇上机会的时候就冲她去了？现在，不幸的是，我们没有关于这个罪犯的具体信息，所以只是对着可能的调查方向霰弹打鸟，想想接下来会发生什么，以及犯这种罪的典型人格为何。"

我们不得不比莎莉自己还要想得更多。鲍勃·史密斯是列克星敦县监狱的志愿牧师。他同时也在其他监狱、男孩矫正学校及机构里布道。所以是不是有可能绑架是一场复仇，针对被认为是鲍勃对某个囚犯犯下的错误，或者不过就是因为他代表了把他们关进监狱的法律而讨厌他？

我们还得知，唐恩和莎莉有时会陪着自己的爸爸为那些参加布道的囚犯唱歌。有没有某个他布道的对象迷上了其中一个或者两个漂亮女儿，决定一旦被释放就要追求她呢？每种可能都要核查到，治安官梅茨的办公室和SLED正在为此倾出必要的人力。

上个星期五，希尔达·史密斯最后一次见到莎莉，是她俩在列克星敦的南卡罗来纳国家银行碰面时。当时她们是要领取毕业班去巴哈马旅游用的旅行支票。同莎莉感情稳定的男友理查德·劳森和她在一起。希尔达估计莎莉会在结束了朋友家的毕业泳池派对后回家，之后她打算帮女儿修改一些计划带去旅游穿的衣服。因为希尔达和鲍勃·史密斯看见了莎莉那辆1978年的雪佛兰停在路口邮箱前，我们很确定她失踪的准确时间。

罗恩和吉姆推测，未知嫌犯可能在市中心就注意到了莎莉。也许嫉妒她对理查德表现出的明显爱意，后者在泳池派对之前和之后都陪着她在购物中心里，让未知嫌犯在当天下午至少有两次看见她的机会。这对情侣在去银行前，先是在邮局碰头，然后和朋友布伦达·布泽坐理查德的车去了派对。

未知嫌犯也许看见了这一情形，并跟着莎莉来来去去，等在自己车里，在距离泳池派对不远的地方，直到跟着三个年轻人回到购物中心。也可能莎莉第二次去购物中心时是未知嫌犯第一次看到她，然后等在车里盯着她进了她自己的车里。无论如何，他会在她最终到家前一直跟着她，直到她可以被迅速、高效地搞晕，并在任何附近的人还没来得及反应前被掳走的那一刻。

绑架之后，一个打给史密斯家的电话告诉他们等着莎莉的信，时间是第二天下午两点左右，我们得知这是他们信件送到的通常时间。要是未知嫌犯知道这点，那他可能监视过这栋房子，也许已经观察到莎莉通常在开上自家车道后，会停在邮箱旁。无论情况如何，我们不认为这是一次单纯的不走运和偶然的遭遇。

等鲍勃开车到邮箱前但找不到莎莉时，他开车回到了房子，按照妻子的说法，他说道，"希尔达，我不知道莎莉在哪儿，她不见了。"然后他们站在门厅里祈祷女儿归来。对上帝的祈祷和奉献是史密斯一家生活的核心信条。

在鲍勃致电列克星敦县治安官办公室时，希尔达进入自己车里，开回到路上亲自寻找莎莉。因为有尿崩症，有可能莎莉突然得撒尿，但没有时间钻进汽车开回家里。但没有女儿的踪迹。鲍勃呼喊着希尔达，让她回家来。鲍勃告诉她在房子里等治安官上门，自己则开车出去搜寻附近的区域。

没找到莎莉的任何踪迹，他回到了家里，希尔达则在车道上踱步、祈祷。治安官办公室还没人来，等鲍勃打回去电话，一名副官试着让他放心。这名副官和部门里的其他大部分人都知道并且敬佩鲍勃多年来在监狱中进行的志愿布道。

距离鲍勃第一通电话约三十分钟后,一名治安官办公室副官终于抵达了史密斯家的房子。很快就确信了莎莉不是那种会离家出走的姑娘,尤其是在没有钱包和药,自己车打着火的情况下,这名副官将这点汇报给了办公室。从这一刻起,同样认识并尊敬史密斯一家的治安官梅茨把整个部门的力量都投入了找回莎莉的努力上。

"毫无疑问她是被绑架了,"治安官办公室的队长鲍勃·福特第二天告诉《州报》,"她不是会离家出走的姑娘。我们不能接受任何她是离家出走的说法。"

与此同时,在北卡罗来纳州夏洛特县,莎莉的姐姐唐恩出门去了一家商场,想为莎莉买一件毕业礼物。她选中了一只妹妹可以在秋天里带去大学的仓鼠。等唐恩回到家,她的室友在门口迎上了她,当下她就知道出事儿了。室友说,"你得马上给你妈妈打电话。莎莉被绑架了。"她说到"绑架"这个词时,在唐恩听来像是一种外语。唐恩就是无法理解。那个词到底什么意思啊?她想,这和她期待能从室友口中听到的东西相比是如此陌生。

唐恩给妈妈打了电话,后者告诉她,"你得收拾一下。一名巡警会来你的公寓接你。"

"啥?妈妈,"她回复道,"我没法回家。我的节目明天开演。我必须参加表演。我相信莎莉没事儿的。"

"不,这是真的,"希尔达告诉她,"收拾一下。他们十分钟后就到。"

她照做了。一名南卡罗来纳州高速巡警来了,把她载回了雷德班克。跟一个陌生人进入一辆巡逻车里的感觉很奇怪,完全不知道发生了什么。她想,一分钟前我还在买东西,下一分钟就被护送回家了。

但是，她的第一想法还是一切都会被证明是个错误。我经历了这么多麻烦，打包了行李回到家；而等我到家时，莎莉就会出现在面前了。她和朋友去逛街了，或者和男朋友待在某地儿。此情此景下的真相并未尘埃落定，更像是一个小麻烦。唐恩的大秀明天就要开幕了，她应该在那儿准备开工。

回家的一路上，她一直在"这太荒唐了！"和"天哪，要是真出事儿了呢？"之间犹豫。她的思绪来回翻飞。巡警没有告诉她任何信息，因为没人知道发生了什么。那是一段非常安静的旅途。

鲍勃和希尔达知道儿子罗伯特正和朋友布拉德在乡村俱乐部的某处，可能正在打高尔夫球。他们的确是在高尔夫球场上。布拉德的妈妈接上他们，送到了史密斯家。莎莉的男朋友理查德一听到消息就冲了过去。鲍勃联系了自己的母亲，后者通知了莎莉的姑妈们；希尔达也通知了自己的一个兄弟，后者通知了家里其他人。

载唐恩回家的高速公路巡逻车开上史密斯家车道时，她终于意识到了正发生的一切有多么严重。

"就是在那一刻，我意识到那不是个错误：莎莉真的失踪了。"她说道。

这是一个她永远都不敢想象会出现在自家前院的场景。到处都是巡逻车和执法官员，亲戚朋友、教会教友都来了，再没有一丝对真实性的怀疑了。大家进到屋里，所有朋友和支持者们都聚在客厅。鲍勃说道，"让我们一起祈祷。"在一片泪水和当下所有的未知之中，他说道，"上帝，我们知道此刻莎莉人在何处尚是未知数，我们知道您清楚她在哪儿，所以我们信任您会看顾着她，我们希望您能带她回家，让我们渡过这一切。"

几小时后，唐恩的大学室友辛迪也来到了这里，其他各种朋友以及他们所属的列克星敦浸会教堂的教友们都来了，后者还带来了足够喂饱所有人的食物。

SLED 派来了自己的调查人员,由失踪人口科的特工哈罗德·S.希尔领队。希尔询问了史密斯家四口人外加理查德,看他们是否注意到了什么,或者能够提供任何线索。另一名 SLED 特工莉迪亚·格洛弗私下和唐恩谈论了史密斯一家的情况,看莎莉是否有任何离家出走的理由。唐恩告诉女特工说自己父亲很严格,有时候她和莎莉认为他的规矩太多了。她承认在几次被处罚后,莎莉打电话到学校找她,问是否可以去和她待在一起。但是唐恩从来不认为妹妹是认真的,三个孩子都爱着自己的父母,知道他们都是为自己好。唐恩重复说在任何情况下莎莉都不会在毕业典礼还有两天就举行、下周还要去巴哈马毕业旅行的时候自愿消失。

在梅茨要求下,州长办公室的应急准备部门(Emergency Preparedness Division)派出一辆改装为移动行动指挥及通讯中心的拖车,停在了史密斯家房前。哪怕烈日炎炎,仍有数以百计的志愿者加入了地面搜索,治安官的手下们则带警犬行动。星期五晚上约十点半,一名参与搜索的人在普拉特斯普林斯路边上找到了一条属于莎莉的红色头带,地点距离房子约半英里。我们好奇是不是莎莉有意抛下它作为线索的。州高速巡警也加入了搜索。

邻居报告见过一辆新款黄色雪佛兰蒙特卡洛汽车、一辆蓝色福特皮卡以及一辆颜色半红不紫的某款通用汽车——可能是奥兹莫比尔牌的卡特拉斯(Oldsmobile Cutlass)——在莎莉失踪前后出现在史密斯家的车道附近。一个深色头发的蓄须男子开着那辆蒙特卡洛,而卡特拉斯的司机看起来有三十多岁了。

案件第一个可能的突破出现在星期五晚上,当时史密斯家接到了要求支付赎金换回莎莉的电话,罗恩之前提到过。这短暂地振奋了一家人的精神,副官们追踪电话到了一个电话亭,并监视了好几个小时,等着罪犯回来提出进一步的指示。等他们终于将这通电话同一个名叫爱德华·罗伯森的二十七岁男子联系起来后,判定这是一场骗局。他遭到了逮捕，并被控敲诈勒索、妨碍司法、拨打骚扰电话、试图假冒某人来获利。"他让相关部门付出了大量人力来核查电话，并使这家人经历了不必要的痛苦。"梅茨宣称道。

治安官星期五熬了一夜，指挥协调搜索。等到了第二天早上，来自列克星敦及毗邻的里奇兰县治安官办公室的直升机已经巡视了所有方向，以期寻获线索。联邦调查局从华盛顿派了一架有红外感应功能的飞机南下。

星期日，大规模搜索继续，同时在卡罗来纳体育馆里举行了列克星敦高中1985届毕业典礼。第二排的一张空椅子代表了莎莉，典礼全员为她的安好进行默祷。很多毕业生哭了。人们对她是自愿离家并出现在毕业典礼上还抱有微弱的希望。当然，这并没有发生。

"我们深感自己同学中有一人缺席，"卡尔·富尔默校长开场说道，"莎莉·史密斯的家人们知道在这一危急时刻我们每个人都关心着他们。他们的要求一直都是让我们的毕业典礼照常举行。"

本应和莎莉合唱国歌的安迪·奥恩独自在台上进行了演唱。

"除非他们找到她，否则我都不会相信自己已经毕业了，"和莎莉同属学校合唱团的毕业生蕾妮·伯顿告诉《州报》记者迈克·刘易斯，"我们家庭的一员缺失了。"

之前一天加入了搜索的另一名合唱团成员克里斯·考曼补充说，"如果你们不是一整个班毕业的，那你就没有毕业。"

合唱团老师瓦莱莉·布洛克称莎莉"也许是我教过最有天赋的学生。她天生就有乐感"。

不仅是她的同学和老师们遭受了创伤。如果一个像莎莉·史密斯这样甜美、无辜的女孩都可以平白失踪，社区里就没人会感觉安全。

第三章

犯罪画像小组围坐在会议室周围开始分析星期日毕业典礼后发生的事,翻看案件卷宗,并将注意力转到了过去的星期一,即六月三日的事件。

自星期五起,史密斯家里就被执法人员、家族成员、朋友及教友们挤满了,唐恩和罗伯特一直在父母的卧室里过夜。尽管难以入睡,但这里似乎是一家四口的唯一庇护所。因白天的情绪而疲倦不堪,四个人逐渐睡了过去。

电话在星期一凌晨二点二十分响起。

鲍勃从躁动不安的睡眠中醒来,接起了电话。就在他要开口前,治安官办公室的人员冲进了房间。一个男性的声音要求史密斯夫人接电话。

"我是史密斯先生,"他说道,"有什么能帮到你的吗?"

来电的人坚持说自己想和史密斯夫人通话。

希尔达接过了电话,那个男人说自己想要给她一点关于莎莉的信息。希尔达以为自己是在同一名警官或者治安官说话,所以示意鲍勃给她拿本子和笔做记录。

来电的人说自己想要给她点信息,好证明这个电话不是骗局,接着就对她描述了莎莉失踪时穿的衣服,并称官方搞错方向了。他告诉她说他们会在第二天寄来的邮件里收到一封莎莉的信,还说治安官梅茨应该在第二天早上 WIS-TV 的十频道上宣布自己打算叫停搜查。

在对一通深夜来电的茫然迷惑中,希尔达等到挂断了电话才意识到自己交谈的对象不是一名执法官员。她是直接在同自家女儿的绑架者对话。

"那男人绑走了莎莉。"她告诉唐恩。

唐恩后来告诉我,那时她最终意识到莎莉绝对是被绑架了。但她又想,行吧,要是莎莉有信来,就意味着莎莉还活着。这给了一家人希望。"你没有答案的时候,"终于见面时,唐恩告诉我们,"你就会接受任何类似答案的东西。"

这通来电经由电话服务提供商奥特追踪到了高速路 378 号 C. D. 泰勒杂货店外的一部公共电话。位置在列克星敦外约五英里处,距离史密斯家有十二英里。但等警官们抵达现场时,未知嫌犯已经走了。他们处理了电话和紧邻的现场以提取指纹和任何可能证据的痕迹,但一无所获。这给了我们一些事关罪犯的信息:他富有条理,小心地从一个随机地点打了电话,擦拭了他可能触碰的任何东西,不留下痕迹。

希尔达·史密斯记录的电话笔记里还有另外一条对我们犯罪画像至关重要的行为线索。未知嫌犯在描述史密斯一家会收到莎莉的信时,提到了页面顶端会有"6/1/85"的信头,时间则会是"3∶10 A. M."。然后他补充说实际的时间是 3∶12,但他四舍五入掉了。这告诉我们他不仅有着小心谨慎的习惯,还有强迫症。这大概是一个会列出清单的家伙,并在自己的日常生活中是非常有条理的。我们希望这些正在积攒的线索中有一部分能帮助锁定嫌犯。

治安官梅茨不可能等着邮件下午寄到,再看看那封所谓的莎莉来信里有什么。他的办公室给列克星敦县邮政局局长托马斯·鲁夫打了电话,请他同警官 J. E. 哈里斯和理查德·弗里曼在凌晨四点碰面,打开邮箱,搜寻那封信。三人一起费力地分拣着寄给县里所有地址的所有信件。

大约早上七点，在一堆当天早些时候从哥伦比亚分发中心来的邮件里，他们终于找到了想要的东西。那是一个白色的标准信封，简单地写着"史密斯一家收"，第二行则是他们的乡道编号和邮箱编号，"Lex. S. C. 29072"写在第三行。没有回信地址——有时候罪犯会提供虚假的回信地址以扰乱调查。信封上的邮戳是六月一号，贴着一张面值二十二美分的来自民间艺术系列的邮票，上面印着绿头鸭假鸟诱饵。鲁夫告诉警官说绿头鸭假鸟诱饵邮票是当年发行的，此刻正在销售。

我能告诉你好几次同美国邮政检查局印象深刻的接触，任何一个同邮件打交道的人都以最严肃的态度来对待邮政系统的神圣和安全。鲁夫让人把鲍勃·史密斯带去了邮政局，正式地递送了那封邮件。

等鲍勃到了，信件被戴着手套的手小心打开，并被放在透明套子里以保存任何指纹、纤维或者其他证据。通常来说，你并不知道哪些不可预测的事实或者元素会变成关键的证据。

信封里是最折磨人、最令人心碎，与此同时，也是我在执法生涯的那么多年里所见过的最感人、最勇敢、最非同寻常的内容。我们在会议室里俯身阅读副本的时候，都大受震撼，一时间说不出话来。多年来，我在头脑中一次又一次地回想起这封信。我确信自己初读时哽咽了。直到今天，我也只能想象，莎莉的家人读到信时会作何反应。同时，这封信也对任何认为这是一起赎金绑架案而残存有念想或是希望的人盖棺论定了。

这封信写在黄色标准信笺簿上撕下来的两张蓝横线信纸上，是莎莉的笔迹。第一页左下角用大写字母写着"上帝即爱"，下方则是一颗心，里面写着"莎莉查德"[①]。

[①] ShaRichard，莎莉和男友理查德名字的造词。——译者

When a Killer Calls

6/1/85 3:10A. M.　我爱你们大家
遗嘱
我爱你们，妈咪、爸爸、
罗伯特、唐恩和理查德，以及
所有人，所有的朋友亲戚。我此刻要同
天父在一起了，所以
请不要，请不要担心！
请记住我风趣的
性格和我们共享的
了不起的特别时光。请
永远不要让这件事毁了你们的
生活，而要一天接一天地
为基督而活。有些好事儿
会从此事中来。我的
思绪将永远和你们一起，
留在你们心中！！（关上棺材）我他妈如此地
爱着你们。对不起，爸爸，
我不得不说次脏话！上帝
原谅我！理查德，亲爱的——我
真的爱过，并会永远爱着
你，珍惜我们特别的
时光。但我有一个要求，
接受基督是你的
救星。家人一直是
我生命中最重要的影响。
游艇的费用我很抱歉。某人

麻烦替我去吧。
【第二页】
我很抱歉,如果我曾经
以任何方式让你失望过,我只是
想让你为我骄傲。因为我总是为
我的家庭而骄傲。妈妈、
爸爸、罗伯特和唐恩,我有太多
想说的,应该以前就说的。
我爱你们!
我知道你们都爱我,会
非常想我,但要是
你们像我们一直以来那样
团结一心,你们会熬过去的!
请不要太痛苦或者
太生气,对那些爱上帝的人
一切终将归于平静。
【笑脸符号】
我至死不渝的爱——
我爱你们大家
全心全意
莎伦(莎莉)·史密斯
又及,奶奶——我非常爱你。我
感觉自己是你的最爱。你也是我的最爱!
我太爱你们了

作为处理案件流程中的重要部分,我试着让自己身临受害者所处的境地并进入其脑海。对我来说,这是理解罪行所有内容的最好方式：将未知嫌犯所思所想同犯罪现场遗留的证据及医学检查人员报告这类信源联系起来，搞清楚他如何看待自己同受害者间的关系。比如，受害者只是一个供侵害者使用的物品吗？还是他对她加诸了特别的意义或者人格？

在施以同情的同时，执法机构的我们也要试着保持客观以及合理的疏离。但在你不得不试着感受受害者所感时，这就不可能做到了。在她写下这份遗嘱时，让自己进入莎莉·史密斯的脑海几乎是无法承受的。

我感受到了她的性格、勇气以及这名仅仅一天前还在期待自己毕业典礼、期待在同学和父母面前歌唱以及毕业游轮旅行的欢乐和冒险的杰出少女的信念，也感受到了她身处情景中的悲伤和恐惧：她接受了自己将要早早逝去的事实，她将被剥夺自己有权享受和期待的所有快乐和人生经历。她再也见不到家人或者男友了。她再也没法和姐姐同台演出了。她永远也没法结婚了。她永远不会有孩子或者孙辈。而所有这一切都是因为某人的选择，某个她可能在周五前从未见过的人。我不知道他是否性侵了她。我不知道他有没有在她身边没药的时候还拒绝提供她所需的大量饮水。但我确实知道的是，正是他把她置于了这个致命的境地。

我盯着 SLED 放在案件卷宗里的肖像照副本，莎莉的金发瀑布一样垂到了肩膀之下，她带酒窝的微笑仿佛可以点亮整个房间，双眼如此明亮地闪耀着对未来的希望和期许。这张照片也出现在《州报》周日版的头版头条上。我幻想这个年轻姑娘拿起笔那一刻的样子，不知她如何在写下遗嘱时唤起深不可测的勇气和信念，让她来想象自己的死会对她所爱的人造成的影响，这既惊恐也让她肝肠寸断。厄内斯特·海明威将勇气定义为"重压下的优雅"，我想不出比莎莉更贴切的例子了。妻子帕姆和我当时有两个年幼的女儿，想到莎莉父母读了这封信，就让我对他们敞开了心扉，完全地将我绑定在了这桩案子上。我清楚它对罗恩·沃克和吉姆·赖特来说也是同样重要,他们两人都有年幼的女儿。

我认为那个绑架了莎莉的男人,在她完全清楚的情况下,计划要迅速地杀掉她。这个未知嫌犯,这个我们已经确定无法通过智慧、魅力、风趣、幽默或者好皮囊吸引到女性的男人,显然享受着自己对这个漂亮姑娘的生死的掌控,施虐狂般地尽情感受着他们的共识:她很快就会丧生在他的手下。即使没了莎莉来施行精神虐待,他还能继续放纵自己的任性,不断地打电话给她家人,在精神上折磨他们。我阅读那封信、听取那些录音的时候,痛恨着这个从未见过的男人。在我工作的领域中,从客观性的角度来说,这不是特别有用,但有时候是无法避免的。围绕着桌子的每一个人都表示要将他绳之以法,并让他为罪行付出代价。

信封和信件被拍了照后,送去了 SLED 的问题文件小组(Questioned Documents Unit)。中尉马文·H. 道森,昵称"米奇",首先同莎莉已知的笔迹进行了对比,判定确实是她写下了这封信。道森是全国顶级的法医文件检查员之一。十年前,1975 年,他建立了 SLED 的文件实验室。

就像未知嫌犯把用过电话上的指纹擦拭干净一样,信纸和信封上也没有指纹或者能确定身份的线索。在一系列的分析中,道森和文件检查员盖勒·希斯将信件通过 ESDA 的检查,这是静电检查仪(Electrostatic Detection Apparatus)的缩写,一台尺寸和形状都像是桌面打印机的机器。问题文件被用特别的显影胶片紧紧盖住,人眼看来就像是被用赛纶保鲜膜(Saran Wrap)裹住。ESDA 不会去管页面上的笔迹,而是用石墨微粒去填页面上细微到几不可见的凹陷。这是个漫长而痛苦的过程,但道森的想法是这两页信纸显然来自一本更厚的信笺簿,也许 ESDA 可以揭示信笺簿之前的页面上写了些什么,那也许可以提供未知嫌犯的身份信息或者地址。

重现一下时间线：副治安官刘易斯·麦卡迪是在收到了遗嘱后首次致电匡蒂科，同罗恩·沃克通了话。

从能否幸存的角度看来，莎莉的信显然不能让我们乐观。但在星期一下午，我们希望她还活着。在SLED队长莱昂·加斯科建议下，史密斯一家四口和治安官梅茨站到了房子外的车道上，对媒体发了言。一百华氏度的灼热阳光下，鲍勃·史密斯一只手环着希尔达的肩膀，另一只手环着唐恩的肩膀，宣布："我们只是想说，不管是谁绑走了我们的女儿莎莉，我们只想要她回家。我们想念她。我们爱她。请放她回家，回她的所属之处。"

然后是治安官梅茨。他因过去几天的压力而备显憔悴。他说，调查人员们相信莎莉可能还活着，有人将她绑作了人质。他宣布，如果有人可以带领官方找到莎莉或为她失踪负责的人，可获得一万五千美元的赏金。"只要还有希望，搜查就不会终止。"

朋友和教友们依然带着足以喂饱所有人的食物登门。当地电力公司为SLED及治安官办公室带来的所有应急设备架设了额外的供电线路。

时间是星期一下午的三点零八分，电话在史密斯家的房子里响起。唐恩拿起听筒，刚回了一句"你好？"，录音设备就自动启动了。

"史密斯夫人？"

"不，我是唐恩。"

"我需要和你妈妈说话。"

"我能问问是谁吗？"

"不能。"

"好的。好的，请稍等。"

希尔达花了一小会儿才走到电话前。

"你今天收到那封信了吗？"

"是的，收到了。"

"你现在相信我了吗?"

"那个,我不是真的确定能相信你,因为我没听到莎莉的一点儿声音。我需要知道莎莉没事儿。"

"你过两三天就知道了。"

"为什么要两三天?"

"叫停搜查。"

"告诉我她没事儿,因为她有病。你在照顾她吗?"

就在那一刻,对方挂断了电话。

这通电话追踪到了列克星敦镇广场购物中心艾克德药店(Eckerd)里的公用电话,距离史密斯家约七英里。正是在这个购物中心,莎莉和朋友布伦达停放了自己的汽车,然后同理查德一起坐车去了星期五的那个泳池派对。这强化了罗恩和吉姆的想法,即未知嫌犯也许最开始在那里看到了莎莉,跟踪了她,直到她驾车回家。

调查局工程部门的信号分析小组判定来电的人使用了变声器或者变速装置来掩饰他的声音,这表明了他做事时考虑得相当缜密。

我们在案件咨询会议上听取录音内容,浏览卷宗中的所有元素,试着去考虑所有的可能性。受害者分析永远是关键的考量:罪行发生时,情况对受害者的风险有多高?受害者有没有任何已知的敌人?受害者收到过任何威胁或者在罪行发生前观察到任何可疑行为了吗?诸如此类。但受害者分析不总是关于罪行侵害的这一个个体的。

那个短短的来电给了我们关于未知嫌犯的额外信息。他询问史密斯一家是否收到了那封信,这展示了他的自大以及想要控制这家人的情绪。我们会将这一点归为罪犯的一个标志。我们将"标志"定义为罪犯必须去做以在情感上满足自己的行为,而不一定是确保犯罪成功的行为。比如,要是他是个施虐者,肉体上的折磨也许会是标志的一部分;要是他是某种特定的强奸犯,在侵犯受害者时要她遵照口头告知的程序可能就是一个标志元素。以自称"山姆之子"的大卫·伯科威茨为例，这个在 1977 年以".44 口径杀手"的名号吓坏了整个纽约的人，会在自己开火的现场自慰，之后再回到谋杀现场一边自慰一边回味自己行为所带来的快乐和权力感：回到现场成了犯罪总体目标的一部分，这便是他的一种标志。

此外，一贯手法（modus operandi, M. O.）是普通公众更熟悉的。一贯手法是罪犯感觉自己必须去做以确保犯罪成功并顺利逃脱的行为。比如，小偷或者抢劫犯在进入房子前割断电话线，就可以算是一贯手法。臭名昭著的连环杀手西奥多·邦迪，即泰德·邦迪，经常在自己手臂上打上假石膏，以此让女性觉得他不危险，认为他需要她们帮忙把食品杂货搬到车上。这个石膏就是他一贯手法的一部分。之后他对那些女性所做的，则全是他的标志。

我们对来电进行语言心理学分析而获得的一贯手法线索同样重要。两个关键表达出现在了未知嫌犯的回答中。当时希尔达说自己需要知道莎莉是否一切都好，对此他回答道，"过两三天你就知道了"；然后他的下一句话是"叫停搜查"。他显然从吊起史密斯一家中获得了一些快感和满足，而我们也非常确信他会好几天都不告诉他们任何确切的东西。他叫停搜查的要求可能是让自己可以单独和莎莉共度更多的时间，前提是他还让她活着。更可能的是，他要让她的尸体有时间在超一百华氏度的高温以及弃尸处柔软潮湿的泥土中分解，不留下有用的法医证据。这家伙在自己的犯罪手法中具备强迫性行为，并条理清楚。

治安官梅茨在一次来电里告诉我们，祈祷和尝试休息的间歇中，希尔达、鲍勃、唐恩和罗伯特不断重复阅读莎莉的信件，试图找到一点点希望的微光。希尔达感觉自己内心正在崩塌，但努力为丈夫和孩子们坚强起来。唐恩的脑中则摆脱不了自己妹妹强调的让棺材关上的图景，希望这是她试着传递给他们的某种密码。也许她是被下了药，或者因为她的尿崩症而处在某种不一样的精神和身体状态之中。但莎莉对家人和理查德的关心,以及他们要如何来应对失去她的岁月,这一切看起来是如此直接,很难从中找到希望或者安慰。与此同时,唐恩惊讶于自家妹妹的慈爱,在那样的时刻和情形下,她还关注的是他人而非自己。

然后,晚上八点零七分,电话又响了。等冲下楼梯进到厨房接电话的时候,唐恩已经上气不接下气了。她试着强迫自己听起来镇静些。

"你好?"

"唐恩?"

"是的。"

"你是从夏洛特回来的吗?"

"对,没错。请问是谁?"

"我需要和你妈妈说话。"

"好的。我叫我妈妈。她来了。"

"告诉她快点儿。"

"她正赶着来呢。告诉莎莉我爱她。"

"你们今天都收到她的信了吧?"

"对,收到了。妈妈来了。"

"我是希尔达。"

"你读过莎莉·雷的信了吗?"

他说错了莎莉的中间名,但哪怕是这一点小细节也在我们的心理语言学分析中有着重要的提示作用。东一点、西一点,他为自己建立了同这个家庭的某些虚假联系或者说亲密往来。但在家里和自己的朋友熟人圈子里,莎莉都只是用自己名字的简称,从来不用莎莉·菲这个名字。我们从中看到的,是未知嫌犯在创造她的个人关系,给予他对其身份的认知。从某个方面,这像是媒体总是用罪犯的名字和中间名来称呼他们,以求达到不混淆的目的。举个例子:我们都知道刺杀约翰·肯尼迪总统的杀手叫李·哈维·奥斯瓦尔德,这正是他在历史上的身份,哪怕他几乎从不使用自己的中间名。我不想过度解读这一点,但莎莉的绑架者显然感觉一旦自己控制住了她,就能按照自己的兴致和认知来定义她。

"你今天收到那封信了吗?"

"是的,我收到了。"

"告诉我信中说到的一件事。"

"告诉你信中说到的一件事?"

"任何事。赶紧的!"

"莎莉查德。"

"还有呢?"

"莎莉查德边上有一颗小心形,写着……"

"有多少页?"

我们认为来电者立刻从莎莉和理查德的关系上转移话题,这一点是很重要的,因为在他脑海中,很可能已经在自己和莎莉之间构建出了亲密关系。要是他继续来电,我们期望他会突然说莎莉告诉他自己已经和理查德分手了。

希尔达回答了他的问题:

"两页。"

"好的。是不是黄色的信笺?"

"对。"

"第一页的一边上写着'耶稣即爱'?"

"不。'上帝即爱'。"

"对,'上帝即爱'。"

"没错。"

"好的。所以你清楚这不是恶作剧电话。"

"对,我知道。"

来电者继续抱怨治安官梅茨还没有上电视宣布叫停搜查。然后，他完全不诚实地明确道：

"好吧，我试着做所有可能的事儿来回应你们的祈祷。所以拜托了，以上帝的名义，配合我。"

"你能回答我一个问题吗？求求了。你……人很好……你似乎是个有同情心的人……我想你知道作为莎莉的母亲的感觉，知道我有多爱她。你能不能告诉我，她没药吃的话身体可还好？"

"莎莉每小时要喝两加仑多一点的水，之后就会上厕所。"

他告诉她莎莉喝了不少水，说她应该安排一辆救护车等在他家。这只是为了挑逗她。

"好的……准备一辆救护车……现在就办，这很重要。这已经太失控了。请原谅我。让一辆救护车在你家随时待命。"

"一辆救护车随时……"

"按照莎莉的要求……她要求只能直系亲属来，还有治安官梅茨和救护车人员。她不希望把这搞成一场马戏。"

"好的。行。"

但在未知嫌犯为莎莉的幸存提供希望的同时，也提到了她的要求，即要是发生了不测，她的棺材在丧礼上要合着，她的双手应该被摆出祈祷的姿势。

"她在括号里写的'合上棺材'，要是我发生了什么的话，她说道。一个她没有写在那儿的要求是把她的双手放在肚子上，就好像她是在棺材里祈祷一样。"

"什么？"

"双手交叉。"

"为什么你会有事？我们不想伤害你，我发誓。我们只想要莎莉没事儿，一切都好说，好吗？"

我们不清楚当未知嫌犯说"要是我发生了什么的话"时，他所指

When a Killer Calls　　035

的是自己，还是在引用莎莉的话。希尔达显然认为他指的是他自己，于是想要向他保证没人会伤害他，他们只想要莎莉平安归来。他忽略了希尔达哀求的善意，再一次提到了没被记录下来的第一通一大早的电话，换上了一副紧急的语气。

"早上我告诉你说你们找错方向了，对吧？"

"是，你说过。"

"我希望你能记住那点，我不知道为什么。"

"我记住了。"

"好的，那请好好听我们说。别管列克星敦县。查查萨卢达县。你明白了吗？"

"查查萨卢达。"

"完全正确。十五英里半径内，离列克星敦县最近的地方，就在边界旁。明白了吗？"

"明白。"

"还有，拜托了……要赶紧去……拜托了，现在就去，这是莎莉的请求。莎莉的请求。我们通知地点的时候不要陌生人听。"

在进一步指示之后，他给出了最明确的声明，至少在我们的心理语言学看来是如此。

"我想要告诉你另一件事儿。莎莉现在是我的一部分了——身体上、精神上、情感上以及灵魂上。我们的灵魂现在是一体的。"

"你的灵魂现在和莎莉同在了？"

"对，我们在为此努力，所以按照我们所说的去做。你们一直没有照做。我不明白，她也不明白。我们坐在这儿看着电视，却没有看到治安官，我们……"

"莎莉为什么不和我说话？她这么熟悉我。"

"这就是为什么她请我来和你沟通，而不是和你丈夫。你不知道原因吗？"

"是，我知道。我知道她想和我说话。"

"她说过她真的很爱你们，就像她说的，别让这事儿毁了你们的生活。"

"我们不会让这事儿毁掉我们的……"

"好，行吧，不是……"

"听着，你转告莎莉一件事儿。"

"什么事儿？"

"要是莎莉离开了这个世界，而我因为自己以这么糟糕的方式失败了而背负内疚，我的生活就不可能再有一丝幸福了。因为我爱她，我想要她幸福。我会做任何事儿来达到这点。她不是非得回家。好吗？我是认真的。她不一定要回家，活着就好。"

"行吧，时间到了。现在拜托了，让救护车随时待命。"

挂断电话之前，他用额外的一点信息又挑逗了一下希尔达。

"莎莉得到了保护。就像我说过的，她如今是我的一部分了，上帝保佑我们。晚安。"

除了不知道他是谁，这整个过程几乎就像是我们在为自己的连环杀手研究采访一名在押联邦罪犯了。我们都意识到这有多么奇怪和不寻常。无论让希尔达经历这一切有多么焦虑痛苦，来电的确确给了我们很多可供分析的东西，同时也让我们有了丰富的材料来继续构建罪犯画像。来自活跃杀手以及其他暴力罪犯的交流并不鲜见。1977年，在席卷纽约市的"山姆之子"恐惧之中，大卫·伯科威茨就给纽约市警察局探长约瑟夫·伯雷利和纽约《每日新闻》(*Daily News*)的专栏作家吉米·布雷斯林寄过信。在好几年里，威奇托的"BTK杀手"丹尼斯·雷德一直给当地报纸和电视台写信。目前尚未查明的"黄道十二宫杀手"至少三次在旧金山地区的报纸上发布过信件。这三名连环杀手的绰号都是自己起的。

确实能看到寻求恶名的杀手通过难以追踪的信件（如今利用的是

社交媒体和其他通讯方式）试着来获得曝光，但有这么一个未知嫌犯不断地同受害者家人说话，大方地给出其恶行细节，与此同时还试图展示出一种几乎是对话式和亲密的语调，这让我们觉得大不寻常。从鲍勃·雷斯勒和我进行的监狱采访中可以回顾连续暴力罪犯脑子里的想法。现在的这个案子则给了我们一个史无前例的"实时"窗口，以窥视这个未知嫌犯的动机。

除了"感受"罪犯并理解他的自怜及就莎莉的状况对其家人的施虐式挑逗，我们还发现他追踪着媒体的报道，这是非常有用的证据，让我们得以基于他所看到的来预测他的下一步动作。几年前，在亚特兰大儿童系列谋杀案中，一个电话打到了距离亚特兰大约二十英里的小镇科尼尔斯的警察局。来电者自称是那个儿童杀手，并使用了涉及种族的脏话。他说自己"会继续杀"更多的孩子，说出了希格蒙路沿线的一个具体地点，宣称警方会找到另一具尸体。

听着记录那通电话的磁带，我能判断这个种族主义的混蛋是个冒名顶替者：他听起来像是一个年长的白人男性，而我们已经判定杀手是个年轻黑人，不是三K党一类的人。但来电者是在调戏执法部门，显然感觉自己占据了优势，所以我告诉警方必须要抓住他，因为他会一直打来电话扰乱真正的调查。我建议他们特别查看希格蒙路上他指出地点的对面，我知道他会在观察这一切。也许他们可以将他当场抓获，否则就得追踪来电。

警方大张旗鼓地做了一场公开表演，"搞乱了"他提到要去查看的地方。他真的打回来炫耀了，警方也因此在这个老年红脖子佬自己家中将他抓住。但意义更重大的是，真正的杀手随后在希格蒙路上抛了一具尸体，好像是偏要往警方一直搜寻的地点抛来展示他占尽先机似的。我当时就意识到了媒体是一条双向车道。要是能确定一名未知嫌犯在追踪媒体报道，我们就公布能引领着他做出特定反应的事实。这一点最终帮助我们据亚特兰大儿童系列谋杀案中的若干案件而抓捕并起诉了韦恩·B. 威廉姆斯。一旦我们知道莎莉的杀手在追踪媒体报道，就能相应地定制主动策略。

在多年研究中，我们已经得知了大部分捕食者型罪犯有三个主要表现来满足他们犯罪时的情感动机：操纵、统治和控制。从我们听取的电话对话中，很明显这个未知嫌犯把三个方面都展示出来了。他指示希尔达去做他想做的，并逗她说治安官办公室查错了方向。他逗引她说莎莉会被释放，但同时也表示她的身体状况可能危急，应该让一辆救护车待命。他显然表现出很享受希尔达的恳求。

最近的那通电话被追踪到了沃尔街商店的一部公用电话上，在20号州际高速和204号州际高速的十字路口附近，距离史密斯一家的房子约八英里。和之前一样，等官员们抵达现场时，来电者已经消失了，没有留下物理证据。

第四章

星期四，会议室桌上的材料中有当地星期二报纸的复印件。两份报纸都将这起案子作为头条新闻。《州报》展示了莎莉的肖像，旁边是她家人和治安官梅茨在车道上开新闻发布会的照片。头条标题是"治安官认为少女还活着"，副标题则是"失踪少女的家人恳求让她回家"。《哥伦比亚记录报》(Columbia Record)用了同一张莎莉的照片，还有一名SLED特工向搜寻志愿者通气的照片。它的头条标题是"治安官扩大的搜索范围"，副标题是"梅茨对少女还活着保持乐观"。

那个星期二早上，史密斯一家人录制了一场电视采访，他们希望莎莉和她的绑架者能够看到。"莎莉，我们非常爱你，"希尔达说道，"我们不会放弃寻找你。我知道你有人照顾。我们从上帝那里获得了笃定的保证，说你会同我们再在一起。"

"没有你，我们就不是一家人了。"唐恩补充道。

志愿者们分发了一千多张由当地一名印刷商提供的印有莎莉照片的传单。列克星敦州银行捐出五千美元，市民们又自发捐出五千美元，奖金很快就达到了二万五千美元，以奖励关于莎莉下落的信息或者为她失踪负责的人的相关信息。

当天余下的时间，史密斯一家怀着忐忑的痛苦等待着。鲍勃母亲的医生为鲍勃和希尔达开了安眠药，自然睡眠对他们来说是不可能的了，而他们已经到了精疲力竭的境地。不断有司机降低车速停在普拉特斯普林斯路的史密斯家车道口,问在那里值班的警官有没有任何消息。

"唐恩?"

"是我。"

"这是莎莉·菲的要求。让你妈妈接另一部电话,快。"

"接另一部电话?接另一部电话,妈妈。"

"准备好一支笔和一张纸。"

"准备好一支笔和一张纸。好的。"

"好的。"

"她还没接起电话。"

在等的时候,他说道:

"我知道这些电话是被录音和追踪的,但现在不重要了。我不要钱。所以这是莎莉·菲的最后要求:第五天,让家人们休息,莎莉·菲已经自由了。记住,我们现在是同一个灵魂了。找到她,你们就找到了我们俩。我们是一体的。上帝选择了我们。尊重所有过去和现在的要求,真实的事件和时光。"

未知嫌犯的话不过是进一步明确了他的自恋和在操纵及控制中获得的施虐之乐。"莎莉·菲的最后要求"以及"莎莉·菲已经自由了"是矛盾的声明。她获得自由可以指从这一世生命中获得了自由,也可以是从折磨中获得了自由。"第五天……你们就找到了我们俩"有一种《圣经》的气质。我们不会期待他同莎莉一起被寻获。我们确信那只意味着他已经决定了要保留她的尸体多久,以不被官方寻获,好让任何物理证据都有效地腐坏。这其中有谋杀后自然的暗示。要是来电继续,他继续威胁/承诺要自杀的话,也并没有什么奇怪的。但我们完全不相信他真会自杀。这家伙对自己及自认为所拥有的权力过于有信心了,是不会放弃自己的生命的。从星期一起,在一开始向我介绍案情的时候,罗恩就说在他看来这(来电)不会是一次性的。这个未知嫌犯太喜欢自己的所作所为了。

录音继续播放：

"下午三点二十八分，星期五，五月三十一……"

"等等，太快了。下午三点二十八分"

"莎莉·菲被用枪从你家的邮箱前绑走了。她心中对上帝有敬畏。她当时在邮箱旁边。这就是为什么她没有回到自己的车上。"

下一段声明进一步证实了他的强迫症，同时也有可能是在照着剧本或者笔记朗读。

"好的：早上四点五十八分，不，抱歉；等一分钟。早上三点十分，星期六，六月一日……呃……她手写的信你们收到了。早上四点五十八分，星期六，六月一日。"

他为说错时间道歉，与之对照的还有为绑架莎莉道歉，都说明了他的自恋和对控制的内在需求。就好像他需要明确时间才能从被他毁掉生活的人们那里获得正经认可似的。他继续说道：

"好的。星期六，六月一日，早上四点五十八分。成为一个灵魂。"

"成为一个灵魂。那是什么意思？"

"现在别问问题。"

关于未知嫌犯在时间上的错误和希尔达的问题，我们脑子里几无疑虑。早上三点十分，如他所说的，是"你收到她的手写信"时间。早上四点五十八分一定是他杀死她的时间。其他的一切都不过是出于他对权力的感觉和自大而进行的操纵。他继续着：

"祈祷和释放即将到来。请学会享受生活。原谅。上帝保护他的选民。莎莉·菲的重要请求：今晚和明天请休息，好事会从中而来。请告诉治安官梅茨，别再找了。祝福即将来临。记住，明天，星期三，下午四点到晚上七点。准备好救护车。别耍花招。"

"好的，不要花招。什么意思？"

"你会收到寻找我们的最后指示。请原谅。"

（希尔达）"别杀我女儿！求求了！我是说，求求了！"

"我爱你们，想念你们。今晚好好休息。晚安。"

"听着，等一下！"

（唐恩）"他挂了，妈。"

这通电话被追踪到了挂在快食便利店外部砖墙上的一部公用电话，位于穆雷湖6号高速的杰克卸货场，就在列克星敦县北边，距离史密斯家约九英里。和之前一样，来电者没有留下物理证据。官员们在穆雷湖大坝两边设置了路障，细细搜索了整个区域。但再一次，未知嫌犯躲开了他们。

来电者的残酷显而易见。不那么明显的则是强迫他不断致电这家人的犯罪自恋动机。他采取了措施掩盖自己的嗓音，在不会暴露自己身份的地点来电。这些都是他的一贯手法。但同希尔达和唐恩的对话显然是他标志的一部分，是他需要让自己的罪行感觉圆满的行为。

让人震惊的还有，尽管未知嫌犯造成了恐惧，但在他的语气中既没有愤怒也没有敌意。当然，这一切都充满了操纵性和自恋，但这种理所当然的态度完全脱离了实际发生的事情，也不符合事实。他既没有为自己骇人听闻的罪行而骄傲，也并不因此感觉糟糕。他好像是在履行一个神圣的使命一样，而史密斯一家的配合则是天经地义的。

他频繁提及上帝的行为也暗示了全能和所向披靡的感觉。他不断指示治安官梅茨应该和不应该做的事，暗示了凌驾于执法机构之上的感觉。当我们从一个未知嫌犯身上看到这样的行为——指挥警察或者嘲弄对方无法抓到自己——通常暗示了他内心中的斗争，一方是他的能力不足，一方是需要自我证明。正如我们已经总结的，这人除了出其不意且显然是用了武器让莎莉配合，他并没有其他控制受害者的方式。我们也明确感觉到这样一种精微的情绪平衡中，有来自精神上的

When a Killer Calls　　043

居高临下感混杂了深植内心的自卑和自我厌弃。

基于目前为止积累起的行为证据，这家伙不是天才，但他在犯罪上是聪明而精细的，这意味着他有一些经验。我们不相信这是他第一次袭击或者伤害女性。可能他逃脱了针对先前犯罪的惩罚，但我们希望能找到某些犯罪记录：从骚扰电话到偷窥，一直到真正的性骚扰。要是他之前犯下过任何形式的谋杀，应该都是针对小孩或者年轻姑娘的。他不像大部分连环杀手，他过于胆怯而不敢对成年女性下手——甚至职业性工作者都不敢，哪怕她们的工作会不可避免地更容易受到伤害。

除此之外，基于我们对这种人格类型的了解，估计他会搜集照片，特别注重捆绑和施虐的题材。他总是在幻想自己有凌驾女性的权力。他要么计划绑架莎莉·史密斯已经有些时日了，要么一直考虑、幻想着要对某人这么做。

我们一听说这起案子，就判定了未知嫌犯是白人。这样的捕食型犯罪几乎都不是跨种族的。当时，这一类谋杀的罪犯不太会是非裔美国人或者拉丁裔，但这一点随着之前被边缘化的群体更加融入主流社会，如今情况有了些许改变。我们同时也知道这个未知嫌犯应该比较宅，也许体重还超标。他或许已经结过婚，或者同一个女性有过长期关系，因为女性以及她们对他的看法显然对他的自我评价非常重要。但婚姻或者亲密关系应该已经失败了。要是他有小孩，他们应该是同他的前妻一起生活，他大概也不怎么探望他们。

我们同样确定的是，他做着某种低级或者中级的蓝领工作。基于信号分析小队就他所使用的变声装置告诉我们的信息，他也许是个电工。我们也相信他工作时间灵活，所以他能掌控自己的时间，并可以随意移动。

尽管听取的前几通电话录音变了声，我们还是探查到了足够的南方口音和表达，强化了我们的信念：他是当地人，熟悉这个区域（因此他能轻松地找到公用电话），而不是一个途经此地的外人——哪怕人们倾向去想象一个陌生人来到自己的社区犯下恐怖罪行，而不是首先考虑恶魔就在自己身边。他环境的舒适度也对他不断增加的自信有所助益。随着时间过去，执法机构距离确定他是谁似乎毫无寸进，他就停止使用变声器了。我们把不断增加的自大当作能用来针对他设计主动策略的砝码，致力于让他暴露自己。

我们确定他年纪在二十七八到三十出头，但年纪是最难准确预测的元素之一，因为一个对象的生理年纪并不总和他的心理年纪匹配。罪犯表现出的高风险让我们倾向于调低对年纪的预估，除非犯罪是以精细或者高度有组织的方式进行的，这意味着罪犯具备一定经验。基于对在押罪犯的研究成果，我们已经总结出了有组织、无组织、混合型三种描述犯罪行为的分类，确定它们对于调查人员来说，要比精神分裂型或者边缘人格障碍这类更抽象的心理学术语更有用，后者并不能传递出可供判定的行为线索。

无组织型的未知嫌犯可能更年轻，或有严重精神问题或人格障碍。但是，我们也从自己的方法中看到了反常情况，比如特工格雷格·迈卡拉雷曾给一个在 1988 年到 1989 年间针对纽约罗彻斯特的妓女和无家可归女性的连环杀手进行了画像。它帮助警方找到了杀手，方法是监视抛尸的地点。这份画像除了一点，其他每一点都高度准确：格雷格预测杀手约三十岁。实际上，亚瑟·J. 肖克罗斯有四十四岁。格雷格好奇自己是如何搞错这部分的。在审查了肖克罗斯的背景后，格雷格发现他之前谋杀过一个十岁的男孩，强奸并谋杀了一个八岁的女孩，他被允许以过失杀人罪来认罪（我认为这是一件蠢事）。肖克罗斯被释放前，在州监狱里蹲了十四年。结果显示，在监狱里的这些年本质上就是被封冻的时间。等被释放后，他以自己三十岁的情感发展程度重启了人生。

尽管肖克罗斯的案件要到五年后才发生，但它返照了史密斯案的至少一个方面。我们不断听到南卡罗来纳州热得有多狂野，梅茨和麦卡迪为数百名不惧炎热外出搜寻莎莉或线索的志愿者备感抱歉。正如我说过的，我们已经判定，要是莎莉已经被杀，按照已有的信息和未知嫌犯大部分宣言所暗示的，他可能会隐藏这一事实足够久，久到让尸体腐坏，以减少可被采集到的法医证据。但在审视星期二发生的系列事件时，我们在头脑风暴中意识到了别的一些事。我们将这家伙描述为一个大胆、狂妄自大、远看自信近看却不成熟、担惊受怕的人，还害羞，幻想同得不到的女性发生关系。我们意识到他承诺释出信息却依然就此缄默的另一个原因，是他可能会回去查看尸体，无论把尸体藏到了哪里，他显然不想让治安官或者任何搜查者在抛尸的地方撞见自己。无论他是试图对尸体实施性侵——这无疑是骇人听闻的，但对于特定种类的连环杀手来说并非特别不寻常——或者只不过是一起消磨时间并"拥有"她，我们认为他会继续这个行为，直到尸体腐坏到他再也感受不到人与人之间的联结为止。这正是我们随后在肖克罗斯身上看到的行为。

因为这名未知嫌犯已经表明了莎莉的棺材要合起来，她的双手要被摆成祈祷的姿势，我们预期他会逐渐地透露抛尸地点，无论是通过电话还是邮件，甚至也许会直接同治安官梅茨联系，他似乎将后者认定为执法机构和权力的化身。

他已经在电话上告诉了唐恩，说他和莎莉已经"成为一个灵魂"。显然，他在情感上不打算放她离开。

而我们希望这一点可以为我们所用。

第五章

"仔细听着。走 378 号高速往西到环岛,从'繁荣'出口出去。继续开一英里半。在标志处右拐。标志是共济会俱乐部 103 号。开四分之一英里,在有白色镶边的建筑处左转。进后院,往里走六英尺。我们会等着。上帝选择了我们。"

听过这通电话录音的大声功放后,会议室里没人说话。那通电话是一天前的星期三打来的,其中有种充满寒意的坚决——他一直用来挑逗我们的真相终于要来了。我们很快意识到星期三是关键的一天:案件即将定性,生活也将不再继续崩塌。

当时执法机构有个计划。他们关掉这个区域的大部分公用电话,监控剩下还能用的那些。我们认为这是个非常聪明的办法。我回想起了自己在底特律当一线特工的日子。当时我们努力要阻止一波银行劫案,方法就是加强明显目标的安保,迫使劫匪去打劫我们恭候多时的那间分行。

但是,事后唐恩告诉我,说她清醒地躺着,为无法为自家妹妹做任何事而备感无助,想着五天没吃药会有何影响。要是莎莉还活着,哪怕她喝了很多水,也会处在很糟的状态。也许那就是来电者要他们让一辆救护车待命的意思。莎莉的男朋友理查德几乎没离开过史密斯家的房子。他充满了愧疚,认为绑架者也许因看见自己和莎莉在邮政局接吻而产生了嫉妒。他能减轻焦虑的唯一方法就是待在史密斯一家

When a Killer Calls   047

人边上。

上午十一点四十五分，星期三，电话响了。这一次希尔达接起了电话。来电者开门见山，说出了自己憋了好些天的上述指示。来电被追踪到了卡姆登高速上的一处换乘站，约在四十五英里以外。来电的时间是在大部分公用电话被关停前的约十五分钟。

一架南卡罗来纳野生动物及海洋资源局的直升机在中午十二点三十五分发现了尸体。由吉姆·斯普林思中尉和特工唐·格林特率领的犯罪现场小队立即从SLED总部出发前往。希尔达想要同治安官梅茨及SLED队长莱昂·加斯科去现场，但两人极力劝阻她，最终没有给她选择，而是命令她、鲍勃和孩子们留在家里。他们说家人在场会影响警方工作，但更大的动机则是不希望父母看到寻获尸体的现场。家庭成员聚在唐恩的房间里等待，祈祷奇迹。房子的大部分其他地方还被执法机构人员和亲戚朋友们占着。

他们在等候期间几乎不发一言，也的确没什么可说的。他们不知道要做些什么，只能默默祈祷。但因下一个官方通知而被笼罩在了恐惧中。唐恩说妈妈完全拒绝哪怕只是想想莎莉被发现已然丧命的事实。她甚至打包了一个过夜的小包，因为认为自己也许不得不去医院。她装上了睡衣、牙刷以及所有认为用得上的东西。甚至在这充满恐惧的气氛中，他们都没人能够面对消息不如自己所祈祷并狂热希望的结果这一可能。

SLED官员和治安官小组在391号高速边萨卢达县普莱森特格罗夫区的共济会俱乐部会合：这是一栋有着尖尖锡屋顶的两层白色建筑，几乎被茂密树林给环绕住了。这里距离莎莉被绑架的地点往西约十六英里。他们包围了这个区域，在来电者说明的地点找到了莎莉的尸体，那里距离俱乐部后方约五十英尺，进入树林六到八英尺的地方。她仰面躺着，黄黑色比基尼下装外穿着白色的短裤，黑白条纹衫套在黄色泳装上衣外。她脖子上戴着一条金项链，是理查德送的礼物；左耳上有一只金耳钉，但右耳的那只不见了；光着脚，和她周五从自己车上下来时一样。一如预期的那样，尸体已经高度腐坏了。

来电者对地点描述的精准让我们明确他曾不断回到尸体旁，只要这么做还能让他满足。他看起来强迫症非常严重，我们认为他真正地测量过这些距离，不管是用他车上的里程表还是从共济会俱乐部后面开始用脚步测量。关于我们对他是个积习难改的清单制作者的猜测也获得了证实：他是想要让自己认为对生活重要的所有事都井井有条、控制有方的人。

SLED犯罪现场小组拍照及处理现场和周围区域的同时，也派人去请了纽贝里纪念医院的法医病理学家乔尔·塞克斯顿博士。加斯科队长回到自己车里，踏上了前往史密斯家的艰难车程。

唐恩听到有车开了过来。她看向窗外，看见是加斯科的车。她听到脚步声缓慢地攀上了台阶，就好像不着急要攀到顶似的。

"我们听见前门开了，他进来的脚步真的是又慢又沉，"唐恩告诉我们，"我只记得自己的恐惧。天哪，不！"

等看到队长脸上的表情、眼中的泪水，他们确信了他带来的信息是什么。

因为过于恐惧，这一幕显得不甚真实，但唐恩认为自己听到了一些东西。"我很抱歉。是莎莉，她没了。"然后她记得妈妈的号啕和嘶吼。妈妈不停地重复："不要是我的宝贝啊！上帝啊！别是我的宝贝啊！"

在唐恩看来，他们四人坐在那间屋子里，妈妈不断为自己那被谋杀的女儿而啜泣的这一幕似乎永远不会结束。

"我们在共济会俱乐部后面发现了她的尸体。"加斯科静静地说道，他的声音哽咽了。

"你确定是莎莉吗？"鲍勃问道。

他们确定，他回复道，然后说自己非常抱歉。希尔达啜泣着，鲍勃抱住了她。罗伯特坐在原地，安静地哭着。唐恩说想要亲眼看看妹妹。加斯科说自己不希望她这么做，任何家庭成员都没必要去辨认尸体，因为尸体的情况过于糟糕了。但他们确定那就是莎莉。他再一次说非常抱歉，然后让他们自己待着。

唐恩、弟弟和父母留在了她的卧室里，意识到莎莉永远地离开了。真相于此刻开始显现了，那个男人那么残忍地告诉他们所有那些全然虚假的东西，给了他们希望。他们以为他真如自己所说的那样在照顾她，因为她没有药而让她喝足够的水来应对尿崩症。当唐恩回顾那些来电的细节时，她无法明白却已经意识到他已经杀掉了自己的妹妹，并且一直以来都在对这家人散播着各种谎言。

塞克斯顿博士抵达共济会俱乐部后方的现场，他被知会了案件情况，并看到了莎莉遗嘱的副本。根据弯折的小树和灌木中的痕迹，能明确有一辆汽车开到了俱乐部后面，尸体从那里被拖到树林里那处被寻获的地方。除了极端高温导致的腐坏，塞克斯顿注意到有虫子感染。综合这些情况，他认为尸体的情况符合周六一大早去世的推测，时间就在写下遗嘱后不久。要真是这样，他宣布，她的尿崩症不会是导致死亡的原因。

回到史密斯家，莎莉的父母和姐弟在悲伤中彼此拥抱，静默地承认了自己的家庭将不再完整。渐渐地，等强迫自己恢复了一点平静，他们走下楼梯，扑进了过去五天里同他们共同守望的朋友和执法人员的怀抱里。唐恩拥抱了自己的大学室友朱莉和辛迪。希尔达感觉到鲍勃独自承担了额外的痛苦，认为自己没能保护好家庭。

我已经见过太多这样的案子，孩子或者爱人遭谋杀深深地打击了一个虔诚的家庭。我也发现他们不会丧失信仰，但几乎每一次，他们的第一反应都是："上帝啊，您怎么能让这事儿发生啊？"

在自己 1993 年出版的《恩典之奇》（*Grace So Amazing*）一书中，唐恩表达了同样的想法：

"上帝，您怎么可以？您为什么要让这一切发生在我们身上？您怎么可以让莎莉受折磨？啊，上帝啊，她得受多少罪啊！这期间您到底听没听到过我不间断的祈祷啊？您听见我说的任何话了吗？"

身为执法机构特工，我的问题不得不更加尘世一点，哪怕唐恩那更超验的追问从未远离过我的脑海。要是真有一个全知全能的上帝，就会有在超越了这个俗世的王国中能解答的谜团。我只知道一点：只要男男女女们有权力和动机行使自由意志和选择，那邪恶就会持续存在，而它也必须要被挑战和对抗。

到了晚上六点，犯罪现场调查完成了，莎莉的尸体被运去纽贝里纪念医院，塞克斯顿博士在萨卢达县验尸官布鲁斯·霍恩的协助下对尸体进行解剖。他们用莎莉的牙医病历正式确定了她的身份。尽管他们不确定，但莎莉似乎没有被枪击、捅刺或者殴打，也不清楚她是否遭到了性侵。能看出的是莎莉被扎口绳和胶带绑住过，这些东西在尸体被抛到树林里之前被移除了，证据是她脸上的残留物。

尸检约在晚上九点半完成。尽管尸体的高度腐败让塞克斯顿无法对死亡原因做出确定的判断，但他表达了强烈的倾向，认为莎莉是遭勒毙或者窒息身亡的。他总结道：

因为死亡发生在被绑架期间，其方式依然是被谋杀，无论是因为被剥夺了应有的饮水还是某种谋杀性质的窒息。

悲伤远远蔓延到了莎莉的直系亲属和朋友之外。"自从周五被绑架之后，莎莉就一直都在我们的祈祷中，"列克星敦高中校长卡尔·富尔默告诉《哥伦比亚记录报》，"学生、教职员工、管理层都悲伤不已，共情着史密斯一家的伤痛。"他说道，"所有学生和整个社区都被这毫无道理的悲剧深深触动了。"

周三晚上在列克星敦浸会教堂举行的常规祈祷变成了莎莉的纪念仪式，所有教友都因她在少年唱诗班中的演唱而对她并不陌生。

"我们确实知道莎莉是被谋杀的，"治安官梅茨在一场晚间十一点左右召开的新闻发布会上告诉记者们。"我们知道莎莉在列克星敦县遭到了绑架……我们不知道她是在列克星敦还是萨卢达被杀的。"

第二天《州报》在彼得·奥博伊尔三世和约翰·科林斯的一篇报道里称，很多帮忙搜寻过莎莉的人下午继续开车到史密斯家，表达他们不间断的支持。

"她还好吗？"周三一个路过的人从她的车里问道，时间是在官方得知了史密斯小姐命运之后的几小时。

"不，恐怕不好。"守着史密斯家入口的副官说道。

第六章

星期四结束案件咨询会议后,我们告诉副治安官麦卡迪任何新进展发生时都要确保我们知情,以便考虑主动策略。在个人层面,我们感觉自己对这个未知嫌犯所知甚多,但迄今没太多东西能明确一个方向,以帮助治安官梅茨的团队锁定特定个体。哥伦比亚 SAC 罗伯特·艾维说自己正在起草一份电报,正式要求行为科学小组对该案件提供持续的支持。

星期四早上的《州报》跨版面头条标题是"警方猎捕'变态'杀手"。一张巨大的俯拍照片展示了那栋共济会俱乐部的房子及其周边环境,还有一大群警察和救援车辆聚在房前。照片下方是一张地图,标明了莎莉尸体被发现的地点同史密斯家房子的位置关系。

列克星敦县治安官办公室队长鲍勃·福特和 SLED 发言人休·芒恩公开表示了对不惧炎热、连续数天搜索莎莉的数百名市民的敬意和感激。"他们作为志愿者找到我们,请求我们让他们做任何力所能及的事。"福特告诉《哥伦比亚记录报》。参加了搜索的人们也对执法机构官员的专注表达了同样的赞扬。

丧礼将在星期六举行,这样莎莉的同学们就能在结束毕业旅行后回来参加仪式了。

在星期四中午的新闻发布会上,治安官梅茨想要让未知嫌犯感受到部门对破获案件的决心,以加大其压力,同时也鼓励他自首,要是他有任何这方面想法的话。

"如果不自首的话,我们担心这个人也许会自杀。我们不希望他这么做,"治安官说道,"我想要向他保证,我们没有杀掉任何人的打算。我们想做的就是把这个人抓捕归案。"

另一方面,梅茨也警告道,"要是他享受把我们牵着走的感觉,也可以继续。调查会全力推进,在抓到他之前我们不会停止,我发誓!"他宣布从当天早上起,联邦调查局被邀加入调查。

一小段时间之后,大约在下午二点半,未知嫌犯给哥伦比亚WIS-TV的著名调查记者查理·基斯打了电话。电视台为不错失任何新闻,通常会记录所有来电。我们听取了这盘录音磁带的内容:

"这和莎莉·菲·史密斯有关。我想要把你当做中介。你接得住吗?好的,现在仔细听着。我没法自己独活,查理,我要去自首,但我很害怕,而你是个非常聪明的人。我想要你早上在家陪着治安官梅茨和所有他想要在场的警官,要由你来接电话。"

"在谁家?"

"治安官梅茨家。赶紧的。除非我问,否则别回答任何问题。你去那里,等着接电话。"

来电者继续指示基斯要在自己七点整的电视节目上明确说会等在梅茨家。他还告诉基斯,一等他们通完电话就马上打给梅茨,描述莎莉的遗嘱,让梅茨了解这通电话不是恶作剧。他以详尽的细节描述了这份文件,让基斯彻底弄清楚。他还说自己想要"莎莉在列克星敦浸会教堂的牧师也在那儿"。作为回报,他承诺基斯会在自首后接受其独家采访。

然后他从权力和操纵的位置上直接转变成了忏悔模式:

"嗯,查理……帮帮我……事儿就这么搞糟了。我认识她家人和她,对吧,我只是犯了个错误,失控了。我只是想和她做爱而已。我不知道她有那种罕见的病,事儿就那么失控了。我害怕了……我不得不做正确的事儿，查理。嗯，请和我一起，因为我感觉可以相信你，我也听过你节目很多次了，这就是为什么我选你当中介。"

在又一次机械重复了治安官梅茨会知道这不是恶作剧后，他继续说道：

"请原谅我。上帝原谅我、看顾我。我非常需要帮助，我想要做对的事。告诉他们请尊重莎莉·菲的请求：合上棺材。另外，拿起她的双手，交叠在腹部，让她像在祈祷一样。你明白吧？"

我们认为这通电话是他自恋和对操纵及控制的强迫症的升级。如今莎莉被谋杀的新闻是这个地区最重要的事，同时也证明了他正热切地追踪着媒体报道。我们指出未知嫌犯的惯用词，比如"仔细听"和"这不是恶作剧"，以及在他向记者描述时精准地提到了遗嘱上的日期和时间。他的宣言"我不知道她有那种罕见的病"证实我们正确判断了他说自己是这家人的朋友就是在胡扯。他在打给希尔达和唐恩的电话里也说过类似的话。任何一个真正亲近这家人的人都知道莎莉的情况。这不过是他幻想中的另一个部分，试图同这位他不过是第一次远远看见的漂亮姑娘建立某种联系。我们还知道，尽管声称要自首，但他是不会这么做的。他从中获得了太多的满足。同记者的整个对话中，他说出的唯一真话就是"想和她做爱"这一句。但不管莎莉当时还活着或者已经死了，在得以用性侵的方式达成目的后，他清楚自己不得不杀掉她。

有一种常见误解，即暴力捕食型罪犯真的会对自己犯下的事感到愧疚，并想要自首。尽管有陀思妥耶夫斯基的《罪与罚》这一类文学巨著存在，但在现实中，这样的事几乎不会发生。连环杀手自首的罕有情况之一来自我们采访的第一个在押囚犯埃德蒙德·肯珀，一个体型巨大的聪明人，他在 1970 年代早期的加州圣克鲁兹以"大学女生杀手"的身份而臭名昭著。

少年时，他就因谋杀祖父母而入狱服刑。刑满释放后，肯珀以搭载顺风车的方式杀掉了五个大学女生和一个高中女生。他性侵了她们的尸体，并将其肢解。他的犯罪生涯以持棍重击并割喉自己五十二岁的母亲克莱内尔·伊丽莎白·斯特林堡而走向了结局，当时后者正睡在自己的床上。他随后邀请了她最好的朋友过来，在家中勒死了后者。肢解了母亲的尸体后，他开车一千多英里径直来到了科罗拉多州的普韦布洛，停在一个电话亭前联系了警察，费劲地说服对方自己真是一个连环杀手。我采访肯珀时，明确他成年后犯下的所有罪行都是对自己那有精神虐待倾向的苛刻母亲的反应，后者说他配不上圣克鲁兹加州大学里的漂亮姑娘，那里是她工作的地方。他感到被贬低了。一旦有了杀她及她朋友的勇气，而不是针对那些她表示他永远配不上的替代型女性对象后，他就结束了。继续屠杀已经没有意义。自首成了符合逻辑且慎重的选择。

但在这个方面，埃德·肯珀是非常不寻常的。他同时也对自己心理有着非凡而丰富的洞察。杀死莎莉·史密斯的未知杀手不是这样的人。他真的会为自己对莎莉所做之事感到愧疚吗？也许会有一丝丝的愧疚，但甚至连这种程度我都怀疑没有。从他的标志和一贯手法中，我们坚信要是这个人没被抓住，或没被很快抓住，他就会再次杀人。

接下来一个电话在当晚八点五十七分打到了史密斯家。希尔达的小姑子贝弗利·卡特雷特接了电话。到此时，房子里的每个人都已经被提醒过，要寻找一切机会让不断打来电话的人表明身份，并让他尽可能久地待在线上。在联邦调查局职业生涯的早些时候，我的任务之一就是当人质谈判员。你一方面面对着一个需要试图让其保持平静并不要伤害人质的罪犯；另一方面又有特警队准备破门突击而入，尽可能迅速且有效地制服挟持人质的人，因此人质谈判是一个非常精细的行为。我们如今用在行为科学中的一些技巧就来自那段经历。

我同刘易斯·麦卡迪通过了电话，建议他教授史密斯一家基本的人质谈判策略：拖延时间，尝试"耗着"罪犯，仔细聆听，然后换种说法重复他告诉你的内容。这应该会在双方之间造成彼此理解的印象，也许能让罪犯放开，透露更多，或者甚至揭示他真实的愿望和动机是什么。这一过程同时也能帮你了解自己是有了进展还是走错了方向。这是我采访查理·曼森时用到的技巧。我能从他的吹嘘和说教中获得信息的唯一方法，就是重新组织语言来重复他的宣言，然后更深一步，让他向我解释真正的意思。

这个星期四晚上的来电确认了我们已经做出的画像，也给了我们未知嫌犯更全面的信息。

第一个声音是电话接线员的，然后等贝弗利接起来的时候，未知嫌犯说话了。

"有一个接听方付费的电话找唐恩·史密斯。"

"唐恩什么电话都不接。我能问问是谁打的吗？"

"请让唐恩接电话。"

"唐恩现在没法来接电话。我是她姑姑贝弗利。"

"行吧，那我能和史密斯夫人通话吗？是急事。"

"唔，不好意思，她注射了镇静剂，没法接电话。她睡着了。"

"好吧，我能和鲍勃·史密斯说话吗？"

"鲍勃去了殡仪馆。你知道他们女儿的情况吧？等等……你说你想和史密斯夫人说话？"

"或者唐恩。我想和唐恩通话。"

"找唐恩。"

"嗯嗯。"

"行吧，我看看能不能找到她。"

"好的，赶紧。"

贝弗利去找唐恩，后者在外面遛狗。之后，唐恩拿起电话说道："在吗？"

"唐恩?"

"是的。"

"我是为莎莉·菲打来电话的。你知道我明天早上要去自首了吧?"

"不知道。"

"行吧,那你和治安官梅茨或者查理·基斯聊过了吗?"

"没。"

"嗯,和他们聊聊。听仔细了,我必须告诉你这一点,是莎莉让我在第五天后自首的,在他们找到她之后。"

他继续解释道:

"我,嗯,得搞好同上帝的关系。我对他是彻底坦诚的,所以我不得不向他自首。而查理·基斯,你和他聊聊,他明白我在说什么。早上他不会有我的独家访问,而是得到一封已经寄出的信。寄给你的和他的完全一样,还有照片。"

"一封给我?"

"对,他的寄到了他家,是莎莉·菲当时的照片。我甚至让她站在她车子旁边,照了两张照片。这封信会详细描述从我带走她到我打电话告诉你们去哪儿找她之间发生的事。"

他给出了自己如何以及何时将会自首的细节,还说尽管会携带武器,但他并不危险。唐恩问他是什么意思。

"嗯,莎莉·菲说要是我没法自己独活,但不自首或者把自己托付给上帝的话,她也不会原谅我,所以我不得不……"

然后他停顿了,接下来的一段话给了我们成为抓捕行动核心焦点的东西。

"事情已经失控了,我只想要和唐恩做爱而已。我已经盯着她看了几周了……"

"和谁?"

"对不起，和莎莉。我观察她好几周了，呃，就这么失控了。唐恩，唐恩，我希望你和家人原谅我。"

我们已经注意到了史密斯家漂亮金发两姐妹之间惊人的相像，显然这个未知嫌犯也注意到了。在充斥着强奸的幻想中，他把两者合二为一了。

为了博得唐恩假装出来的同情，他说到了自杀，原因是：

"我没法活在监狱里，坐上电椅。这是我唯一能让自己好过的方法。"

她告诉他别这么做，说上帝会原谅他的。这比我所能对他说的要多，但史密斯一家的信仰很坚定，我也知道这是唯一能让他们熬过这段恐怖经历的东西。

我听着录音里他说出的下一件事，同时胃部因他肆意的残忍而绞作一团。我被他背诵的暗示莎莉勇敢和人性力量的东西给惊呆了。

"嗯，我想对你说些她告诉我的东西。"

"好。"

"啊，天哪……莎莉·菲说，嗯……她没有一直哭，唐恩。她意志很坚定，她说不想要你们的生活被毁掉，要像信里说的那样继续生活。我之前从没对你说过谎，对吧？我说的一切都是真的，对吧？"

"对。"

"好的，所以这都是没有办法的选择。她说自己不害怕，说她知道自己会变成天使。要是我采纳了她给我的第二个选择，她就会原谅我。但上帝才是最终裁决，她也许会在天堂里见到我，而不是在地狱。"

他重复了自己早上去自首的计划，然后岔开说莎莉不想要男朋友理查德拿到自己被绑架时戴在身上的项链。我们认为这意味着他已经在自己脑海里取代理查德成了莎莉的男朋友，而现在他杀掉她后，她完全属于他了。

唐恩把他引回了之前的话题上。

"但莎莉不害怕吧,她没哭吧?"

"没,她什么都没做。嗯,如果我告诉你她怎么死的,你受得了吗?"

"能。"

"行,要坚强。"

"好的。"

"她说过你很坚强。她告诉了我你家的一切。我们聊了天……啊,上帝……我是你家的朋友。这是让人伤心的部分。"

"你是我家的朋友?"

"对,这就是我没法面对你们的原因。你们早上或者明天就知道了。但原谅我。唐恩,莎莉……我不知道你是否应该告诉你妈妈,但莎莉·菲不是处女。她一月的时候和一个家伙在一起了。你们知道吗?"

"我们现在知道了,是的。"

"好的。我确实和她做了爱,我们口交了三次,然后她死了。你现在还受得了吗?"

"可以。"

我确信唐恩能忍得了这种暴怒的唯一理由,是她知道他所说的关于莎莉的一切,以及获得了同意的性交在任何层面上都是不可信的。意识到他有多么享受这一切时,她为听接下来的部分坚定了自己,同时痛苦和愤怒也在她体内升腾。

"嗯。我把她绑在床柱子上,呃,用的是电线。她嘛,也没挣扎,没哭,没啥。她由着我来,自愿的,从下巴到头顶,对吧?对,我继续给你说。我用了胶带,用它完全地缠住了她的头,闷死了她。告诉验尸官,或者告诉媒体,她就是这么死的。我不知道她有这个病,否则我也许根本不会绑架她。"

正如我们在他之前来电时就指出的，他宣称是这家人的朋友显然是在放屁，这和他坚称自己"不知道她有这个病"（我们相信他这一句是真的）是不符合的。一方面，这是个复杂的人。只要事关自己和莎莉及史密斯一家的关系，他就生活在自己失真的幻想世界里；但同时在真实层面上，他是有条理和实际的，这两方面的联系将会是我们在设定陷阱抓捕他时的关键所在。

对话从此处又继续了一会儿。我们从中明确的事情之一，是当告诉唐恩自己会再打来时，他对这样的权力幻觉是永不餍足的。

他挂上电话之前，唐恩再一次告诉他不要自杀，说上帝会原谅他，甚至让自己母亲来说了同样的内容。在抓住了她们的注意力后，他又展示了更多的自大和残忍。

（希尔达）"你得见见能和你说话的人。"

"嗯，我有很多要想的。我，我走了，史密斯夫人。嗯，拜托了，我知道这也许是自私的，但是，嗯，请你们专门为我祈祷。你的女儿说自己不害怕，她意志也是坚定的。她知道自己会上天堂，会变成一个天使。就像我跟唐恩说的一样，她会像是疯了一样地唱歌。"

"她有没有……"

"她说这些的时候是笑着说的。"

"你有没有告诉她你要杀掉她？"

"对，我说了。我给了她选择，就像录音里说的一样。我问她想要过量服药、枪击，还是，嗯嗯，闷死。她选了闷死。"

"上帝啊，你怎么可以。"

"行吧，原谅我们，上帝。"

"不是我们，是你。"

又一次，等官方追踪来电到了南卡罗来纳大瀑布城 77 号州际高速和 200 号州际高速的一个十字路口上的卡车停车场时——位于哥伦比亚和北卡罗来纳夏洛特的中间，距离史密斯家约五十英里——未知嫌犯已经不在了。当然，这一次他也没有留下证据。

这通来电里浮现出了另一个关键点。在未知嫌犯自己的脑子里，也许已经考虑了三种杀掉莎莉的方法，但我们真心怀疑他让她来选择；或者哪怕他让她选了，她怎么会选择极其缓慢和痛苦的窒息。他选择这个方法是因为在他对她的掌控中，这么做延长了自己的性兴奋，让他欣赏她死去的时间可以更长。

我们从进行过的监狱采访中获知，很多以性为动机的连环杀手即使被关了起来，也会一遍又一遍地在自己脑子里重演他们罪行所带来的满足感。而这个人能在尚拥有自由身的时候就这么做，还是在被他毁掉了生活的人们不情愿的协助之下。

第七章

  星期五是我们收到哥伦比亚办事处电传,正式要求行为科学小组介入史密斯一案的日子。情况并无变化,因为我们一整个星期都在分析案件,为治安官办公室提供咨询。但现在我们是正式同当地机构合作了,所以联邦调查局的介入不再会有问题,无论是南卡罗来纳现场的官员,还是我们自己在总部的领导都不会有问题了。这也意味着当地调查人员一拿到证据就会和我们共享,让我们得以实时地协助调查。至此,我们已经总结出了一份相当详实的画像了。

  除去已经总结出的性格特点,我们如今非常确信未知嫌犯要么独自居住,要么和父母同住,或者和一个年长的女性亲戚同住,家人对他的罪行一无所知。基于对他有某种涉性犯罪记录的预期,我们认为他无论住在哪儿,除了色情出版物之外,还能找到来自其侵犯对象的私密收藏:珠宝、内衣或者其他从受害者处拿来的"纪念品"(包括了犯罪生涯早期,作为偷窥狂时,从他窥视的女性那里偷来的东西。那时候他趁这些女性外出时闯入她们的房子,因为他还没有精细到可以执行绑架)。

  接二连三的来电,连同对时间的准确提示,然后是对抛尸地点的详细指示,强化了我们的想法:他是个死板且个人习惯井井有条的人,还过度要求整洁。早期打来电话时,他用来变声的变速装置暗示他很可能在电工行业工作,而非木工一类的行业。我们感觉他过于精细,不像是一个没有技能的劳工。

总之,他呈现出一种混合的人格特质,既井井有条又有混乱之处。一种全能的感觉让他认为自己不用像其他人一样遵守规则,同时在某种程度上相信自己比其他人聪明;与此相对的则是矛盾且深植内心的不安全感、自卑感以及意识到自己无法吸引和取悦女性——这一点反过来造成了他对占有和控制她们的不断幻想。

针对前一晚同唐恩的通话,我在电话里告诉刘易斯·麦卡迪,无论未知嫌犯说了什么,他都没有自杀或者自首的企图。颇像坚称自己是"这家人的朋友"一样,这不过是他自恋变态心理中的另一个武器而已。他想要让史密斯一家理解并共情自己,哪怕他冷血地杀掉了他们挚爱的家人。这也是他同莎莉亲近,并认为被她爱着的幻觉的一部分。我对麦卡迪说,这种情形持续得越长,从这家人那里获得的反应越多,他对整个过程就感觉越舒服和越喜欢。无论是谁接听了他的电话,都是极其艰难的,但每一次通话都是找出他更多信息的新机会,也可能让他不经意泄露出能帮我们抓住他的线索。

但还有另外一个更具威胁的方面。一旦对操纵、统治和控制带来的快感厌倦了,他可能会陷入惯常的自我怀疑、自卑和抑郁性格中,此时就会有再度绑架和杀戮的风险了。他会找某个特别像莎莉的人,我们判定这就是他对受害者的偏好,但是他找不到像她的人,就会满足于随机挑选另一个受害者,比如某个更小、更弱、更容易控制的人。

在持续不断的报道中,前一天的《哥伦比亚记录报》刊载了莎莉的尸体是如何以及在何地被寻获的详细报道。同样在首页上,我注意到一条新闻,讲的是巴西圣保罗的联邦警察局局长百分之九十确信,一具埋葬于附近一个小镇上的尸体就是约瑟夫·门格勒博士,即骇人的纳粹"死亡天使"——他曾在波兰的奥斯威辛集中营对囚犯进行了暴虐的医学实验,同时像很多在二战后期的纳粹一样,据信他逃到了南美洲的某处。这篇文章继续报道了被怀疑是他的那个人是在大西洋畔的贝蒂奥佳海滩上淹死的。

我忍不住思考将报道两具尸体被发现的两篇文章并列排版的做法。一具尸体属于现代社会所知的最邪恶的人之一；另一具则属于一个完全无辜的人，她很像是门格勒的受害者。"羔羊之血"这一说法跃入了我的脑海，如同我每每不得不为儿童遭受暴力犯罪的案子而工作时一样。按照《圣经》的说法，这可以指代对纯洁和无辜之人的杀戮。按照另一种说法，它暗示了为冲刷这世界的罪恶所做出的牺牲。尽管没到史密斯一家的那种程度，但我试着保持一定的信仰，而总是困扰着我、让我思索的是，死亡是否真的就是终点。在某种程度上，这完全说不过去，我显然也希望死亡不是终点，因为这暗示的是一个没有神圣正义的宇宙，这个想法太难去秉持了。但每当开始这么想的时候，我都会提醒自己，这样抽象的思索远超出了我的工资等级。无论宇宙中是否存在上天的正义，我的职责都是协助确保每个受害者应得的、尘世间的正义。这样想总能帮我集中注意力。

星期五晚上是在考曼-哈曼殡仪馆举行仪式的时间。在史密斯一家接待社区里深感悲伤的亲朋们的同时，执法部门录下了每一个来殡仪馆的人。正如莎莉在遗嘱里要求的——也是杀手在来电里指示的，且这样做确有必要——那口闪亮的银色棺材，被她最喜欢的粉色玫瑰花装饰着的棺材，是关上的。棺材旁边的一张桌子上，是一个装着她毕业照的相框。在室外，恰逢其时的狂怒风暴席卷了这个地区，国家气象局针对列克星敦和周边县发布了龙卷风预警。

第二天上午十一点，超过一千名哀悼者将列克星敦第一浸会教堂挤得水泄不通。在教堂的八百二十五个座位之外，这处圣殿里沿着墙的所有空间都被填满了。执法官员们扫视着人群，录下了葬礼。抬棺人里有安迪·奥恩，他原计划要同莎莉在高中毕业典礼上合唱国歌。荣誉抬棺人里还有已退休和依然在职的南卡罗来纳高速巡警队官员、

SLED 和列克星敦县治安官办公室的官员。史密斯一家的牧师刘易斯·阿博特主持了葬礼，小雷·A. 里奇韦和格雷汉姆·莱昂斯牧师从旁协助，后者是从得克萨斯州飞来参加葬礼的。格雷汉姆和妻子南希曾是史密斯一家住在哥伦比亚时的邻居，在他们搬去得克萨斯州之前，两家人成了密友。

在对史密斯一家布道时，阿博特牧师承认对问题尚无答案，并恳求哀悼者们不要责怪上帝。"上帝不会做这里发生的事。正是因为人的混乱、罪恶和堕落，我们才来到了这样一个境地。"莎莉的很多同学都握着彼此的手，静静地哭泣着。

里奇韦引述了 1966 年降临在威尔士矿区小村艾伯凡的悲剧。当时春雨深浸，动摇了一座大矿渣堆，使其从山上往下滑了七百码，将一所学校埋在了淤泥和碎石中，一百一十六名小孩和二十八名成人遇难。牧师复述了一位美国记者看着灾难时所说的："在目睹这一切后，我再无法相信上帝了。"而一个正在搜索自家儿子的威尔士农民回道："朋友，那个我认识的上帝正在和我们一起哭泣。永远不要忘记祂也失去过自己的孩子。"

"我相信我们的上帝今天也在此同我们一起哭泣，"里奇韦继续说道，"我们的上帝在这里。祂关心。祂明白。"

希尔达、鲍勃、唐恩和罗伯特离开教堂时，SLED 特工们紧紧跟随，他们双眼不断地搜寻着任何危险迹象。在当地一家电台的建议下，教堂到公墓的两英里途中，粉红丝带和蝴蝶结被绑在了沿街住家的邮箱、前门和街头标志上。

另一场仪式是在列克星敦纪念公墓举行的，有好几百名悼念者出席。随着仪式结束，就在一家人回到加长轿车里的时候，一个身穿黑色西服、站在治安官梅茨身边、三十岁出头的男子吼了起来："我很抱歉。我真的很抱歉。能听我说两句吗？不管谁要为这一切负责，我相信你就在现场。我爱你，不会伤害你。现在就自首吧。不会有愤恨和厌恶。"他张开了自己的双臂,这在后来被《州报》记者德布拉-林恩·布莱索形容为"一个基督式的动作"。

受惊的人群不知道作何反应。莎莉的一个朋友跌倒在地,大喊她害怕那个人要来抓自己了。梅茨抓住那名男子的手臂,带着他离开了。同时史密斯一家被推进了加长轿车里。

男子被带到治安官办公室审问了两个小时,也很乐意配合。他一开始是在嫌疑犯名单上的,因为他是教堂的信徒之一,有一辆覆盆子色的汽车,类似目击证人在莎莉回家时在史密斯家车道附近看到的一辆车。但是他的声音一点都不像电话里录下来的那个人,最终调查人员判定他和案件没有关系。"我认为他把自己视作某种布道者,"梅茨说道,"他为这件事烦恼。"但治安官也补充说,"这也是极端奇怪的。整件事对我的冲击和其他人遭到的冲击一样。"

梅茨的办公室只愿意透露正在夜以继日地排查一个长长的嫌疑人名单及各种线索,但此时媒体已经获知有电话不断打去史密斯家以及打给查理·基斯的那通电话了。来电者的声明,即他"只想要和她做爱"以及情况"失控了",已经遍布各种报纸和电视的报道中。

鲍勃·福特队长宣布案件的压力已经让治安官办公室的人员在情绪和体力上都无比紧绷。案件对于执法机构中的任何人都免不了带来巨大的精神伤害。丽塔·Y. 舒勒是 SLED 的法医摄影师,她被招来为莎莉的遗嘱拍摄高清照片以供详细分析,同时也拍摄了很多其他的物理证据。在她令人印象深刻的著作《米德兰谋杀案》(*Murder in the Midlands*)[①] 中,她描述了莎莉尸体被寻获之后,自己在处理拍摄共济会俱乐部现场的照片时的感受:

---

① 此处的 Midlands 是对南卡罗来纳州中部地区的称呼,指以州府哥伦比亚为中心的一片区域。——译者

有这样的一些情况。在处理证据时，我不得不强忍泪水。在打印这些照片的时候，我忍不住了，我哭了出来。

我一直认为这个世界上，能发生在一对父母身上的最糟糕的事就是失去自己的孩子。史密斯一家曾有过希望，这个人把他们放在了情绪的过山车上长达五天。他们只为等电话响起，罪犯的话语让他们重燃希望，但其目的却只是让他们重新跌回无助的深渊。

梅茨说自己的侦探们在试着重现莎莉被绑架前几周的生活。"我们很清楚她的朋友有谁，她做了什么，以及她消失时是谁和她在一起。"他们关注的区域是列克星敦人民市场，一个距离史密斯家不到一英里的跳蚤市场，莎莉在这里的小摊上有过一份临时工。那里的同事们形容她聪明又快活，总是愿意帮忙，哪怕是那些其他人都不想干的活儿。

"我们这里的人都很紧张，因为不知道是谁干的，或者他在不在这儿，或者他会不会再作案。"一个不愿意透露姓名的女性市场员工告诉《哥伦比亚记录报》。

"我们专注在这个市场上，无论是谁绑架了莎莉，这里都是莎莉和他可能发生接触的源头，"梅茨表示，"我们有一整张在这里做生意的人员的名单，正在挨个排查。"在他们追踪的事件里，有一桩发生在绑架前约两个星期，当时一个男人因为骚扰莎莉和另一个年轻女性而被赶出了市场。被绑架当天的早上，莎莉在学校遭到某人威胁的事儿则没有查到任何结果。"我个人感觉我们要找的是某个比高中生年长的人，也许是一个二十八九岁或者三十出头的人。"治安官说道。

"我们非常想抓住这家伙。"福特坚决地说道。

同时，雷蒙德·约翰逊，南卡罗来纳州达林顿县的一名二十三岁居民，正因敲诈勒索的指控而被羁押在达林顿县拘留中心。他被控是星期六时给鲍勃·史密斯打了五六次电话的匿名来电者,时间就在葬礼之前和之后。他宣称知道是谁杀了莎莉,说只要一百五十美元,就愿意去佛罗里达州杀掉犯下这桩案子的男人。来电者通话的时间长到足以让梅茨办公室联系达林顿县治安官办公室,后者晚上九点左右在珀尔街上"小猪扭扭"杂货店外的一部公用电话处抓住了他。亨利·米德尔顿警佐说约翰逊正在等待保释听证以及精神评估。

"他一月前给总统(罗纳德·里根)打了电话,威胁要杀掉他,"米德尔顿报告说,"他是个疯子。只要他吃了药,就没事儿。但他没吃药的时候,就走极端了。"

星期六下午二点二十一分,史密斯一家从公墓回到了家。唐恩刚换下礼服电话就响了。她冲到楼下去接电话,无法想象杀手居然会挑这个日子再打来电话。

接线员说她有一个来自莎莉的接听方付费电话。唐恩难以相信他的无耻,但还是说自己愿意付费。

"呃,唐恩,我现在真的怕了,一切都……"

"你什么?"

"真怕了,我不得不,嗯,做出决定。我会待在这个地方直到上帝赐予我力量做出决定……我今天确实去了葬礼。"

"你去了?"

我们认为这是可能的,因为他会想要,至少在脑子里,保持自己和莎莉有亲密关系以及他是这家人的朋友的幻觉。但迄今他已经编出了这么多谎言,所以这也可能只是他更大幻想的一部分。

"是的,我,那个不知情的警察……那家伙甚至指导我进到了停车场。蓝色制服警……在外面,他们在记录车牌啥的。请告诉治安官梅茨我没有把谁耍得团团转。我没有玩游戏。这是事实,我也不是傻瓜。等他查明我的背景后,他就会发现我是个很聪明的人。"

我的经验一直都是,要是有人说没在逗你,那他一定是在逗你;

他们声称自己没有玩游戏时,就是在玩游戏。高智商的人不会四处告诉别人自己有多聪明。但在所有的这些心理语言学暗示中,我们希望他在去过葬礼这事上说的是真话,因为梅茨的副手们记录了出席的人,正在同所有人谈话。

然后他继续自己的游戏,并把这家人逗得团团转。

"我想要填补些空缺,因为现在和下周六,莎莉·菲的忌日……"

"什么?"

"我要二选一,如果上帝在那之前给了我力量的话,或者任何时候给了我力量的话,我会打给你。"

"现在和下周六之间?"

"对。"

"我想你得在那之前做出决定。"

唐恩吸收了我们通过梅茨和麦卡迪不断灌输给她的技巧,重复或者质疑他承认的内容,对每一个可能重要的声明都要跟进。

"没错。嗯,我看到她棺材合着,但你们有没有尊重莎莉的遗愿,叠起她的手呢?"

"是的。对,我们叠了,当然叠了。"

"好的,她……她会喜欢的。那会让她开心的。好的,嗯,告诉治安官梅茨和联邦调查局……干,这就像是你真心敬畏上帝。他们对待这事儿就像对待邦尼和克莱德似的。他们会出手用枪撂倒你。要是我决定了,要是上帝给了我力量像那样自首,我会给你打电话,我说过的。他们开车逼上来,我会看见查理·基斯和治安官梅茨下车,他们就会认出我。我会走向他们,他们就可以不用开枪啥的,知道吧?"

这次对话期间,我们第一次真正从未知嫌犯那里探测到了某种实实在在的担心,以及他正在面临自己行为真实后果的可能。当然,他没有自责,只是为自己担心。他所说的关于联邦调查局的焦虑以及自己如何被当作邦尼和克莱德对待的说法(后者在 1930 年代在自己车里被射成了碎片)对我们来说是个明显的信号和重要的行为线索。这意味着他如今可能对自己周围的人显出了承受着压力的迹象:酗酒或者吸毒,体重降低或者强迫性进食,也许会不停地说到这起案子,询问其他人都知道些什么。一听到这段录音,我们就在电话上告诉麦卡迪,这是犯罪画像的关键特征之一。

来电者继续说着,假装能帮上忙:

"我把她送到了萨卢达县,我告诉你她具体怎么死的。等我把胶带撕下来时,带下了很多头发啥的,我都帮着清理干净了。验尸官说无法判定她怎么死的。嗯,行吧,等一下就会知道了……"

他思绪又一次乱了,唐恩立刻切入进去:

"胶带在哪儿?"

"啥?"

"胶带在哪儿?"

"只有上帝知道,我不知道。好吧,好吧,听着。你在邮件里收到那东西和照片了吗?"

"寄来了吗?"

"除非联邦调查局拦了下来。是写给你的。我让莎莉·菲写了三四个不同的东西,是她手写给你的。"

他说会有"仅限你看的手写纸条",宣称她打算同理查德分手,这一点我们预测到了他会说。从受害者分析来看,我们知道这不是真的,只不过是未知嫌犯又一个绝望的尝试,试图创造同莎莉的一种虚幻关系。

"我们聊了,呃……实际上她在早上三点十二分写了遗嘱。她开了玩笑,说要是我取个整说成三点十分,他们也不会介意。所以,从大概凌晨两点整,从她确切知道的时间到她四点五十八分死掉,我们聊了很多,什么都聊到了。她选择了时间。她说自己准备好离开了。上帝准备好接纳她成为一名天使了。"

终于表达出真实的恐惧后，他现在试图通过暗示莎莉和自己开玩笑，说他们聊了很多、什么都聊以及她准备好告别此生，来调和这种恐惧。但唐恩不会让他这么轻松地解脱。

"所以，全程你都在跟她说她就要死了，对吧？"

"对。"

他闲扯着莎莉让他转达给唐恩的信息，内容是关于莎莉的生日，还说自己参加了搜索。这一点很平常。我们发现杀手经常参加对自己受害者的搜索。他们能够融入人群，消除任何事关自己的怀疑，并获得因知道一些其他人都不知道的事而带来的替代性快感。他们还会觉得自己比其他人都聪明，因为正在逃脱惩罚。

然后唐恩进一步逼了他：

"我知道你一直宣称你对我说的是实话。但，嗯，你确实说过你会在今天早上六点整自首。但是，结果呢？"

"我没有那力量。"

"啥？"

"我没有那力量。我害怕了。我害怕死了。我甚至都没法读自己写的东西。"

所以，他是照着剧本在读。唐恩继续逼问他，温柔但坚决地逼问。

"不管你做了什么，你知道基督是为你而死的，所以你能被原谅，要是你能自首……"

"你知道会发生什么吗，唐恩？你意识到治安官梅茨……治安官梅茨会帮我几个月，然后会发现我是正常的，我就会被审判，被送上电椅，一辈子都被关在监狱里。我不会……呃……去坐电椅的。"

这是另一个显示了他如何在情绪上失调的例子。他失去了以理性或者有条理的方式进行反应的能力，原因是遭受到不断增加的压力。逻辑思考包括了思维的发展。说自己会被送上电椅，然后被关在监狱里一辈子,这是不符合逻辑的、倒序的思维。因为身处压力之下,他开始心烦意乱了。我们希望他犯下一个暴露自己的错误,但那样的情绪失调也会让他更不可预测和危险。如今他好像攀着唐恩,把她当成了救命稻草。另一方面,她正如自己语气里所暗示的,正在获得力量和坚韧。她从我们告诉麦卡迪的内容那里知道,他会被强势的女性吓到,所以她挑战了他:

"你不断告诉我们要原谅你。你没有意识到你让我们经历了什么。你怎么还能去想自己身上会发生的事儿呢?"

这是个他无法回答的问题,因为作为一个精神变态,他对同情没有概念。

"好吧,还有其他问题吗?我已经做了一切该做的。今天或者周一你没有收到那封信的唯一原因,就是联邦调查局拦下了信。"

此刻,SLED 的加斯科队长正在房间里听着。他匆匆写了张条子,上面是"戒指?"两个字,递给了她。他想知道未知嫌犯是不是拿着莎莉的高中戒指①,并在搜集纪念品。

"你能告诉我她的戒指在哪儿吗?你真不知道在哪儿吗?"

"不,我不知道,唐恩。要是我知道就会寄给你。我没有理由啊。我不是要钱或物质的东西。我没有任何理由……她进到车里的时候没戴高中戒指,所以她可能忘在之前离开的那个泳池派对上了。"

也许这最终意味着我们对他在购物中心看到她后,整个星期五下午都在跟踪她的猜测是对的。但因为我们绝对确定他密切地追随着媒体报道,他也可能读到过泳池派对的细节。

"呃,你能告诉我莎莉是在哪儿死的吗?"

"我告诉过你,凌晨四点五十八分。"

"不是,我知道时间。我是问哪里?"

---

① 指毕业时发给毕业生做留念的戒指。——译者

When a Killer Calls 073

"周六早上，在，呃，列克星敦县。"

"列克星敦县?"

"嗯嗯。"

"列克星敦县哪里?"

"你还有别的想问的吗?"

"这就是我在问你的!哪里?"

"呃，有其他的吗?"

"你不会回答我吗?"

"不。"

"你说过我问什么都会回答的。"

"行吧，我告诉你。嗯，首先，我不知道具体地点。我不知道那条高速的名字，391啥的吧，但就在萨卢达县边上。这就是我能告诉你的全部内容了。行吧，还有别的吗?我得挂了。早上四点五十八分，尽你所能设个闹钟，我会打给你的。你听明白了吗?"

"是的。今天早上?"

"不，下周六，忌日上。知道吗?我会给你打电话，告诉你具体的地点，就像我对莎莉做的那样。"

"我不信，因为你从来就没告诉过我真相。"

"说了，我说了!你得相信这一切，因为这就是真相!你回想一下，你回想一下所有的内容。"

"我就是觉得最好就是你去自……"

"好了，唐恩，上帝保佑我们。"

然后电话挂断了。

来电被追踪到了佐治亚州奥古斯特的拉斯特拉克服务区，距离列克星敦约六十英里。再一次，他没有留下任何痕迹。

第八章

治安官办公室和 SLED 的工作继续着。几乎所有参加了葬礼的人都被审问过了。希尔达、鲍勃、唐恩和罗伯特各自同调查人员们在房间里待了很多个小时，扑在丧礼的视频上看，指认出每一个他们认识的人，并挑出任何让他们觉得可疑的人。每天有数以百计的线索涌进治安官办公室，但没有一条有下文。因为来电者数次告诉唐恩说他可能会自杀，官方调查了周围区域内的所有可疑死亡，但不认为有任何一起是同案子有关的。在鲍勃·史密斯作为监狱牧师时布道过的囚犯和前囚犯中，不存在任何同案件明确的关联，似乎也没有任何人迷上了莎莉或者唐恩。警探们检查了符合目击者报告的数百辆汽车，认为最可能的一辆是新型号的莓红色 GMC 轿车。对莎莉杀手的搜捕据报是州历史上最大力度的。

尽管未知嫌犯表示认识这家人，还出席了葬礼，但案件工作人员已经得出结论，这个他们要抓的男人是个陌生人，直到绑架莎莉的前一天，他同她都没有过接触。

"我们面对的事实是这家伙甚至都不认识她，"梅茨在六月八日星期一宣布，"我认为要是他认识她，我们现在就应该已经查出点什么了。"

两天后，他还试图表现得乐观。"我很乐观，"他说道，"我必须乐观。我们不会放弃，哪怕时间在和我们作对。我们还有一堆线索要去核查,还有一些有强烈嫌疑的对象。除非追尽了所有线索依然一无所获,否则我都不会悲观。"

他承认十天的调查对自己和手下的侦探们都是情绪上的过山车,然后进一步解释道,"在任何类似的调查中,一开始都有各种理论,然后一路追下去,抛弃那些可排除的,对排除不了的则搜集更多的信息。"

他还告诉记者,自己的办公室直接同萨卢达县治安官办公室及治安官乔治·C.布思合作,并表示联邦调查局正在做的一份画像已经让调查人员们把对罪犯年纪的预测从高中调高到了二十多岁、三十多岁,甚至四十出头。"专家给了我们一些灵感,让我们相信自己要找的是一个年纪更大的男人。"

他还公开挑战未知嫌犯,就像唐恩在询问自杀一事上做的一样。"我不认为他有胆量。要是他真要自杀,现在已经死了。他说了五天了。一个在自杀边缘的人不会拖上五天的。"

梅茨采取的是一个极好的策略。一方面,它风险较低。尽管未知嫌犯不断承诺要自杀或者自首,但我们对二者都没有期待。在学校或者工作地点作案的杀手通常会预期自己的结局,他们要么自杀,要么"被警察杀"。但对眼前这一类杀手则不尽然。这样的一起犯罪本质就是懦夫行为,他不会有光荣赴死的打算。除此之外,这个策略还会攫住他的注意力。我们知道未知嫌犯密切地追踪着媒体报道,那么对他持续施压就很重要。在这样的情况下,发言人和法律代言人的强势存在是我们所需的,这样未知嫌犯就会感受到自己面对的全部势力。来电录音已经足够清晰地表明来电者痴迷于针对治安官梅茨,那我们就要持续发布治安官迟早会抓住猎物的这条信息。

另外,哥伦比亚办事处的画像协调员、特工汤米·戴维斯对《哥伦比亚记录报》详细描述了我们的画像:"基本上,无论对方犯下了什么罪,他们(匡蒂科的画像师们)都在试着画出一幅符合所有特征的个体的画像。"

"我们显然还没有穷尽线索,"梅茨补充道,"在继续积极排查线索时,我们想要把这个(画像)当做工具。"

梅茨一天好几次同萨卢达治安官布思和 SLED 队长加斯科碰面分享信息、协调工作。在案子破获之前,所有假期和请假都被取消,食物也被送了进来,这样调查人员们就不用中断工作去吃午饭了。

梅茨也联系了当地的《犯罪阻止者》电视节目——社区媒体和执法机构之间的合作项目——请后者拍摄了绑架现场的再现影像,鼓励人们提供线索和额外信息。"有人在某地见过他。我们得在这个人再次杀人前找到他。"他警告道,"每当有符合这份画像的杀手在逃时,我的观点就是,这个人杀过一次人,就会再行凶。"

提供线索的奖金已经累积到了三万美元。

当周末知嫌犯没再打来电话,我们开始担心唐恩愈发攻击性的言语和梅茨的公开言论结合在一起,已经让他蛰伏了起来,甚至去了比临近的佐治亚州更远的地方。同时,好几个家庭报告接到了威胁自家孩子、希望只是恶作剧的电话。家长们变得高度警觉,枪支销量也提升了。

"每当有这么一起案子,就会诱发其他模仿者行动,"梅茨说道,"我们已明确的事实之一是存在着很多精神变态和反社会人群。"他鼓励任何接到了类似电话的人向自己的办公室报告。"我们正在排查这一类事件。我们需要用来破获这起案子的信息也许就在其中。"

《犯罪阻止者》的节目是由 WIS-TV 的摄制团队在六月十四日星期五拍摄的,即距离莎莉被绑架的两周后。节目计划在接下来的星期一开始在当地电视台播放。拍摄地点是市镇广场购物中心的停车场和史密斯家的车道。二十一岁的南卡罗来纳大学大三学生特蕾西·佩里是一名 SLED 特工的漂亮金发女儿,长得也像莎莉,于是扮演了节目中的莎莉。视频中用上了莎莉自己的蓝色雪佛兰汽车,她的男朋友理查德也参加了拍摄。

"我们聊了几分钟,然后她开出了停车场,挥手告别,"理查德对摄制组说道,描述了她遇见杀手前两人最后见面的场景。等他们到了史密斯家,治安官下属的调查员艾尔·戴维斯开始指导特蕾西——她身穿一件比基尼、白色短裤和黄色泳装上衣,跟莎莉的类似,购自同一家彭尼百货公司——告诉她经推测所发生的事,详细到赤脚下车。镜头以特蕾西走向邮箱结束。

在向一名记者解释自己愿意参加拍摄的原因时,特蕾西说:"我愿意做任何自己力所能及的事来抓住那家伙。这(案子)把所有人都吓死了。"

在拍摄完车道上的镜头后,摄制组去了莎莉尸体被发现的萨卢达县共济会俱乐部。到达那里时,他们发现法医病理学家塞克斯顿博士用过的一双塑胶手套躺在草坪上。

同一天,德布拉·梅·赫尔米克正同自家弟弟妹妹在房车前的院子里玩耍,地点是老柏士华路边的夏依洛房车营地,位于哥伦比亚城外约五英里处,在列克星敦县东边,而萨卢达县则在列克星敦西边。赫尔米克一家在那儿已经住了约两个月。和莎莉·史密斯一样,德布拉·梅是一个漂亮的蓝眼睛金发姑娘。和莎莉不一样的是,她只有九岁。她的妹妹贝基六岁,弟弟伍迪三岁。德布拉·梅当时穿着白色短裤和格子衬衫。她在人们口中是一个聪明文静、学习很好的姑娘。

下午约三点三十,德布拉·梅的妈妈德布拉·路易丝·赫尔米克(因为她们同名,故这样称呼)正要出门去"雷·利弗的烧烤"餐馆上班,新邻居薇姬·奥尔开车载她去,后者同丈夫克雷和两个孩子住在营地里十二辆有着白色护墙板的房车中的一辆。两个女人计划带赫尔米克家的孩子一起坐车,然后他们和薇姬待在一起,等德布拉三十二岁的丈夫谢伍德结束建筑工的工作回家。但正当他们要走时,谢伍德就回来了,所以德布拉·梅和伍迪留了下来,继续在院子里玩。贝基同妈妈和薇姬走了。

约半小时后,一辆涂着红色赛车花纹的银灰色汽车开进营地唯一的入口,下了短短的车道。车道尽头是一丛树。那辆车停下来,掉了个头,慢慢地开回了街上。司机把车停在赫尔米克家房车附近,引擎还打着火。他打开了车门。

从赫尔米克家房车往下数四个房车,屋顶工瑞奇·摩根就住在车道对面,正在自家的厨房里。尽管又是异常炎热的一天,温度依然在九十华氏度以上,但十九岁的摩根没有开空调,而是打开了窗户。他听到了某些模模糊糊的声音,望了出去,看见一个白人男性下了车,走向了德布拉·梅,抓住她的腰,把她拉进了车里,然后在德布拉·梅尖叫的同时绝尘而去。

"天哪!"车子飙走的时候摩根对妻子叫道。他冲出自己的房车,冲到了赫尔米克家。

谢伍德·赫尔米克打开了自家房车的空调,正在卧室里换衣服,所以他只听到了一声微弱的喊叫。他认为不过是两个小孩在玩某个游戏而已。但他的朋友约翰尼·弗莱克,也是载他回家的同事,从房车的前厅里吼了起来,"你家一个孩子在尖叫,被掳走了!"

谢伍德冲出前门,刚好赶上瑞奇·摩根冲过来。三岁大的伍迪已经爬到了房车边上的一大丛灌木下,害怕得瑟瑟发抖,喊着一些听不懂的话。

"你看见那个抓走你女儿的男人了吗?"摩根上气不接下气地喊道。

谢伍德围着房车跑了一圈,然后冲到了路上,没有看到德布拉·梅或者那辆汽车的任何踪迹。他冲回到约翰尼站的地方,他们一起进了车里,冲上老柏士华路开始追。等开到同阿尔派恩路交会的十字路口,谢伍德下了车,拦下路过的车辆,问有没有人看到过那辆银灰色

When a Killer Calls   079

的汽车。他看见了里奇兰县治安官办公室的巡逻车，示意其停下。他倾进车窗向副官喊道："有人抓走了我女儿！"

副官呼叫了支援，很快一场搜索就开始了。

听到电话铃声的时候，德布拉·赫尔米克正在烧烤餐馆后面的储藏室里。她手里拿着取来的一罐猪肉和豆子走进厨房时，经理冲到她面前说道："拿上你的包。你婆婆来接你了。"

谢伍德的母亲在几分钟后抵达，她对德布拉说了发生的事。赫尔米克一家从俄亥俄州坎顿搬来后，一开始是和婆婆住在一起，直到他们搬进了夏依洛房车营地。

里奇兰治安官弗兰克·鲍威尔一听到消息，就好奇这同莎莉·史密斯的绑架案有没有关系。刚好是两周，基本就是莎莉被从自家房子前掳走的同一个时间。两个姑娘都漂亮，有金发和蓝眼睛。赫尔米克一家距离史密斯一家有二十四英里。鲍威尔联系上了另外两个县的治安官，发动自己手下的所有人员来协助搜查。一架飞机及一架直升机很快就升空开始空中搜查。

瑞奇·摩根是唯一一个目睹了事件的人，他对警探和一位速写专家形容了那个白人男性：年纪约三十到三十五之间，差不多五英尺九英寸高，大概超过两百磅重，有啤酒肚，蓄着短胡子和一撮山羊胡，还有退后的发际线。他认为那辆车要么是雪佛兰的"蒙特卡洛"，要么是庞蒂亚克的"大奖赛"，银灰色，相对较新的型号。他认出了南卡罗来纳州的车牌，但只能看清车牌是以字母 D 开头的。嫌疑犯穿着短裤和浅色的无袖上衣。在靠近孩子们的时候，他好像是在同他们说话，然后突然就抓过了德布拉·梅。摩根说那个瘦小的九岁孩子激烈地反抗，踢打尖叫，双腿蹬着车子顶棚，直到嫌疑犯成功把她拉进了车里。

治安官们询问依然惊恐的伍迪时，他告诉他们，"坏人说他会回来抓我的！"

"此刻，我们不知道情况如何，"治安官鲍威尔告诉媒体，"很讽刺的是，可以说今天是莎莉·史密斯失踪整两周的日子，相差不到一小时。但是，此刻我想要强调，除了一个女孩失踪的事实外，我们没有任何证据暗示两起案子间存在联系，但我们感觉确是如此。"

这家人等着消息，至少是一通勒索电话或者一封勒索信。他们的房车里没有电话，但德布拉·梅知道营地经理办公室的电话号码。这台电话被彻夜监视，并持续到了第二天，但小孩或者任何同她失踪有关的人都没有打来过。

第二部分
犯罪现场

第九章

到了星期一，六月十七日，德布拉·梅·赫尔米克的照片已出现在了所有的媒体上，同时莎莉·史密斯的照片也继续被展示着。美联社刊发了一则新闻，标题是"官方搜捕一连串绑架案的嫌疑犯"，并把两个姑娘的照片并列排版。那个胡须男的素描出现在了所有的当地和地区报纸上，也在电视上播放。

警官们很快指出用"史密斯和韦森身份识别工具包"（Smith & Wesson Identi-Kit）[①]画出来的素描并非同未知嫌犯一模一样，但是在帮助目击者们排除尽可能多的嫌疑犯方面非常有用。几个月后，工具包因在洛杉矶一家酒水专卖店里准确指认出了"夜间尾随者杀手"（Night Stalker killer）理查德·拉米雷斯而声名大噪。有趣的是，有些使用工具包画像的人说女性和小孩在回忆和描述长相的时候比男性更出色，小孩子有时候还会被请去亲手玩工具包，画出画像的草稿。

现在，面对两起可能有关联的绑架案，副治安官刘易斯·麦卡迪飞来了匡蒂科见我们。一如里奇兰治安官鲍威尔所表明的，我们无法确定两起绑架案有关，但存在着足够的相似性让官方不敢贸然判断。我们一直在担心莎莉的杀手会再次作案，而行为科学小组除了其他方面，还在研究行为模式。罪案之间两周的间隔过于巧合而无法被忽视。

一吃完午饭，罗恩·沃克和我就在学院入口的大厅里那张宽大的前台前见到了麦卡迪。他是一个身高中等的壮汉，浅色头发，戴着金边飞行员眼镜。他为人友好，似乎很开心能回到匡蒂科，但我几乎立刻就能从声音和肢体语言里看出他身处巨大压力之下。我们希望他能感到有同事愿意同他们分担那种压力。我们告诉他，已经为他安排了一间带浴缸的 VIP 房间，不必同其他住客共用浴室。

我们带他走过了长长的走廊，去到我们办公室所在的法医楼，还带他去了罗杰·迪皮尤的办公室，把他介绍给行为科学小组的头头认识。罗杰一直都是我们强有力的支持者，每当有地方执法机构官员来咨询时，他总会让对方感到宾至如归，体会到局里积极的支持。然后我们带着麦卡迪走过大厅，把他介绍给了行为科学小组的其他特工。我们省去了客套和形式，直接去了法医科学会议室，吉姆·赖特和其他四名画像师已经在那儿了。我们同时还有两个法医部门的特工参会，这已经成了大案咨询的惯例，他们可以为我们回答任何事关法医发现的问题，或者任何做过的以及他们推荐的科学测试相关问题。

我不得不承认要在这起悬案里保持客观是很困难的。我的大女儿艾丽卡当时九岁，和德布拉·梅同岁，也是个蓝眼睛的金发姑娘。她妹妹劳伦只有五岁，她们经常一起在外面院子里玩，就像德布拉·梅和伍迪一样。根本没办法避开"可能是我小孩！"的这种感觉在你良心边缘不断噬咬。

如果是同一个罪犯，我们坚信随着绑架和杀害莎莉的满足结束后，他的压力会渐增，接下来就会是不可避免的情绪低落，做同样事情的冲动就会越来越强。他不想自杀或者自首，他想要占有另一个莎莉。要是找不到，他就会抓过所能够找到的最像莎莉的受害者——在

---

① 指警方用来快速绘制嫌疑犯样貌的工具包，包含各种实用工具。——译者

这个案子里是一个九岁的女孩，她无法做出太大反抗，会彻底处在他的掌控下。他大概很惊讶于德布拉·梅反抗的激烈程度。

麦卡迪就受害者分析给我们做了介绍。每个警探都把德布拉·梅描述成一个甜美的姑娘，顺从、有规矩，比起别的小孩更害羞。她不是会冒险的人，她是低风险的，对罪犯来说则是高风险的，因为她父亲当时就在离她约十五英尺外的地方，房车营地上仅有一条进出车道。

尽管赫尔米克一家只在那里住了两个月，但他们很受欢迎，同好几个邻居都成了朋友。等德布拉·梅的妈妈从餐馆回来时，一群关切的邻居已经聚在了她家房车外面提供支持、等候消息。

如果说莎莉·史密斯的谋杀案已经让社区不寒而栗，麦卡迪指出，德布拉·梅·赫尔米克的绑架案则让所有人都崩溃了。这样的事儿不应该发生在这么一个小镇上。莎莉和德布拉·梅的案子还累在了一起尚未破获的谋杀案上：受害者是十七岁的玛丽琳·惠滕，她赤裸、部分腐坏的尸体是在失踪四天后在里奇兰县南部被发现的，时间是莎莉·史密斯被绑架前几周。玛丽琳被一个后来证实是金属台灯底座的钝器击打过，死于钝器外伤。警方已经审问了一个她在当地一家动物诊所共事的年轻临时工，但没有足够证据逮捕他，因此考虑杀害她的凶手和杀害莎莉、绑架德布拉·梅的是同一人。（惠滕的同事詹姆斯·福斯克最终被判犯下了谋杀罪。）这个社区还在为前哥伦比亚警察局局长亚瑟·赫斯的失踪而心烦意乱，后者沾有血迹的汽车于七月六日在一处购物中心被发现，赫斯所在房地产公司的合伙人玛丽·麦凯克伦数周后也失踪了。

此后南卡罗来纳大学的一名十九岁女大学生被持枪绑架，情况变得愈发令人惊恐。这名女大学生当时正开车去哥伦比亚的一家快餐馆工作，她把车停在交通灯前的时候，一名男子跳进了车里。男子拔出左轮手枪，要求载他去查尔斯顿。六小时后，等他们到了查尔斯顿——途中被剧烈雷暴耽搁了一会儿——他下了车,并没有伤害女生。受害者描述罪犯有二十多快三十岁,约五英尺十一英寸高,一百八十磅重,留着短短的金发,左边手臂上有个海军陆战队的文身。

官方不相信这些案子中的任何一起同莎莉或者德布拉·梅相关,但整体情况愈发让人紧张,迫使人们对自己生活的这个地区的安全和安保情况忧心忡忡。

他们同时也愤怒不已。列克星敦县的一名商店职员罗伯特·吉莱斯皮告诉《夏洛特观察者报》:"几乎所有人都在谈论,要是他们先于警察抓到(莎莉的杀手),他们会很乐意为州里省下(电椅的)电费的开支。"

里奇兰县治安官鲍威尔星期一表示,他的部门已经核查了一百八十六条线索以找出德布拉·梅的绑架者,但没有一条有结果。他也公开地表示担心绑架和失踪人口的数字攀升会引来模仿犯,并发布了一则这样的声明:"鉴于米德兰地区近期绑架案获得的大量曝光,也许会让个别人产生模仿的想法。不幸的是,我们确有某些堕落的人可能会以模仿犯的形式施行他们变态的幻想。"他进一步指出,公众惧怕的程度正在阻碍执法机构的工作效率,因为人们会在自己的伴侣或者小孩晚回家十五、三十分钟的时候就给治安官办公室打电话;甚至已经有教堂的神职人员打来电话,咨询要如何拯救自己教区的居民。

麦卡迪告诉我们,他们确有一个靠谱的目击证人。莎莉被绑架前不久,一个开车经过史密斯家的女人描述说看见一个男人似乎在和莎莉说话,当时后者在靠近自家的邮箱。这个人符合对后来掳走德布拉·梅的男人的描述,也部分匹配了当时另外两个在普拉特斯普林斯路附近的目击证人提供的描述。一两分钟后,那个女人注意到一辆红色新型号的通用汽车从后方加速而来,突然并线至自己前方,开上了她所在的车道,然后猛地慢了下来。司机似乎没有在注意路况,反而是倾过去,专注同副驾上的姑娘说话,后者是这个目击证人在邮箱边看到的姑娘。这个女人摁了喇叭,那辆红色的车并回了另一条车道。她开车走了,没有想太多,直到绑架和谋杀的故事在媒体上不断播出,她才开始将其同自己所目睹的事联系起来。

梅茨对两起绑架案是否有关系尚存疑虑,因为在德布拉·梅这起案子里,未知嫌犯动手拽走了她,而不是用枪胁迫,并且他还没有给受害者家人打去任何电话。对车辆的描述也不一样。我们告诉麦卡迪这不一定是关键的。我们画像出的这种个体不会自信他可以动手把一个成熟的青少年拽进车里,会认为用枪可以更有效地控制她。但一个四英尺高的九岁女孩不一定会对枪有反应,甚至会认为那是个玩具,而采用体力压制则简单得多。两个受害者的年龄差距并非意外。要是他打算绑架另一个年轻女性,正如我们所说的,他会找类似莎莉的。但要是没法轻松找到自己的目标,他就会有什么要什么,只要目标容易被控制就行。我们怀疑德布拉·梅也很漂亮,以及金发在他对受害者的选择中至关重要。

我们没有将自己的画像落到纸面上,这是针对正处调查中案件的常规操作,原因是不希望泄露任何文件。于是我们同麦卡迪围坐在会议桌周围时,他做了详尽的笔记。

如果是同一个人,他还正绑架着德布拉·梅,那在这起案子发生后,他会处于极端的精神压力之下。外貌上的变化应该是他身边的人会留意到的。要是他留着胡子,如素描所显示的,他可能会刮掉,还可能会增加或者减轻体重。未知嫌犯会密切地关注媒体报道,可能会剪下并保存报纸上的文章。如果他像我们所想的那样有条理、有强迫症,可能会按照时间先后顺序来整理这些剪报。他还可能会无法抑制同任何愿意听自己说话的人讨论案件细节的冲动。他的朋友家人会为他对莎莉·史密斯谋杀案以及德布拉·梅·赫尔米克失踪案的痴迷而大感惊异,并且搞不明白他为什么会如此关注她们。

罗恩·沃克和吉姆·赖特回顾了我们提交给麦卡迪的这份画像在

成型过程中的所有决策,表示最近发生这些事件没能让他们有时间来调整画像。随后我们拓展了讨论范围,给麦卡迪提供了例子,展示画像中的元素在调查的其他方面能起到的作用。比如,考虑到我们预期未知嫌犯会收藏主题是捆绑和施虐的色情书刊,建议要是他们锁定了一个嫌疑犯,这就是他们能在提交搜查令申请时包含进去的内容。

尽管每名罪犯的时间进度有差异,我们也解释了对连环杀手的研究表明,罪行源于脑子里的幻想,通常被视作某种对其个人及性能力的赋权。幻想会累积,累积到他准备好要付诸行动。但现实永远不会同他所幻想的一样美好,他将会失望,在循环又一次开始前会有某个类似冷却期的时期。至于这名未知嫌犯,他已经至少杀了一个人了,刚好他就处在个人的伟大和深植内心的自卑之间的拉扯中。他同时还处在不断增加的压力和身为匿名名人的光荣、对整个社区的控制,以及操纵悲伤的史密斯一家这种特定的权力拉扯之中。他逃开暴力犯罪惩罚的时间越长、次数越多,就越可能打磨自己的一贯手法,也就会对下一起犯罪更有信心。这就让他愈发危险了。

除了赫尔米克家没有电话,我们认为他显然尚没有试图联系他们还有另一个原因。莎莉像是个成年人、一个适合他的伴侣,他不得不杀掉她是因为不这么做他就会失去自由。而德布拉·梅只是一个九岁、四英尺高的小姑娘。在任何情况下对他都不是合适的浪漫伴侣或者性对象。对她的绑架不会感觉特别好,他也无法幻想自己是这家人的朋友,以及同她能有任何合理的关系。要是他有任何自尊的话,这是一起他会为之羞愧的罪行。

我们告诉麦卡迪,我们的目标是要趁德布拉·梅还活着的时候想办法把他引出来——在他继续杀人之前。

在会议室里待了约五小时后,我们暂停了会议,去楼上的大会议室喝点东西,并从紧张的讨论中放松一下。大会议室是学院酒吧和休息室的正式名字,这里在下班后颇受大家的欢迎。我们在喝东西的同时继续同麦卡迪讨论着案件,在食堂吃饭时也一直在聊。

整整一天,我感觉自己已经同麦卡迪建立了强大的联结。部分原因可能因为他是全国学院项目的毕业生,但我同时也在他身上感受到了对所有受害者及其家属的深深同情,以及对自己职业的强烈投入。作为治安官或者副治安官,你基本上不得不在行政管理方面和调查工作之间分裂自己。我知道像治安官梅茨一样,麦卡迪是一个强有力的管理者。但在同他待了这么多个小时后,我意识到他是那个日复一日负责案件调查的人,而罗恩和我则真心想要尽自己所能助他一臂之力。

麦卡迪在第二天离开了,走之前向所有见过的特工道了别,感谢了罗杰·迪皮尤的热情接待。他带着有关未知嫌犯的二十二点结论及特征回了家。"我了解这个人,"他回去的时候宣布,"现在我们要做的就是找出他。"因为这一切如今像是一起潜在的连环杀人案,并被大量报道,在南卡罗来纳米德兰地区引发了恐慌,哥伦比亚的 SAC 罗伯特·艾维和治安官梅茨都要求我们为执法提供现场咨询。

这意味着我要搁置其他所有案子,但我认为应该亲自去,还请罗恩和我同去。

"当时有一波你来我往的电话,"罗恩·沃克回忆道,"感觉就像'得,我们现在真得去了',所以我们决定立刻出发。我记得我们当天非常临时地就决定了要去。"

罗恩和我都知道这是一个正影响着整个社区的案子,而且已经成为连环案了。也许我们在现场能提供更多的帮助。我们急急忙忙地打包了行李,飞去了列克星敦。

第十章

麦卡迪在哥伦比亚大都会机场接上了我们，没浪费一点儿时间，直接就带着我们熟悉现场。他开车载我们去了每一个犯罪现场——史密斯家的车道和邮箱、萨卢达的共济会俱乐部，还有夏依洛房车营地。他没有夸大此地的炎热。这里真他妈又热又潮，哪怕以我们悲惨的弗吉尼亚夏天标准来看，都是如此。这是我们决定一身休闲打扮的主要原因，没法穿标准的联邦调查局制服：熨烫利落的黑西装、白衬衫、图案保守的领带。

在各现场之间的行程中，麦卡迪讲了些应对不同管辖权的问题。赫尔米克绑架案发生以来，在萨卢达和里奇兰的治安官之间有一定程度的冲突，听起来像是各方都在试图登上头条，以至于动用了政治影响来处理案子。

这个区域与我和罗恩在弗吉尼亚所住的地区对比鲜明。我们那里目之所及的地方都已经被大肆开发，一个接一个的住宅项目或者购物中心正在修建。而列克星敦是个中等大小的南部城镇，实际上就是哥伦比亚的某个郊区。环绕它的区域还相当乡土，有农场、树林以及大量的开阔空间，其中大部分被野葛覆盖。也许是因为我们来自联邦调查局那个高压世界，这里的节奏确实显得更慢、更放松。另一方面——也许是我们想象的，或者是麦卡迪告诉我们的——空气中确实有一种因案件悬而未决而产生的紧张感。

当周早些时候，有人在里奇兰县的树林里发现了骨头，谣言便开始疯传，说那是德布拉·梅或某个未知受害者的遗骸。治安官鲍威尔的办公室进行了调查，结果发现骨头是一头鹿的。社区开始建立自己的邻里守望组织。哥伦比亚地区电台的新台长、三个小孩的母亲，也是悼念莎莉活动的推手戴安·比尔兹利，如今正在组织名为"粉红丝带运动"的活动，开展自卫讲座。"最近的这些恐怖犯罪真切地影响到了我们所有人，"比尔兹利说道，"因为哥伦比亚是一个联系紧密的社区，我们开始了解这些恐怖之事所影响的人们了。就在你想着'永远不会发生在我身上'时，它就发生在你隔壁邻居身上了。"

她所说的内容代表了整个社区："每一次孩子走出家门，我都会向上帝祈祷他们能平安归来。"

陌生人受到了怀疑的注视，陌生车牌被注意到并记录下来。住在夏洛伊房车营地对面名为"北门"的大型房车营地的一名家长告诉记者："很多人都不让自家孩子独自在外面玩了。这就是绑架案的直接后果。案子吓坏了很多人，请原谅我的语言，但案子真吓死我了。"

等待消息的赫尔米克一家状况糟糕，就像史密斯一家经历过的那样。《哥伦比亚记录报》的安德·范坎彭的一则报道里，谢伍德·赫尔米克说自己正从因德布拉·梅上周五在前院被绑走而导致的"崩溃"中恢复，并抱着希望祈祷，期望她被找到时还活着。但是，他补充说，他为最坏情况做好了准备。他的妻子因为严重抑郁，无法回去工作，处于医生的照管之下。"我现在甚至不知道她是不是完全知晓所发生的事。"这一切完全是能够理解的。

"我们最近听说了太多东西，"他告诉记者，"昨天，有报道说他们在林子里某处找到了我家姑娘。这一周，我接了三个电话说自己知道她在哪儿。这些人是真的变态。"

他说自己这周也没有去上班，说不会让另外两个小孩离开自己的视线。"外面有个疯子，你永远都不知道他可能会做出什么事。"

但就像史密斯一家一样，来自社区的汹涌善意和关怀对他意义重大。我每每目睹这样的事也总会被感动，总会印象深刻。关于小镇生活有不少陈词滥调，但我一遍又一遍地目睹了人们在困难或危急时刻是如何出手互助的。

"我对社区真心感激，"谢伍德·赫尔米克说道，"每天能有八十个人来送食物或者给钱。真是太难得了，我想对他们的支持表示感谢。"朋友和邻居轮班给他们送来食物，亨茨维尔伍德菲尔德公园浸会教堂的协理牧师马克斯·佩蒂约翰为赫尔米克一家开立了信托账户，鼓励教会成员和公众捐款，即使他们一家并非该教会成员。其他的朋友们则组织了一次筹款晚宴。

佩蒂约翰表示自己在定期拜访这家人，试着"通过出现在那里来小小缓解一下巨大的紧张"。

谢伍德对治安官鲍威尔的部门正在做的事表达了感谢，同时还表现出乐观："他会在几天内破获案子的。"

我穿行在共济会俱乐部背后的树林里，比之前更加确信未知嫌犯一定是一个熟知这个地方的当地人。你不会刚好遇上这么一个地方；三个现场分处三个不同县的事实也让我们好奇他会不会在犯罪方面如此精明，甚至意识到相邻的执法部门常有沟通和协调问题，所以将现场四散分开是对他有利的。我记得一起爱达荷的案子，两个相邻县在差不多的时间发生了非常类似的谋杀，但没有一处的警方意识到了这点。这不是对联系的偶然忽视，不是调查人员无法看出两起或者更多案件的相关性，而是真没有听说另一个县里所发生的事。

麦卡迪把我们放在了预定的汽车旅馆。那是一个一层建筑，我还能记得，不是什么奢侈的住处，但能满足我们的基本需求，就是能洗澡和睡觉。

第二天早上，他接上我们去了附近的一家餐馆，坚持要让我们尝一顿真正的"南方早餐"。我们吃了炸鸡排、鸡蛋、玉米粥、涂了黄油的吐司，也许还有一堆其他的东西。那是罗恩和我第一次在早餐的时候吃鸡排。另一桌上，另一名治安官办公室的副官也吃着差不多的东西，我记得应该是罗恩问了他们是不是每天早上都这么吃。

我们从餐厅直接去了列克星敦县治安官办公室，去见案子上的所有关键人物。吉姆·梅茨看起来很开心见到我们。他是那种活力无限的人，有着控制局面的架势，还有成功政治家才有的能力，能让你觉得自己是房间里最重要的人，无论他是冲着多少人在说话。我们迅速地搞清了这个办公室的情况：很明显麦卡迪是顶级的调查专家，人员之间关系融洽，梅茨在其中就是法律和秩序的人肉化身。这让我想起了关于得克萨斯州罗伊·比恩法官[①]的西部传说，后者被称为是"佩科斯河以西的法律"。

梅茨的办公室同样让人印象深刻：大概有三十英尺长，层高十到十二英尺，四面墙被牌匾、证书、照片、破获谋杀案的奖状及其他纪念品给盖得满满当当。他似乎同每一个卖给自己饼干的男女童子军都有合照。在我们那儿习惯把这幅景象称为"自大墙"。罗恩说自己在军队时，这叫做"来爱我墙"。不管叫什么，这显然证明了为什么这名治安官在本地是不可或缺的，以及为什么在这起案子里，由他充当执法机构的公共形象是至关重要的。

除了他对被谋杀的年轻女性以及里奇兰县失踪的小女孩的关切，同样明显的是，他对鲍勃·史密斯怀有深深的尊敬，敬佩后者为囚犯及问题少年们所做的工作，也将其视为自己的朋友。显然，他希望在法律所允许的范围内为史密斯伸张正义。

梅茨的位置在一张尺寸恰当的大桌子后。麦卡迪、鲍勃·艾维、

[①] Judge Roy Bean，十九世纪生活在得克萨斯州西南部的一名酒吧老板。传说他把自己的酒吧当作法庭，用来审判和惩罚当地的罪犯。——译者

罗恩和我面向他围成一个半圆坐着。

　　罗恩和我对其他人再一次说明，他们应该忘掉未知嫌犯会自杀这件事。他太享受受到的关注和自己能操纵所有人的权力了。无论他在打给唐恩的电话里暗示自己有什么样的抑郁情绪或者沮丧，那也已经被绑架德布拉·梅的刺激和满足给抵消了。尽管我们不认为他对后一起案子的感觉特别好，但他现在应该已经自信可以在任何他愿意的时间再掳走一名年轻姑娘并逃脱惩罚了。他也许也强化了自己对执法机构的敌意和蔑视，确信他们在抓捕自己这件事上是无能为力的。德布拉·梅可能还活着，他准备要侵犯和虐待她了，他不觉得能在她可以详细描述自己的情况下放她回去。

　　我们认为最好的机会就是找出他藏匿她的地方，由特警迅速出击来解救。但不管梅茨会对媒体说什么，我们都不想让参会的任何人抱很大希望。

　　未知嫌犯打给史密斯一家的电话让后者极端痛苦，这些来电显然是他同官方和媒体玩的猫鼠游戏的一部分，但它们也成了我们尽可能了解他，同时逼他犯错的最好机会。所以对调查人员来说，他停止来电是令人担忧的。

　　"他不再给史密斯一家打电话了。"梅茨抱怨道。

　　"我会让他再打的，"我说道。我想这就是我人在现场的部分原因。

第十一章

史密斯家的房子是一栋宽大的砖房,坡面屋顶正面支着两扇窗户。在立着邮箱、连接普拉特斯普林斯路的车道入口,房子看上去远远地伫立在那头。我明白了为什么罪犯不是特别在意房子里是否会有人看见自己的所作所为。

麦卡迪载我们前来,把我们介绍给了家里剩下的四名成员。他们显然是心烦意乱的,眼中带着无助、无望的感觉。但他们没有哭泣,似乎稳住了情绪。仍然待在房子里的副官和SLED特工们加剧了不安和紧张的氛围。我没怎么和罗伯特说话,他似乎想让自己的父母来同罗恩和我沟通。哪怕沉浸在悲伤中,唐恩也依然非常美丽,看起来非常像她妹妹。她青春年少,但同时也显得沉稳,我揣测在过去的两周里,她被迫成熟了许多。

房子是惯常的装修,收拾得很好。我认为主人是爱惜且注意细节的,但并没有太过火。一切都在暗示这是个普通的中产之家,行为和习惯保守而不僵化。

我询问我们是否可以看看莎莉的房间,唐恩领着我们上了楼梯。自莎莉最后一次从那里走出后,房间就完全没有动过。一如所预期的,对于突然悲惨地失去了一个孩子的家庭来说,这是常见的做法。房间里有蓝色和米白色的配套花朵窗帘和床单,唐恩说这是爷爷奶奶送给莎莉的。她说自己房间里也有一样的一套,挨着她自己涂成粉色的墙壁。我告诉唐恩我能从房间里感受到很多莎莉的气息。

除了整洁之外,这看起来就是个典型的少女房间,还带有一些宗教元素。一面墙上挂着一个十字架和几张《圣经》主题的图画,还有惯常的玩偶和学校有关的纪念品。最引人注意的是一大堆各种各样的填充考拉玩偶。唐恩说是自己开始收集的,因为考拉是哥伦比亚学院的吉祥物,而她妹妹跟着学了。莎莉珍爱这些收藏,她所有的朋友也都清楚,很多人还为收藏添过砖加过瓦。

计划在我脑海里成形了。我们有两个积极方面可供操作:唐恩看起来太像莎莉了,从他一直在电话里玩弄她的方式,以及他曾在电话上搞混两人的事实,未知嫌犯显然对她着了迷。

我仔细地审视了所有考拉玩偶,想象莎莉抱着它们、爱抚它们、在架子上摆好它们的位置。然后我想象未知嫌犯获得了其中一个来作为莎莉的纪念品。我打赌他会喜欢这么做,这是另一种占有她的方式。我好奇自己是不是能够像在水面上晃动鱼线一样在他面前晃悠这么一个玩偶。最后,我选了一个非常小的。挤压这个玩偶双肩的时候,它的双臂会张开,像是要拥抱你。这就是我想要的。要是用这个做鱼饵,而唐恩做渔夫的话,会怎么样呢?

坦白一点,道格拉斯,我想,你才是渔夫,而唐恩是鱼饵。

在二楼走廊里,我把罗恩拉到一旁。"我们用那东西能想出什么样的策略把未知嫌犯给引出来?"我问道。

"也许把考拉玩偶放在她坟上?"罗恩说道。

"我就是这么想的。"我回复道。

"但我们得让他知道它在那儿。"

"对。我们知道他会对媒体报道做出反应。"我想着请查理·基斯同我们合作,造成某种曝光,因为未知嫌犯已经联系过他。但同样出于这个原因,他也许会认为这是个陷阱。这家伙已经证明自己在逃避追捕方面是相当精明的。必须有点更含蓄的东西,不能明显是针对这个杀手的。

唐恩哪怕再悲伤,身上也有种坚定的气质,表明她会尽一切可能让杀害妹妹的凶手伏法。要是唐恩足够勇敢——我们迄今从录音中听到的一切都表明了她可以胜任,以及希尔达、鲍勃和吉姆·梅茨愿意配合,我们就能试着设计一个法子,用唐恩把杀她妹妹的凶手给引出来。

我们回到楼下,同史密斯夫妇、唐恩和麦卡迪坐在客厅里。我告诉他们我认为我们做出的画像能对警方调查提供有价值的协助,能在很多时候派上用场或协助决策。但随着当下事态的凝滞,尤其是德布拉·梅依然下落不明,画像是不够的。我们不得不采取主动策略,尝试逼迫未知嫌犯现身。史密斯一家安静且颇感兴趣地听着,显然愿意配合任何能推进案子、帮到赫尔米克家的做法——对于后者,他们表示自己正在为其狂热地祈祷。

过去几分钟,我一直在脑子里过着计划。在这家人已经经历了这一切后,我还敢不敢冒险让唐恩成为计划的核心?要是出错了怎么办?她会不会陷入任何真实的危险?我不这么认为,因为我们和治安官梅茨的手下都会在近旁。但我同时也清楚当应付这么多的变量和未知时,是无法预测一切的。天知道我在过去已经因为暴力罪犯的行为而遇到过多少次意外,那都不是什么好事。我有没有权力让某人处在可能的危险中呢?要是唐恩遇到了什么事,这家人可就永远都缓不过来了。

同时,哪怕试着不要去想,我也忍不住考虑要是唐恩受到了任何伤害,这对我和还算新鲜的画像项目意味着什么。另一方面——在这一行里总有另一方面——要是唐恩能在他再杀人前,帮我们抓住这家伙,那风险是否值得?

前提是计划可行。

这就是我紧张万分且犹豫开口的一刻了:"我的计划涉及唐恩。"

明显的担忧出现在两名家长的脸上。

我解释说这个计划一开始是在匡蒂科成形的,当时我们听到了未知嫌犯把唐恩当成莎莉的电话录音。等我见到唐恩真人后,就清楚这家伙是如此痴迷莎莉,也会同样痴迷唐恩。我说我想要筹划一个公开活动,针对莎莉的某种悼念仪式,让媒体大肆报道,而唐恩则是活动的焦点。我转向唐恩,问她对这个计划的感受如何。

"我愿意做任何事来逮住杀我妹妹的凶手。"她回答道,没有一丝迟疑。

鲍勃似乎没被说服,我不怪他。我自己对此也有强烈的不确定和怀疑。我基本就是在提议说,我们想要抓住未知嫌犯的尝试是要把唐恩当做诱饵。

我举起从莎莉房间里拿来的小考拉玩偶,建议几天之后,先给报纸和电视足够的报道时间,然后我们在列克星敦纪念公墓莎莉的坟墓边举行悼念仪式。公众会被邀请到场,到时唐恩把这个填充玩偶系到一根装饰着粉色花束的柱子上。我认为我们有很大的机会把杀手引到活动上来,甚至还有机会让他在仪式后去现场拿走考拉作为自己同莎莉之间"关系"的实体纪念品。至少,我认为这样的曝光会让他再次开始来电。

在麦卡迪的支持下,我试着让鲍勃放心——也让自己放心——相信未知嫌犯是个懦夫,不会在如此强烈的曝光、审视以及有密集警力的情况下对唐恩出手。但她可以诱使他做出另外的动作。我告诉他,罗恩和我都相信唐恩足够聪明勇敢,能扮演好自己的角色。

"都不能说是紧张了,"唐恩后来告诉我们,"我感觉自己就是个诱饵,引诱谋杀了我妹妹的男人的诱饵。但我记得自己几乎不能像正常人那样在那种情况下做出反应,因为我认为那是我的工作、责任、任务。我就应该放那个考拉,做这个、做那个,就应该这么表现。做你不得不做的事儿,让这一切结束,抓住那个男人,让这个噩梦结束。

带着能理解的迟疑，鲍勃和希尔达同意了这个计划。他们提到六月二十五日星期二是莎莉的十八岁生日时，我们都同意就选那一天了。

六月二十一日星期五，SAC 罗伯特·艾维和治安官詹姆斯·梅茨在联邦调查局哥伦比亚办事处办公室举行了一场新闻发布会。我们试着针对未知嫌犯进行称为"针毡行动"的操作，基本上就是让他更紧张，希望额外的压力能逼着他犯下暴露自己的错误，或者让他不寻常及不稳定的行为在周围人看来更明显。同时，要是他感觉到马上就要被执法机构抓住了，总会有可能在试图进行另一起绑架和谋杀前犹豫犹豫。

艾维宣布，针对绑架了莎莉·史密斯的男性，"一份相当完善的精神画像已经形成了"。"我们非常乐观，这让我们为案件引入了另外的资源。"他这里特指的是联邦调查局的实验室，后面梅茨表明，实验室正在检查"额外的证据"。他声称对首要嫌疑犯的画像提供了一些意外情况，甚至同调查人员针对罪犯的早期理论相矛盾。参加发布会的人们显然更加迷惑。

两人都不透露画像的细节。治安官表示该画像正帮着调查人员"把拼图的大块部件"拼到对应位置上，指出只有直接参与该案的官员才能接触这份画像。关于画像的谣言已经流了出去，其中一个说我们相信杀手是"一个高智商的精神分裂症患者"。我确实相信未知嫌犯在犯罪方面手法精细，但"高智商"听起来有点高估他了。他显然有着某种严重的性格缺陷，但我们从来没有把他定义为"精神分裂"，这是一种通常会导致妄想的精神错乱。这家伙头脑"有病"，但他清楚知道自己在做什么，且想要继续做。

有记者问到为什么两人要召开新闻发布会而又不透露任何画像的

细节，梅茨回复道，"画像是对调查的极大助力，但将其公开的话，我们就没有优势了。"

艾维说道，"嫌犯被捕的案子里，有百分之七十到八十是确实符合画像的。某些画像能直接对破案起到作用。"他同时详细说明了画像是从罪犯的电话录音里、对犯罪现场的研究，以及其他之前未曾透露的物理证据里得出的。他补充道，"我很清楚媒体对这起案子的兴趣。我们觉得这份画像足够重要，得让媒体知道。"他不需要声明的理由之一是，这样的曝光是为了安抚公众，表明执法机构还在尽一切可能试着解决这两起案子；他也不打算透露另一个原因，即为了让未知嫌犯更加如坐针毡，直到恍惚犯错的程度。

艾维和梅茨的公开发言并没有等太久就有了效果，但它带来的新闻并不是我们想要听到的。

罗恩和我在史密斯一家的房子里待了很长时间。星期五晚上，唐恩睡不着觉了。距离她妹妹被绑架已经三周了，距离未知嫌犯打来电话也已经两周，德布拉·梅被绑也过了一周，莎莉生日当天的悼念仪式快举行了。所有这一切给她造成了沉重的负担。她觉得生活无论如何都不可能恢复如常，毕竟她被猛然从夏洛特那室友环绕的宿舍里给连根拔起了，而她的家也被我们这样的执法人员给占据了。SLED特工里克·麦克劳德一直在照顾她，罗伯特则在连续很多天里都陪伴着他们。在其他特工提供安保的同时，他偶尔会带他们溜出房子，让他们不至于发疯，还不断地带来披萨和其他慰藉。他们已经把他当作真心的朋友，并爱上了他。

"因为我们对特工住在家里太过习惯了，他们一夜之间就像变成家人一样了。也因为他们对我们充满了同情，对我们非常好，"唐恩说道，"有些东西我感觉自己永远都表达不够：那就是我们一家人对执法机构的感激。这远不仅仅是一份工作，因为他们和我们一家一起感受着悲伤。"

显然未知嫌犯想要同史密斯家的女性说话，而不是男性。这并没有让我们感到意外，因为他的模式一直都是找某个自己感觉没有那么强势或者不让自己胆怯的对象。希尔达在一开始的几个电话里表现得尤其出色，但在意识到自家女儿的生命危在旦夕时，她变得愈发不安，然后她就知道莎莉没了。这之后，很明显杀手迷上了唐恩，我问她继续接电话是否可以，尽管我知道这对她来说很痛苦。她勇敢地同意了我们要求她做的所有事。所以我们将大部分注意力投到了唐恩身上，尝试让嫌犯尽可能久地待在线上，好让我们尽可能多地了解他的策略。为了达成这点，我建议唐恩表现得友善、有同情心以及冷静。要让他掌控局面，显得能共情，能理解他，哪怕他让你想要干呕。

"那就是我们做的事儿了，"唐恩回忆道，"他太残忍了，但我能稳住自己，因为我知道我们当时和他唯一的联系就是那些电话了。"

就在星期五午夜跳转到星期六凌晨后，史密斯家的电话响了起来。时间是十二点十七分，罗恩和我还在那儿。还醒着的唐恩接了电话。接线员问她愿不愿意接一位莎莉·菲·史密斯打来的对方付费电话。唐恩知道这意味着什么。经过了我们的所有培训之后，她想要未知嫌犯打来电话。她试着让自己坚强起来，面对一场肯定会让自己不安的对话。但事实很快证明情况还要糟糕。

"你知道这不是恶作剧，对吧？"

"对。"

"你找到莎莉·菲的戒指了吗？"

"没，没找到。"

"行吧，我不知道它在哪儿，好吗？"

然后就是我承认在我们心中都引发了恐惧的声明。

"行吧，你知道的，上帝想要你加入莎莉·菲。这个月，下个月，今年，明年。你没法永远都被护着。你知道那个赫尔米克家的姑娘。"

任何他可能有过的关于自杀或者自首的想法，显然已经被抛下了。他接下来马上就明确了这一点：

"你听说德布拉·梅·汉姆里克（此处应该是罪犯的口误）？"

"呃，没。"

他以我们已经意识到的、典型的一丝不苟态度纠正了自己。

"十岁的那个：赫、尔、米、克。"

"里奇兰县的？"

"对。"

"嗯嗯。"

"行吧，现在仔细听着。朝北走……嗯，朝西走，在桃子节路左转，或者在比尔烧烤店左转。朝吉尔伯特走三英里半，右转。走到路口那个停车标志前的最后一条土路上，穿过铁丝网和'禁止跨越'的标志。走五十码，然后左转。再走十码。德布拉等着呢。上帝饶恕我们。"

我迅速地写着纸条，递给唐恩，提醒她试着让他不要挂断，问些个人问题。第一次看她应对这样的电话，我既感动又对她的自控能力印象深刻。她没有让自己内心的波澜，或者让这个面目不清的男人打算对自己做的事分神。她是在对未知嫌犯说话，也是在为自己的妹妹、为德布拉·梅、为整个依然处在这个男人暴力欲望下的社区发声。这立刻让我想起了莎莉遗嘱中惊人的优雅和克制。无论史密斯一家存在着什么样的家庭矛盾，我都会坚定地认同希尔达和鲍勃养育自家两个女儿的方式。

唐恩对来电者说道：

"嘿，听着！"

"啥？"

"呃……就是好奇，你多大了？"

但他没有咬这个钩。

"唐恩·E，你的时间到了。上帝饶恕我们，也庇护我们。晚安了，唐恩·E. 史密斯。"

"等一下！你说你要寄给我的照片怎么回事儿？那些你要寄的照片呢？"

"显然，肯定是联邦调查局拿着了。"

"不对！因为他们要是有什么，我们也会有，你知道的。你会寄出来吗？"

"哦，对的。"

"我觉得你是在忽悠我，因为你说它们要到了，但并没有到。"

"唐恩·E. 史密斯，我必须挂了。"

"听着，你说你在等上帝的指示。"

"晚安，唐恩，先这样吧。"

"你还没有给我那些照片！"

"我后面再打给你。"

他挂了电话。这一次来电被追踪到了南卡罗来纳萨姆特市帕尔梅托购物中心肯德基外的公共电话，距离史密斯家约五十英里。现场没有明显的线索，SLED特工从墙上拆下了电话，带回他们在哥伦比亚的实验室进行分析。

未知嫌犯依然以自己的方式为所欲为，他在之前一通电话里表示出来的害怕和焦虑如今已经随着绑架德布拉·梅重新获得的信心而蒸发了。他变得更加大胆和自大，不再使用变声器。他显然感觉自己不再需要它所提供的保护了。

唐恩放下电话，不再只是简单做出应激反应，而是开始复盘。"我吓坏了，"她承认，"全程都很害怕。这就是为什么我们一天二十四小时都有警方保护，因为他也会来找我。而听到这些话从他嘴里说出来，我自己在想，行吧，要是这个人一直没被抓到，这些人要怎么保护我一辈子呢？他这么擅长逃脱惩罚。他会待在线上，直到电话被追踪到之前为止。每一次等有人到了现场，他都溜了。我们甚至无法

When a Killer Calls 105

妥善地哀悼莎莉的死亡，因为这个人还在调戏逗弄我们家，还威胁了我。这实在是一种恐惧而糟糕的感觉。用言语都没法描述我感觉到的恐惧。"

　　来电者给出指示的时候，唐恩试着记下了内容。他一挂断电话，我们就重播了录音来核查。然后治安官梅茨、加斯科队长和其他官员上车追着指示去了。她说她向上帝祈祷他们能被领到一个活着的小姑娘面前，但我们回答说那不太可能。她问我们为什么罪犯打来这里而不是打去赫尔米克家。我们解释说赫尔米克家的房车里没有电话，但除了那个现实的考虑，还因为未知嫌犯觉得自己同她有关系，这是和她分享自己最新行动的做法，以及进一步的，同莎莉分享的做法。那就是为什么他承诺，上帝，其实是指他自己，想要她"加入莎莉·菲"。其中一名官员——我认为可能是里克·麦克克劳德——让唐恩放心，说她会一直处于保护之下，她在我们计划的莎莉十八岁生日仪式上公开露面时也有保护。但是，我还在怀疑自己的计划，对比风险和可能的结果。我知道当没有一个完全受控的环境时，事情能多么迅速地发生。但我们如今都坚信，并决定要看看这个计划能带我们走到哪一步。

　　列克星敦治安官的副官"布奇"莱斯特·雷诺兹和梅尔文·赛布伊以及 SLED 的警督"霍斯"霍勒斯·霍顿也都赶来了现场，同一直在房子里的警官们会合。来电者描述的区域在吉尔伯特的城市边界外，距离主街约七十五码。他们在一座小丘的底部找到了一具女童尸体，就躺在未知嫌犯描述的"禁止穿越"标志及铁丝网后的一片树林里。和莎莉一样，尸体因为高温和环境已经高度腐烂了，躺在一堆树叶和灌木中，一撮金发上戴着一个粉色的发夹。现场距离莎莉尸体被发现的地方约十英里。

　　尽管尸体的状况让立刻明确其身份尚有疑问，但只要曾对两起绑架案的关联性有过任何怀疑,加上来电者给唐恩的要去哪儿找两个现场的类似详细描述,也让我们清楚自己应付的是一个连续作案的杀手。SLED警督肯尼斯·哈本作为法医专家负责将尸体转运到列克星敦县医院。大约早上十点,法医埃尔文·肖博士开始了尸检。哈本带着尸体的衣服回到SLED做分析。

SLED的丽塔·舒勒拍了衣服的照片,并让谢伍德和德布拉·赫尔米克看了照片,避免他们直接面对从尸体身上取下的实物。这对父母确认了德布拉·梅的白色条纹短裤和薰衣草色T恤。显眼的是,有两条内裤被穿在了尸体身上:一条是儿童的棉质内裤;另一条,穿在第一条的外面,是成人尺码的比基尼样式内裤,是用类似丝绸的材质缝制的。德布拉向调查人员确认,只有棉质内裤是她女儿的,说自己从没见过那条成人的内裤,这给罪案增加了另一层令人迷惑的涉性维度:未知嫌犯显然在她身上实施了一些变态的幻想。基于我们对其他性罪犯的经验,我们认为那条成人内裤可能属于另一名受害者,它也许能让杀手对于攻击一个小孩感觉没那么糟糕。

当看到那个粉色发夹时,德布拉说,"对,那就是德布拉·梅的。当天两点左右,我洗了她的头发,梳好,别了两个粉色发夹。这就是其中的一个。"

尽管尸体的状态不允许对其进行彻底的尸检,但肖博士判定,和莎莉的案子一样,窒息是最有可能的致死原因。他们不得不经过一些烦琐的手续,才正式确认了尸体的身份。在SLED指纹官戴维·卡德维尔的监督下,进行了脚印的对比,比较对象是德布拉·梅出生后不久在医院留下的脚印。卡德维尔还从霍金技术学院得到了一份指纹卡,那是赫尔米克家住在俄亥俄州的时候留下的。SLED的化学专家厄尔·威尔斯警督分析了尸体上及犯罪现场的头发样本,对比了明确属于德布拉·梅的头发样本,并判定二者是一样的。

对头发样本的分析还发现了胶带的残留。这是和史密斯一案的又一个联系。

因为无法取得德布拉·梅最新的牙医记录（后者在芝加哥），南卡罗来纳大学的法医人类学家泰德·阿兰·拉思本博士进行了一次颅面叠加，即死者的头骨通过影像被叠加在一张被认为是尸体所属的个体照片上，并进行观察以确定身份。完成操作后，拉思本博士宣布在合理的医学范围内，遗体是德布拉·梅·赫尔米克的。

这个消息迅速流出后，整个社区都陷入了悲伤和不断增加的恐惧中。星期六下午的《哥伦比亚记录报》首页刊载头条新闻"在吉尔伯特附近发现了儿童尸体"。显眼的副标题写着"治安官梅茨在尸检完成前都不会确认女孩的身份"，但在新闻左边刊登了一张德布拉·梅的照片。星期日早上的《州报》给了这则新闻同样的重视程度，用了几乎一样的标题："在吉尔伯特附近发现了女孩尸体"，其下则是治安官梅茨和鲍威尔宣布这一发现时的悲伤表情。在他们举行的新闻发布会上，梅茨说道，"我恳请大家动用自己最好的为父为母之道。我不想要吓着任何人，但作为你们的治安官，我有责任告诉你们，要在这样的艰难时刻分外小心。"报纸右边的专栏被用来刊载指导家长们如何保护自己孩子的常识性知识。

列克星敦县治安官鲍勃·福特表示自己部门最大的挑战是在调查案件的同时防止社区发生恐慌，以及对抗四处流传的各种谣言。"谣言绝对是会滋生隐患的，"他告诉美联社，"我们的话务室已经忙到不得不求接线员提供援助的程度了。"在官方表示相信杀手是"本地人"后，焦虑甚至更加严重了。

尽管两起绑架案中的警方素描彼此不太相像，但在六月二十四号星期一下午的另一场新闻发布会上，治安官梅茨表示，"我们现在相信莎莉·菲·史密斯和德布拉·梅·赫尔米克的案子是同一个罪犯犯下的。"他没有说明是何种信息让调查人员找到了德布拉的尸体。他同时也否认发生在里奇兰县的十七岁金发蓝眼女性玛丽琳·惠滕被打死一案和这两起案子有关。罗恩和我赞同这点。我们在找的那家伙没有胆量犯下那种形式的谋杀。玛丽琳一案里有强烈证据表明她可能认识杀手。

但在公开发言里,梅茨第一次使用了"连环杀手"这个术语。在同之前诸如"亚特兰大儿童系列谋杀案"和"佐治亚州哥伦布年长女性谋杀案"的明确模式对比后,他说道,"不同于那些案子,这两起绑架案没有表现出明显的共同点,彼此之间没有明确的联系。明显动机和联系的缺乏已经影响到了调查。"

我们当然同意梅茨所说的,我们应付的是连续作案的杀手,后者在被抓住之前都不会停手。但困扰我们的是这个杀手没有专注特定的受害者类型。在绑架了莎莉后,他对唐恩的迷恋显示了非常明确的倾向。对德布拉·梅的绑架和谋杀告诉我们,当冲动袭来,他会选择任意的女性受害者,只要对方比他弱、无法进行有效反抗就行。举个例子:人们,甚至是执法机构的成员,在看到同一个捕食型罪犯会针对小孩、街头流浪者和年长女性时,都会意外。从受害者特征来说,他们似乎没有任何相同之处。然而,从罪犯扭曲的视角看来,他们有一样的地方——都是相对能轻易得手的对象,因为无力反抗。对某些杀手来说,这就够了。尽管我预期这个未知嫌犯会继续针对有魅力的女性,但我们现在也知道了,年龄在她们能被轻易绑架和控制的程度前,并不是那么重要。要是他找不到一个漂亮的金发姑娘,或者符合这个要求的年轻女性,他就会对任何能得手的对象出手,他不会停下来。

恐惧继续在社区中蔓延。比如在列克星敦,两个相邻县的治安官办公室都被来电和情报挤爆了。我们总是鼓励公众分享自己所见所闻以及对执法机构的想法,但简单的事实在于,有效信息对无用无关信息的比例过于失衡,以至于对我们毫无帮助。一小时内第二十五个打电话到里奇兰县治安官办公室的人是一名妇女,她说自己从梦中醒来，看到了应对莎莉和德布拉·梅之死负责的人，于是抓过铅笔，不由自主地写了起来。她承认她不明白自己写了些啥，但知道这和失踪的女孩们有点关系。

"要是你们能派个人来看看，我相信你们就能说出它是什么意思。"她告诉接电话的侦探。

"不，女士。我们不会派人来。"侦探尽可能礼貌地答复了她。

"行吧，我给你们拿过来。"她提议道。

"别，请不要，"侦探请求道，感谢了她的关心，并迅速挂断了电话。

到了此刻，已经有四个人要么因为想从史密斯家要赎金，要么因为故意提供假情报而被捕。

六月二十三日星期日，罗恩和我从案件的压力中获得了片刻喘息。刘易斯·麦卡迪从汽车旅馆载上我们去了他在穆雷湖边的木屋。那是坐落在美丽宁静环境中的一栋质朴木屋。能享受一会儿风景，而不是继续分析周围环境以获得线索或者搜寻主动策略，这就足够让人放松了。麦卡迪常独自一人或和朋友一起来这里打猎、钓鱼。罗恩也记得这是我们从那个潮湿的炎热夏季中获得的一次放松。我们都没有动力拿起来复枪或者鱼竿，于是三人在门廊上坐了一下午，喝着麦卡迪的威士忌，吹着微风。在我们身处南卡罗来纳的短短时间里，刘易斯不仅是高度专业的同事，也成了真正的朋友。

自卷入这个案子以来，第一次一切似乎都慢了下来，我们得以把思绪转向别处，而不是去追捕未知嫌犯。但是，我无法完全把我们计划在星期二莎莉生日上举行的悼念仪式放到一边，我们也无法彻底逃离周围的一切，或者避开从媒体里传来的消息。

"整件事的关键词是无助。"心理学家戴维·C. 雅各布斯博士在南卡罗来纳奥兰治堡《时代和民主党人》(*Times & Democrat*)的一次采访中告诉乔伊斯·W. 米尔基。

"《时代和民主党人》已经收到了报告,其他媒体机构也报道了据称的绑架企图、对嫌疑犯的目击,还有恐惧和怀疑,"米尔基写道,"事关危险的传言,父母们的担心已经导致幼儿园锁上门让孩子们待在室内。"

"这是个令人恐惧的情况,"雅各布斯承认道,"当你想到自己的孩子会被从自家院子里掳走时,恐惧就无处不在。这里的人不习惯这种事儿,也没有合理的应对手段。"

第十二章

六月二十四日星期一，治安官梅茨安排我见了几个当地媒体的人，描述我们第二天计划举办的仪式。我没有建议他们应该怎么写——也理解记者们不太会接受这类建议——只是透露了我们的目标是把未知嫌犯诱出来，让他在晚上回到墓地去取那个考拉玩偶，或者至少让他再次来电。我告诉他们几年前我在芝加哥的泰诺下毒案所做的工作。当时我同意接受《芝加哥论坛报》（Chicago Tribune）颇受欢迎的专栏作家鲍勃·格林的采访，我对他介绍了联邦调查局是如何调查案子的。我给他描述了最年轻的受害者、十二岁的玛丽·凯勒曼。他写过一篇动人的文章，重点就是玛丽。在读到后，我希望文章可以促使未知嫌犯去探访她的墓地，我们已经安排了监视。

结果是，我们没有抓到未知嫌犯，尽管我依然认为那是个不错的策略。但就在监控之下，另一个人拜访了玛丽隔壁的墓地，坦白了另一个女孩遭遇的肇事逃逸案件，因此警方抓住了他！所以你永远都不知道案件会在什么地方告破。

到了星期二，三个县的治安官办公室都已经修正了他们的画像，以反映两起绑架案中的细节。依然被描述成中等身高、二十八到三十五岁之间、肥胖超重，但未知嫌犯如今被更正为留着深色胡子、长头发梳在一边、正面看来蓬乱，而之前画的是剃干净胡子的秃头形象。新画像出现在了所有当地报纸上。

星期二下午，按照我的建议，我们在墓地举行了悼念仪式。不少记者出席，一如我们希望的。我从墓地和家属身边退开，靠近媒体那帮人，从这里我可以扫视参加仪式的人，观察是否有人像我们要找的未知嫌犯。治安官的手下们表面上在此地维持交通，其实已经准备要抓捕并拘留他了。我唯一的担心就是墓地距离公路如此之近，要是未知嫌犯出现了，他可以要么待在车里要么从远处观看。

也许对仪式最动人的报道是来自特蕾莎·K. 韦弗的，她是《哥伦比亚记录报》的记者。报道刊发在第二天的报纸上，标题是《应对悲伤》。文章这样开头：

> 戴墨镜的纤瘦金发姑娘小心翼翼地跪到了妹妹的坟前，安静地把一个两英寸高的考拉玩偶系到了花环上。
>
> 当天下午，美国1号高速上的车流从旁经过，家人们慢慢地走近，来到了姑娘身边，牵着手倾听。父亲带着他们开始了短暂的祈祷。
>
> 昨天是莎莉·史密斯的十八岁生日。

自从丧礼后，这是这家人第一次回到墓地，唐恩被情绪压倒了。她把那个小考拉玩偶放到粉色花环上的时候，眼泪从脸上滚滚而下。之前她告诉我，说她感觉是被操纵着要演出这一幕：不是自发的反应，这是提前计划好的。当看着她的手时，我不得不向自己承认，我是在操纵她，就好像未知嫌犯的所作所为一样。哪怕动机不同，我知道这依然让她难受。

因为暂时还没有墓碑，我们搭了一个白色的木台子，前面贴了莎莉的照片。几个大花束环绕着墓地。四名家庭成员围着墓地牵手低头祷告时，相机快门响成一片。尽管是刻意设计的，仪式却让人禁不住大为感动。在观察每个家庭成员那安静而有尊严的悲伤时，我发现自己好几次哽咽了。我很确信保持这样的安静和尊严困难无比，因为这是在公开场合。因为我是促使他们设计出这一幕的人之一，我希望他们从中获得的情感安慰能和他们付出的一样多。除此之外，我希望未知嫌犯正在观看，希望我们能让他做出反应。

作为试图吸引他的策略的一部分，我想要家庭成员对媒体发声，让他们的悲伤和痛苦变得个人化。我希望至少能让杀手再打来电话，就家庭成员对媒体说的内容发表看法。我知道希望他能在回应里表现出真心愧疚是痴人说梦，但为了他的任何反应，这都值得一试。

我欣慰地读到文章详细描述了史密斯一家被问到的问题，是关于他们虔诚的信仰的。他们承认那是唯一能让自己熬过这场折磨的东西。

"那是我们唯一的应对方式，"鲍勃·史密斯说道，"我们相信（上帝）。"

我们强调了生日这个信息。

"这甚至是更艰难的一天，知道这是你生出她的日子，而她已经不在了，"希尔达说道，"知道她再也不会和你在一起了。"她提到自己和鲍勃为莎莉的生日策划了一场泳池派对，还买了一张考拉的大海报作为惊喜礼物。

鲍勃说了一个我经由自己的经历而深知的、对于很多在谋杀中失去亲人的家庭都一样的事实："要知道，伤口会愈合，但伤疤永远都在。"

民众参加了仪式。整个过程中，我都在搜寻未知嫌犯在场的线索，试图找出任何动作奇怪或者想要尽量低调的人。梅茨的手下们记录了经过仪式时减速的车辆的号牌，但我确信大部分人只是好奇此地发生了什么事儿而已。

等仪式结束，摄像机关机，记者们的笔记本收了起来，我能看到这件事对每个家庭成员造成的负担。他们似乎被炸弹震到了，不想去面对任何人。

承担了主要角色的唐恩受到的影响尤其大。她后来告诉我们,"我真的很生气自己不得不放那个考拉,以及做所有其他的事情,好让那家伙再联系我家。因为我们认为那是抓住他的唯一方法,所以即使内心如此煎熬,你也不能显露出来,那是我的工作。但之后,当然,等到这些小任务完成后,我们都崩溃了。在没人看见的时候,我全家都崩溃了。我只想上楼进到自己的房间里哭。但我们有了不起的朋友和亲人,还有支持我们的人,让我们不至于独自熬过这一切。"

对于不得不让她或者任何人经历这一切,我很不开心,但我真心敬佩她的表现,并对她表明了这点。一旦你家中的一员成了暴力犯罪的受害者,而谋杀显然是最坏的一种,那一整个世界的痛苦就袭来了。通常,唯一熬过它的方式就是硬撑过去。我知道尽管他们当下正经历着如此大的痛苦,但在杀害莎莉的杀手被绳之以法之前,他们都无法真正地哀悼她。我们在墓地里所做的,显然是朝着那个方向在努力。

德布拉·梅的丧礼是第二天晚上在伍德菲尔德公园浸会教堂举行的,下葬仪式则在哥伦比亚纪念花园。她的父母将日子推后了一天,以免和妹妹贝基的生日撞上。警察们遍布整个场地,阻拦并询问在他们看来值得怀疑的任何人。一架治安官办公室的飞机在上空盘旋。我们不知道未知嫌犯是否会现身仪式现场——也还不确定他有没有在参加了莎莉丧礼的人群中,或者在其周边——但想要做好准备。

教堂里约有三百人。德布拉·梅的六个叔叔,有些依然住在俄亥俄,此刻来到丧礼上担任抬棺人,抬着装饰有黄色雏菊、粉色和紫色康乃馨的小小棺材。悼念者中还有史密斯一家,他们从没见过赫尔米克一家,但一直在为其祈祷,并真切地共情着。

在短暂的悼词里,马克斯·佩蒂约翰牧师面对教众承认了当下所感知的一切:"这对我们所有人来说都是个分外艰难的时刻。我们害怕、生气以及困惑。我们都悲伤心碎……我们为自己的孩子担惊受怕。我们在自己的院子里也不会感到安全。我们不信任任何一个陌生人。我们质问:'这一切何时到头?'"

仪式之后,罗恩和我陪着里奇兰治安官的手下和SLED特工开车十一英里去了纪念花园。德布拉·梅二十三岁的舅舅埃尔伯特·劳在墓地上念了一首诗,然后赫尔米克一家拿起铲子,亲自填上了墓穴。我审视着其他人,寻找任何可能符合画像的目标。

但无论他在或不在,我知道未知嫌犯会阅读关于仪式的文章,在电视上收看报道。我确信一两天之内,他就会再次联系唐恩。

第十三章

埋葬那个甜美可爱的九岁姑娘的日子,六月二十六日星期三,成了整个调查中最悲伤的一天。我两个年幼女儿的样子一直没有离开过脑海。当天也被证明是最重要的一天。

在赫尔米克一家准备向德布拉·梅告别时,哥伦比亚 SLED 实验室的特工们在对莎莉的遗嘱分析上取得了突破——除了两名受害者的尸体和衣物外唯一的物理证据。

利用能探测到前一页内容所留痕迹的 ESDA,他们揭示了簿子上前一页面里极其微小的痕迹。其中一页似乎是一张购物清单,某些东西能看出来。他们还认为有一串数字,在极其仔细的审视之下,调查人员从十个数字里看出了九个:205 - 837 - 13×8。按照这个格式,几乎能确定是一个电话号码。

假设这是个电话号码,前三位数字应该是区号:205 是亚拉巴马的区号,837 是亨茨维尔转接台的编号。SLED 特工们和联合贝尔电话南方公司(Southern Bell)的安保团队一起检查了亨茨维尔可能的十个电话号码,然后交叉检查了所有记录,看是否接到过电话,或者以任何方式同哥伦比亚-列克星敦地区有联系。

他们发现十个号码中的一个在莎莉被绑架前的几周里,接到了好几通来自一台家庭电话的来电,该住家距离史密斯一家约十五英里。这可能是迄今最有力的线索,也可能只是我们常在复杂罪案调查中见到的奇怪巧合而已。

其中一名特工拨打了那个亨茨维尔的电话。接电话的人听来像是个二十多或三十多的白人男性,不太像是未知嫌犯,但后者在之前的电话里变了声,所以也有可能是他。那么他们打过去的这一通电话是不是挖到宝了呢?

特工没有直接质问他是不是参与了案件,或者对这两起发生在南卡罗来纳的绑架及谋杀案知情,而是问他认不认识任何住在该州的人。

是的,他直接回答了。他说自己父母住在萨卢达县东北区域的穆雷湖附近,他们的名字是埃利斯和莎伦·谢泼德。

这个男人名叫乔伊,被派驻在亨茨维尔的一处军事基地。他为人友好直接。特工们很快就判定他不符合我们的画像,在两起案件发生前后,他也没有在列克星敦-萨卢达-里奇兰一带活动。

第二步是核查他口中那些通话的另一端。当地的房产税记录显示埃利斯和莎伦·谢泼德实际上确实在南卡罗来纳的萨卢达县拥有一栋房子。

现在是时候去拜访一下谢泼德家了。

德布拉·梅葬礼的当天晚上,刘易斯·麦卡迪开车去了谢泼德家。他不知道会发生什么,所以带了几个手下同行。莎莉写信用的簿子似乎来自谢泼德家,麦卡迪已经在脑子里过了所有的可能。要是埃利斯·谢泼德是杀手,那他妻子可能就是帮凶,甚至是顺从的受害者,在罪案发生前或后已得知了情况。麦卡迪想要做好准备。

但等到房门一打开,他和手下被迎进屋内时,他就知道不太对了:有些东西说不通。

埃利斯和莎伦·谢泼德都五十多岁了。他们为人友好好客,似乎完全不因执法官员们在场而感觉受到了威胁。他们已经结婚多年,过得很幸福。麦卡迪从和他们的聊天里了解得越多，他们就越不符合我们画像的任何部分。他们没有任何我们预期未知嫌犯会有的背景或者特征。唯一符合的一点是，埃利斯是个电工。同样重要的是，当被问到生活细节以及上个月所在的地点时，麦卡迪得知他们目前这个阶段很喜欢旅行，他们说自己在两起绑架发生的时候都没有在家。没错，他们显然听说了这些恐怖的谋杀案，也对两个家庭抱有深深的同情，但他们是真不知道细节。

当麦卡迪问他们是否知道簿子上的电话号码时，他们立刻表示那是自家儿子乔伊的电话，说他在亨茨维尔的军队里，他们经常给他打电话。ESDA检测出的这个直接关联上南卡罗来纳米德兰的电话号码曾经好像是非常有力和令人信服的线索，结果它不过是误导性线索，这太说不过去了。麦卡迪已经有足够的经验，能意识到大部分案子都会存在没有任何结果的错误线索，但在他们感觉已经如此接近真相的时候，失望是巨大的。他们可以进一步调查谢泼德一家，但麦卡迪和梅茨充分相信画像的可靠性。而且进一步说，埃利斯·谢泼德就不像那种会犯下两起邪恶谋杀，同时还可以这么冷静和"正常"的家伙。

但副治安官没有放弃。结合了画像和基于目击做出的素描，他问他们是否碰巧认识一个类似他将要描述的特定类型的人。然后他描述了画像内容和长相：三十多岁的白人男性；发福、松垮、中等身高；大概在一百八十到二百磅之间；外形不是很有吸引力；短而蓬乱的胡子和头发；高于平均水平的智商，但没有什么特别成就；结过婚但离了，也许还有一个不怎么见面的小孩；独自居住，或者和一个年长的亲戚同住；不成功的军旅生涯，提前退役；做着某种蓝领工作，也许涉及电工或者家庭维修服务；开一辆有几年车龄但保养良好的车；会搜集捆绑和性虐主题的色情内容；有条理、喜欢做清单、死板，会把想要记住的任何事和任何人都写下来；要是他正在说的话被打断了，就会从头开始。

麦卡迪没有提到的是，我们相信未知嫌犯曾经因为性犯罪遭到过法律制裁，或者只是被指控骚扰过女性，因为那不是认识罪犯的人一定会知道的情况。而要是麦卡迪的方向正确的话，他不想让这个细节分了他们的神。

最关键的是，麦卡迪说道，这个人的外貌在最近几周里有了明显的变化：他显得更加焦躁，容易发火，他的行为也显得更不稳定；他可能喝更多酒，或者沉迷在某种毒品中；他还会沉迷于对史密斯和赫尔米克谋杀案的报道中，似乎过于感兴趣了。这些情况对他周围的人来说应该非常明显。

谢泼德夫妇对视了一眼，几乎同时回答说，副治安官麦卡迪描述的那人听起来正像是拉里·吉恩·贝尔。

贝尔三十六岁，身高约五英尺十英寸，算是超重，发色红棕。从初春开始，他时断时续地当着埃利斯的电工助理，经常负责室内布线。出门旅行时，谢泼德夫妇不喜欢让自己家空着无人照料。像吉恩这样有条理、重细节的人，似乎是替他们看房的完美人选。他十二岁的儿子和前妻住在另一个州，他同自己的父母玛格丽特和阿奇·贝尔同住，因此在谢泼德家的房子里住一段时间不成问题。

他们总会在厨房电话旁放上一本簿子。在他们第一次出门旅行前，莎伦写下了自己认为吉恩在他们离开时可能用上的所有信息。他们给他留了几个电话号码以防万一，其中就有他们儿子乔伊在亨茨维尔的电话，后者一定知道如何联系上他们。

谢泼德夫妇清楚记得他们第一次出行后留吉恩照看房子的时间，因为当天是母亲节，五月十二日星期日。吉恩开车把他们送到了机场，当时他蓄着胡须。等他们三周后回到家里，也就是六月三日星期一的时候，他在机场接上了他们。他们注意到他的胡子短了很多，莎伦问他为什么要剃胡子。

他回答说要为炎热的夏天做好准备。然后，他提起了莎莉·史密斯的绑架案。从那一刻起，整个回家的路上，对话就停留在了这个话题里。

贝尔当天晚上是和谢泼德夫妇一起过的，对话又继续回到了莎莉·史密斯身上。埃利斯告诉麦卡迪，他记得吉恩问自己："你认为这家人会想要找到尸体来安排葬礼吗？"

"嗯，因为她是被绑架的，希望她还活着。"埃利斯回答道。

他妻子提到了其他一些她认为特殊的情况。他们刚认识吉恩的时候，他尊敬地称呼她为"谢泼德夫人"。随着他们更熟悉彼此后，他才开始叫她"莎伦"。但当他们六月三日回到家的时候，她注意到他叫她"莎莉"。他之前从没这么叫过。

第二天早上，六月四日星期二，他和埃利斯一起工作，然后回到了父母在穆雷湖沙尔岛上的家，距离在几英里外。

一天之后，谢泼德家的一位邻居在下午一点半左右过来，告诉他们莎莉·史密斯的尸体在萨卢达环岛附近的那个共济会俱乐部后面被找到了。这对史密斯一家来说令人心碎，对埃利斯和莎伦还有他们的邻居来说则是感到恐慌，因为那个地方离他们的住处只有约三英里。

吉恩在约半小时后来到了他们的房子，开车送他们去机场进行第二次旅行。莎伦问他："你听到新闻了吗？那个史密斯家姑娘的尸体在萨卢达环岛附近被找到了。"

"没！"他回答道，然后补充了一句，"太糟糕了。"

她说自此之后，在去机场的路上，这就是他聊的全部内容了。他重复了几次自己为那家人感到伤心。每次她或者埃利斯想要换话题的时候，吉恩都会把话题换回来，推测着所有能想到的细节、杀手对莎莉或者她的尸体都做了什么，就好像他想要他们和自己一起过一遍所有可能性似的。莎伦说他对这么病态的话题的痴迷真让她毛骨悚然。等他把他们放下时，她松了口气。

When a Killer Calls 121

似乎是在午夜，我认为自己听到了敲击声。没错，是在敲门。有那么一会儿，我以为自己回到了西雅图，躺在酒店房间的地板上无法移动。然后，等我醒过来，脑子转了起来，意识到那时候我什么都没听见，因为我当时已经失去意识了。这一次我绝对听到了什么声音。我看向床头柜上的电子闹钟，时间刚过凌晨两点。

我挪下了床，走到门口，打开了门。是罗恩·沃克穿好衣服站在那儿。

在我开口说话前，他说道："嗨，约翰，我刚接到了刘·麦卡迪的电话。他们有了个嫌疑人，想要我俩去治安官办公室。"

我听错了吗？我让罗恩再说一遍。这次我听了进去，赶紧穿好衣服。意识到自己大概已经有一段时间穿同样的衣服了，又想到太阳一出来会有多热，于是我换了件白色短袖衬衫和一条白色便裤。在镜子里瞅了自己一眼，我觉得自己更像是个冰淇淋小贩或者是医院护工，但没时间担心外貌了。要是麦卡迪提到的嫌疑人是正主，我们可有不少活儿要干。

谢泼德夫妇同意接受治安官办公室警探们的正式询问。六月二十七日星期四一大早，麦卡迪把他们带回了办公室。罗恩和我已经在那里了。就在刘易斯·麦卡迪的办公室里，我还有点视线模糊，但已经开始吸收消化这个拉里·吉恩·贝尔的信息，判断它和我们的画像有何关系，从而建议审问策略和开具搜查令。询问过程中，我们会定时收到消息。

上个星期一，六月二十四日，谢泼德夫妇从自己最近一次旅行中回家时，莎伦回忆道，贝尔又一次从机场接上了他们。她立刻注意到他看起来瘦了，从上次他们见到他以来，他好像瘦了有十磅。她还说他的外表不像平时那么整洁，而且他似乎"有点恍惚"。

在回家的车里，她从他背后的座位上往前倾过去，拍了拍他肩膀说道,"你看起来很累。你还好吧?"

"嗯,不太好,"他回道,"我心不在焉的。"

埃利斯觉得这是因为吉恩过去几周花了大量时间照看他们的房子,于是说道:"你得回家吃点妈妈做的菜。"

在他们的房子里,贝尔打包了自己的衣服,整理了其他东西,说当晚就回父母家去,第二天早上回来再和埃利斯一起去工作。谢泼德认为这有点奇怪。之前几次他们离开期间,他会把自己的大部分东西留在谢泼德家,因为他们总是来来去去的。贝尔知道他们计划星期五又要出游,也希望自己继续看家,所以他们不明白他为什么要清空东西。

根据麦卡迪对画像的描述,还有一件事很显眼。他们对吉恩其他一概不聊,坚持想要聊莎莉·史密斯的谋杀案已经感到了不耐烦,也为这么恐怖的一桩罪行发生在离自己家这么近的地方而深感不安,并请他在他们离开期间保存下报纸,这样就不会错过所发生的事了。他们没有预料到的是,他剪下并整理了所有关于史密斯和赫尔米克案的报道。他不仅从当地报纸《州报》和《哥伦比亚记录报》上搜集,还在卡罗来纳其他地区的报纸上寻找。

莎伦看到报纸上修改过的素描后,她说有股凉意传遍了全身:这显然看上去可能是吉恩。"上帝啊,"她对埃利斯说道,"他会不会和这恐怖的事儿有什么关系啊?"

埃利斯对她说不会,但告诉调查人员这个想法没有离开过他的脑子。他回去看报纸上刊载的警方素描,确实有一点像是拉里·吉恩·贝尔。

然后另外一个想法闪过了埃利斯的脑海。在像他们这样远远地住在乡下,同时离湖那么近的人家里,通常配有一把上了膛的.38手枪以保护安全。他回想起自己告诉过吉恩有这么一把枪,万一他独自待在他们家里感受到了威胁的话,可以防身。某些新闻报道推测莎莉·

史密斯是在枪的威胁下进到绑架者的车里的。埃利斯去查看了自己放枪的地方。

枪不在了。他说这让他产生了非常奇怪的感觉。

受枪这件事儿的困扰，埃利斯说当晚约十一点给住在父母家的吉恩打了电话。吉恩用一种实事求是的语气说是的，他知道枪在哪儿。他把它放在了自己床的床垫下面，靠近墙的那边。埃利斯说行吧，那早上见，接着就挂断了。接着他去检查了吉恩睡的那张床。枪就在那儿，和他说的一样。埃利斯拿起来检查了一番。枪开过火，事后没有清理，似乎是卡住了。

在床垫下还有一本《好色客》杂志，封面上是一个漂亮的金发女性，以被钉上十字架的造型捆绑着。画像的另一点也符合了。

此时莎伦已经睡了，埃利斯不想叫醒她告诉她枪和杂志的事。但是，他试着推断出这一切是否只是一个巧合，也许他们误读了所有的情况。但枪被动过、开过火，而吉恩在被问起前什么都没说，又要如何解释呢？要怎么解释成巧合呢？还有图上被绑着的金发美人？那正是麦卡迪说联邦调查局期待找到的。他和莎伦都是正直的好人，所有人都知道这点。他们会不会有可能在无意中让自己和一个凶残的杀手关联了起来，甚至把自家的房子托付给了他？这一切显得太不真实了。

从机场接上他们的第二天早上，吉恩像往常一样到了他家。在他们开车去工作的路上，埃利斯评价说报纸上的素描有点儿像他，问他自己是怎么想的？

"嗯，"他随意地回答道，"他们确实在设置的路障那里拦了我两次，但他们放我过去了。其他的车也被拦了。"

埃利斯说他试图劝服自己，说那是一个合理的解释。他就是无法相信自己认识的拉里·吉恩·贝尔能做出像那些罪行一样恐怖的事。

听了谢泼德夫妇最近这次回家后的经历的完整讲述，听了贝尔的怪异行为和他们不断增加的恐惧后,调查人员给他们播放了未知嫌犯最后一次打给唐恩的电话片段,就是星期六凌晨第一个小时内那个。当时他告诉唐恩说上帝想要她加入莎莉·菲,还给了她找德布拉·梅尸体的指示。在这通电话里,他没再使用电子变声设备了。

埃利斯和莎伦对望一眼,倒抽一口气。莎伦的泪水夺眶而出。

埃利斯说道:"那就是拉里·吉恩·贝尔,毫无疑问。"他停了一下,回想自己刚刚确定的之前所有的暗示。"上帝啊,"他补充道,"他把她的尸体扔到了比尔烧烤店附近。"显然,贝尔把德布拉·梅的尸体扔到了距离他最喜欢的餐馆不远的地方。

第十四章

等罗恩和我一大早赶到治安官办公室的时候,吉姆·梅茨已经在那里了。他和麦卡迪开始向我们介绍拉里·吉恩的情况。梅茨给我们看了一张自己手下在监视莎莉·史密斯坟墓时拍的照片。墓地正如我说的,靠近大路。这张照片显示了登记在贝尔名下的汽车停在路上,就在墓地旁边,但司机没有下车。这证实了我的想法:杀手会来拜访墓地,但他同时是个足够精明的罪犯,会意识到这块区域可能正被监视,所以不会冒险以自己喜欢的方式靠得足够近、显得足够亲密。

关于贝尔先生所知越多,我们就越确信他是我们要抓的人。

比如他的背景。他出生于1949年10月30日,地点是亚拉巴马州的拉尔夫,位于塔斯卡卢萨西南。他是五个孩子中的老四,有三个姐妹和一个兄弟。讽刺的是,他的兄弟詹姆斯是哥伦比亚市的一名律师。他的父亲阿奇是一名机械工程师。他们一家人搬家频繁。贝尔在哥伦比亚市,接着在密西西比的图珀洛都上过高中,他是在后面这个地方毕业的。从一张年鉴的照片上能明显看出1960年代末期,他是哥伦比亚欧·克莱尔高中棒球队的成员,球队队员们被称为"沙姆洛克"(Shamrock)。他接受了电工培训,然后搬回哥伦比亚,在这里娶了一位十六岁的十年级姑娘。值得注意的是,参照已经发生的事,这姑娘有着金色头发和蓝色眼睛。

贝尔在1970年加入了海军陆战队,想要去越南参战,但他甚至连一年都没坚持下来。他在清理武器的时候意外击中自己,伤了膝盖,离开了军队。1971年,他在哥伦比亚的南卡罗来纳矫正部门当一名狱卒。那份工作只持续了一个月。他和妻子在第二年搬去了南卡罗来纳的罗克希尔,距离北卡罗来纳州边境很近,离卡罗兹游乐园也不远——唐恩会在多年后的夏天在此处表演,莎莉也曾希望能去这里演唱。

在史密斯和赫尔米克谋杀案发生的十年前,1975年2月,贝尔在罗克希尔因袭击和殴打指控被捕:他在购物中心的停车场靠近一名年轻女性,强迫她和自己走,"去夏洛特参加派对"。

在对方拒绝后,他掏出一把刀指着她的身体,试图把她拖进自己的绿色大众汽车里。她尖叫起来,对抗着他,此刻他放弃了,钻进自己的车子,开走了。附近的一名女性听到了尖叫,冲向电话联系了警方。他们在离购物中心一小段距离外的地方就追上了他。当年的五月他认了罪,被判入狱五年,处罚金一千美元。入狱的判决在支付了罚金后被暂缓执行,后来转成缓刑。在此阶段的生活中,他受雇当了东方航空的一名订票员。他还和自己的妻子和两岁的儿子住在一起。他们在第二年离婚。这之后至少两次,其中一次是在缓刑期间,贝尔自己住进了精神病院——南卡罗来纳州立医院,哥伦比亚一家靠政府资金维持的精神病院,还有哥伦比亚退伍军人管理局医院——治疗一种"性心理"相关的人格障碍。

他犯罪记录上第一起涉性的罪行确认了我们对他的预测:既没有力量和勇气,在精神上也没有必要的能力来袭击和控制一个有能力回击的成熟女性。在那样的情况下,他不过就是认栽跑路。这就是为什么他会专注莎莉·史密斯(还需要武器才能控制她);而之后,当体内的冲动变得强烈,他对甚至是更脆弱的德布拉·梅·赫尔米克也下了手。

他档案里的下一项指控强化了我们的观点。

1975年10月，距离第一次犯罪不过八个月，距离他认罪并获得保释而不用入狱服刑刚过了五个月，他就在哥伦比亚扶一位滑倒的女性站起来时威胁道，"我有枪。"在给她看了枪，试图强迫她进到他的车里时，他们撕扯起来，她成功摆脱了他。再一次，在没能抓住自己想抓的猎物后，他回到车里离开了。

这两名女性都做出了最佳的反应。当面临如此恐怖的情况时，我们建议潜在受害者们要尽一切可能避免进到侵犯者的车里。如果试着对抗他并逃脱，你幸存的概率要大得多。一旦你进到他车里，处在了他的控制之下，就如同史密斯和赫尔米克案这样，你的选择就会急剧减少。在街头或者购物中心停车场这样的公共空间里，哪怕罪犯以枪支威胁受害者，也会在动真格时犹豫犹豫，因为这会立刻引起注意。这不是说反抗没有风险，要是侵犯者和受害者之间的力量对比不平衡，就好比德布拉·梅的情况，反抗也许没用。但像贝尔这样的人明白，哪怕只是出于本能，一旦他让受害者进到了车里，他就能掌控局面，成功实施罪行的概率就极大地提升了。他同时还足够精明地清楚自己的局限和懦弱，所以要是受害者能够反抗，他就会放弃努力、逃之夭夭。

但是，在第二个案子里，他没能逃脱。就好像之前的那次绑架未遂，他被警察认出和逮捕了。调查结果显示他展示的手枪填装的是空弹，但他企图绑架的那个女性不可能知道这点。1976年6月，他在这起案子里也就袭击和殴打认了罪，之前的保释被取消了，巡回法庭法官欧文斯·T. 柯布额外判了他五年监禁，并命令他在服刑期间接受精神评估和咨询。但他最终只在中央矫正机构服了两年刑就被假释了，哪怕有一份精神评估报告声明"他重复自己行为的几率非常高"。

1979年10月，在北卡罗来纳的夏洛特，贝尔因从当年的二月到七月一直给梅克伦堡县的一名十岁女孩拨打骚扰电话而被判有罪。这完全符合了我们画像中的那个个体，并预示了他之后的罪行，比如不断给史密斯一家打电话和选择九岁的德布拉·梅作为受害者。这个还不是少女的小姑娘比起他的同龄人，在情感上更符合他的水平；而在贝尔两次因同女性的身体接触被捕后，电话给了他在人和人接触中所无法提供的保护。等来电开始后，警方就给了那女孩母亲一部电话录音装置。

尽管骚扰电话导致了逮捕和认罪协议，但贝尔没有获得更多的刑期。相反，他被判了两年缓期徒刑（即在两年内若无犯罪，就不会执行刑期），外加五年缓刑。从犯罪进化的角度，他同时学会了要伪装自己在电话里的声音。

花了数个小时组合所有信息后，卷宗连夜被送到了第十一司法巡回法庭法务官"唐尼"唐纳德·V. 迈尔斯手上。他审阅了卷宗，自信拥有足够的材料呈递给地方法官勒罗伊·斯特布勒，而后者发出了针对贝尔的逮捕令。

在列克星敦县治安官办公室、SLED 和南卡罗来纳野生动物保护部门的联合行动下，从贝尔父母那栋位于穆雷湖沙尔岛一条尽头是雪松木镶板单层房子的车道入口开始，建立了周长约一英里的监控区域。大约在星期四早上六点十五分，第一缕晨光出现时，警官们就已经做好准备了。

七点半左右，贝尔靠近了他们设置的路障。他开着一辆 1970 年代末生产的奶油灰色别克。一名警官走近汽车，请司机表明身份。

"拉里·吉恩·贝尔，"他回答道。警官要求查验他的驾照，并请他下车来。他配合了要求，并冷静地说道："是关于那俩姑娘的事吧。我能给我妈妈打个电话吗？"

他立刻被逮捕并被宣读了米兰达宣言，然后戴上手铐，坐到了一名警官的巡逻车的后座上，载往列克星敦治安官办公室。

巡逻车开走后，警监布奇·雷诺兹从贝尔那辆别克车开着的车窗伸进手去，关掉了引擎。他注意到在前排的副驾驶座上放着一把打开着的双刃折叠刀。

那天早上，梅茨——两侧坐着里奇兰县治安官弗兰克·鲍威尔和萨卢达县治安官乔治·布思——开了一个简短的新闻发布会来缓解公众的紧张。"昨天深夜和今天一早，"他宣布，"我们的行动小组发现了关键信息，锁定了一个恰好符合我们画像的个体。"他没有透露嫌疑犯的姓名，只说他期望能够在当天晚些时候宣布一次逮捕。就在贝尔被捕之后，梅茨已经给史密斯一家打了电话，并向赫尔米克家传了话。

谢泼德夫妇离开治安官办公室前同意了对自家房子进行搜查。在他们到家后不久，SLED特工肯尼斯·哈本、詹姆斯·斯普林斯、米基·道森抵达并开始了搜查。莎伦·谢泼德找到了自己写下在亚拉巴马的儿子的信息和电话的簿子。她把它交给了特工，后者还要了房子里及谢泼德车上的信封、笔记本和笔的样本。

莎伦告诉调查人员，说她和埃利斯在6月4日到家后，注意到一根长长的金色头发粘在客厅沙发上。"我就以为是他女朋友的，"她说道，"他请求允许在我们不在的时候带她来房子里。我小小玩笑了两句，就把它拿起来扔进垃圾桶了，一直到此刻之前，都没有多想什么。"

哈本去客房，也就是贝尔住的房间时，不意外地发现里面是干净整洁的，地毯最近还吸过尘，床上的床单也是刚换过的。但在床单下面是一张莎伦说自己最初套上去的蓝色床笠式薄床垫。和表面的床单和毯子不一样，这张薄床垫皱巴巴的，还有污迹。其中的一些污迹看上去可能是尿液、精液或血迹。哈本回忆起莎莉的尿崩症会导致频繁的排尿，如果她吃不到自己的药的话。床垫上明显能看到几条红色的纤维，哈本搜集了起来并放进证据袋里。他还搜集了从门后地板上找到的头发样本。卧室里最重要的发现之一，也再一次符合了我们的画像，那就是在衣柜抽屉里，贝尔自己衣服下面一个放着几件女性内衣的袋子，其中有几件像是在德布拉·梅身上找到的那件丝质比基尼内衣。

调查人员还找到了一条浅蓝色的短裤，符合目击描述里所称绑架了德布拉·梅的男人的穿着。在收缴的其他东西里，还有一台相机、照片、录音带和一根跳绳。

卧室里有一张写着"洛夫莱斯和洛夫莱斯公司/优惠供应表层土、沙子、卵石和泥土（Loveless and Loveless, Inc./Topsoil, Sand, Gravel and Dirt Cheap）"的名片，地址是哥伦比亚的老柏士华路。公司属于贝尔的姐姐戴安及其丈夫约翰，隔街正对着赫尔米克家住的夏依洛房车营地。后来发现贝尔会在他们需要额外帮手的时候，时不时地为夫妻俩工作。

贝尔同意特工搜查那辆自己被捕时开的 1978 年款别克里维埃拉型号汽车。哈本将那把还放在前排座位上的刀子装进了袋子里。后备厢里是叠好的一条毛巾和一床床单。哈本拿起它们的时候，看见了一个装在标准尺寸玻璃纸信封里的车牌，还有一份登记卡。车子上的车牌是 OCH241，后备厢里找到的车牌是 DCE604。这个车牌登记在哥伦比亚特伦霍姆路的戴安·洛夫莱斯名下，也就是贝尔的姐姐名下。第一个字母 D，符合了目击证人报告德布拉·梅被绑架时看到的车牌。但是，官方认为绑架中用到的是另一辆车，而非这辆登记在洛夫莱斯名下的。

SLED 摄影师丽塔·舒勒和问题文件查验官员盖勒·希斯见了谢泼德夫妇，请他们仔细看看 ESDA 从遗嘱中查到的东西。这对夫妇清楚了：莎莉的信是从他家的那本簿子上撕下来的，她当时把信写在了簿子的前几页。

舒勒问她："事情发生时，你是否怀疑过拉里？"

她回道："我不喜欢自己看到素描时的感觉，还有拉里对这一切痴迷的感觉，所以我告诉了埃利斯我的感受。"

我一直都觉得，直觉是一种强大的力量，而埃利斯则向舒勒发誓自己再也不会质疑妻子了。

第十五章

贝尔在治安官办公室登记时,罗恩和我已经工作了好几个小时,制定对他的审问策略。我回忆起自己在"玛丽·弗朗西斯·斯通纳谋杀案"中对佐治亚州阿代尔斯维尔警方的建议——这也是罗恩最初来到办公室向我描述莎莉·史密斯绑架案时,我想起的第一件事。

在听了我对杀害玛丽·弗朗西斯的杀手的详细画像后,电话里的一名警官说道:"你刚刚描述了一个我们曾作为嫌疑人但已经放掉的家伙。"但那人在另外的案子里仍是嫌疑人。他名叫达雷尔·吉恩·迪维耶,也许最重要的是,他是一名修剪树木的工人——玛丽·弗朗西斯被绑架前的两周里,他一直在为一家当地电力公司工作,修剪斯通纳家外面的树枝。

迪维耶是一名二十四岁的白人男性,离过两次婚,和自己的第一任前妻同居。他八年级后就辍了学,尽管智商在一百到一百一十之间。他在第一次离婚后参了军,但因为擅自离队而在七个月后被开除了。他开着一辆三年车龄、保养得很好的福特平托款汽车。他同时也是佐治亚州罗马一起十三岁少女强奸案的重要嫌疑人,但一直都没有受到指控。在斯通纳一案里,他接受了测谎仪测试,但没有明确的结果。这并不让我意外,我从来没有太过于相信谎言测试,除非是针对守法公民的。要是你狂妄自大,并已经从之前的严重犯罪中逃脱过惩罚,那么对着一个盒子撒谎根本不是什么困难的事。

我对审问迪维耶的建议是,让当地警方和联邦调查局亚特兰大办事处的调查人员一起进行审问,使场面显得严肃,就像整个政府的力量都扑在了这件案子上一样。在晚上进行,我建议道,在更安静和更怪异的时间进行,在没有午饭或者晚饭的自然中断的时候进行。用他面前桌上大量的卷宗文件夹来布置这个区域,每个卷宗上都要写上他的名字,哪怕里面装的是白纸。还有最重要的是,根本不要提及,只要把沾有血迹的石头放在一张矮桌上,和嫌疑人呈四十五度角,便于观察他转头去看石头。我告诉他们,要是他有罪,这样会创造一种让他如坐针毡的场面,他将没法把自己的眼睛从石头上移开。

我说道,他不太可能坦白认罪,因为佐治亚州是有死刑的州;而哪怕只是被关进牢里,他也知道其他囚犯,甚至是谋杀犯,都不喜欢猥亵小孩的人。因此我告诉他们,不论调查人员感觉有多受冒犯或者恶心,他们最好的方法就是责怪受害者:暗示是她以某种方式勾引了他,然后她让他猥亵了自己后,威胁要告诉她父母或者向警方曝光。考虑到他在经过测谎后所获得的自信,我感觉这样挽回面子的场景是唯一能对他起效的方法。

钝器伤口和刀刺谋杀通常很血腥,对袭击者来说很难避免沾上一点受害者的血液。我认为我们可以利用这一点。要是他看起来彻底相信了这一切,调查人员应该说些类似这样的话:

"我们知道你身上沾了血迹,达雷尔,在你手上、衣服上、车里。我们的问题不是'你做没做'。我们知道你做了。问题是'为什么?'我们知道原因,也能理解。你需要做的就是告诉我们是不是判断正确。"

审问一如我所期望的进行了。迪维耶一看到石头就开始冒汗,呼吸也沉重了,肢体语言和之前的审问时完全不同。调查人员跟进了我设定的计划,最终让他承认和那个姑娘发生了性关系,并说她在事后威胁了他。他们提起了血迹。联邦调查局特工鲍勃·利里评论说,他们知道他没有计划要杀她，因为要是他想杀人，像他这样一个聪明的家伙会用比石头更有效率的东西。最终，迪维耶承认了谋杀以及前一年在罗马犯下的强奸案。

达雷尔·吉恩·迪维耶因强奸和谋杀玛丽·弗朗西斯·斯通纳遭到了审判，被判有罪，获死刑。

要让史密斯及赫尔米克案件也获得同样的结果是更困难的挑战，但我盼望某些同样的策略能适用。

治安官办公室背后的停车场上，梅茨有一辆部门在缉毒中缴获的拖车。他们把它用作额外办公室。罗恩和我建议将它迅速改造成调查绑架及谋杀"特别行动小组"的总部。部门的警官拿来了犯罪现场照片、警方素描、这个区域的地图，把它们都钉到了墙上。我想要莎莉和德布拉·梅开心微笑的照片对比着她们尸体被扔在树林里腐烂的照片。就像我建议警方布置对达雷尔·吉恩·迪维耶的审问环境一样，我们同警方一起把卷宗在桌上堆得高高的，其中一些是空的或者是不相关的，但它们丰富了场景。我们建议梅茨，当贝尔被带进这个拖车的时候，应该有几个看起来正忙着的警官坐在那儿，造成已经累积了巨量针对杀手的证据的印象。

要想获得认罪坦白并不容易，我提醒了梅茨和麦卡迪。和佐治亚一样，南卡罗来纳也是有死刑的州。在同唐恩的一通电话里，未知嫌犯表达了自己害怕坐上电椅。哪怕他不会被判死刑，也会面对很多年的刑期，或许他的余生都要作为猥亵小孩的罪犯和杀手服刑，他清楚这会让他成为狱中地位低到不能再低的人。对于一个重视自己生命和肢体完整的人来说，这些选项中没有一项是理想的。

我感觉，最大的希望是提供一些能为他挽回面子的场景，就好像我们为迪维耶做的那样——无论是往受害者身上转移一点责任，还是让贝尔用某种精神失常或者减轻责任能力[①]为自己辩护。被控的个体如没有其他逃脱方法，有时候会抓住这个策略，但从统计数据上看来，陪审团很少采信。

"特别行动小组"拖车的场景一布置完成，贝尔就被戴着手铐带了进来。治安官梅茨看了贝尔的表情，说道："像是一层白涂料涂过了他的全脸。"他环视拖车后，专注于所有针对他的证据，认真看着每一个。"这让他处在了合适的心理状态。"治安官评价道。贝尔再次被宣读了米兰达宣言，放弃了自己要求律师在场的权利，同意和调查人员交谈。但是，他不同意对他的血液和唾液进行采样，而这能证明那张床垫上的精液也许是来自某个和他有着同样血型的人。

SLED警督詹姆斯·厄尔·佩里"斯基特"和治安官办公室警督艾尔·戴维斯进行了第一轮审问。与此同时，罗恩和我等在麦卡迪的办公室里，收取对进度的定时通报，同时把调查人员接下来可以尝试进行的建议递进去。其中，我想要他们强调一点，即每一条证据都指向了贝尔，别无他人。他们可以对他友好，甚至是怀有同情，但不能让他哪怕有一秒认为存在合理抵赖自己涉及了两起绑架和谋杀的任何可能。

贝尔被介绍给了佩里和戴维斯，佩里问他："你今天可还好？"

贝尔语带讥讽地回答："在目前的情况下，不太好。"但他继续同警探们讲理，说他不觉得他们可以羁押甚至审问他。"我是被捕了吗？"他问道，"在你们逮捕我前，我没有机会证明自己清白，但你们的证据有点站不住脚……就那封信被从他们家（谢泼德）找出来还是啥的，或者管他什么事儿。天哪，这可以是任何人啊！"

"有针对你的逮捕令后，逮捕就是合法的，"佩里解释道，"逮捕

[①] diminished capacity，指被告人在案发时虽不处于可以全部免除刑事责任的精神状态，但因醉酒、精神创伤、脑部疾病导致脑力减弱、不具备实施被控罪行所必需的精神状态时，对其定罪量刑适用减轻责任能力原则。——译者

令不过是表示指控。逮捕令里没说你是有罪的。"

但贝尔坚持:"我不认为我应该被逮捕,尤其是有人所谓的听出了我的声音。但那可以是任何人。尤其是那本簿子啥的,任何人都可以拿到。"

"吉恩,你足够聪明,应该知道法官不会在没有合理理由和支持证据的前提下出具逮捕令。"

贝尔坚称自己有不在场证明,说在莎莉失踪期间,他正带着妈妈在哥伦比亚看病。

"我确切地知道拉里·吉恩·贝尔没有对那些可怜的女人做出那种事,"他坚持,"我没有对你撒谎。我愿意尽我所能帮你们,但我没法替别人认罪。抱歉。"然后,他依然以第三人称称呼着自己,说道:"我不想让这个拉里·吉恩·贝尔为他没做过的事被处决。"

注意他用了"女人们",尽管德布拉·梅是个小孩,而莎莉是一名十七岁的高中女生。哪怕他否认绑架、袭击和杀害了她们,但他好像只能这么称呼她们,好让她们的年纪显得是适合拥有亲密关系的。他甚至不敢让自己去想受害者们都还是未成年人。

"如果那是你姐姐的女儿,有人绑走了她,你不会想要那人出来说清楚发生了什么吗?"戴维斯问道。

"孩子,上帝保佑,是时候对自己和对上帝坦白了,"佩里敦促道,"孩子,别再让这一切发生了。"

"我不想让它再发生,"贝尔回道,"但坐在这里的这个人没做过。"

"你知道发生了什么,你非常想要停下来,但完全不知道该怎么做。这正在毁掉你。"佩里笃定说道。

戴维斯试了另一个策略。"我和你试试别的。拿上这个簿子和铅笔。认真想,放松。想想发生了什么,让另外那个人写下来发生的事。让它告诉我的朋友吉恩发生了什么。"

但贝尔继续坚持:"我明确知道的就是我坐在这儿,拉里·吉恩·贝尔没做过那件坏事。"

与此同时,带着搜查令的警官去了贝尔一直居住的他父母在沙尔岛上的房子。基于我们的画像,搜查令里提到了调查人员可能会发现的东西,但它实际上是一种额外的程序保障,因为贝尔父母主动同意了对他们的房子进行搜查。显然,他们是社区里广受喜爱、备受尊敬的成员。

一如我们预测的,贝尔的鞋子完美地排列在床下,他的书桌整理得井井有条,甚至他那辆三年车龄、保养良好的车子后备厢里的工具也都整整齐齐的。在他的书桌上,警官们发现了一系列写下来的指示,形式和他在电话里给出的要如何找到史密斯和赫尔米克抛尸地点的指示完全一致。也如我们所预测的,他们找到了更多捆绑和施虐内容的色情出版物。技术人员从他的床上提取了后来被证明是莎莉头发的金色毛发。莎莉遗嘱信封上的纪念邮票与他书桌抽屉里的一张邮票相符。

回到拖车里,贝尔同调查人员来来回回地拆挡着。当他们播放电话录音里他的部分时,他承认那声音听起来像他,他甚至还承认警官们"要没有证据啥的也不会留我在这儿。我想要帮你们停止这一切。但要是你有不确定的事儿,就没法替别人坦白"。

佩里接着说:"行吧,我们会证明那封信是来自谢泼德家的……信纸是从谢泼德夫人之前写了东西、透过页面留下了数字和字母印迹的簿子上撕下来的……证明那是莎莉写下寄给家人的遗嘱的同一本簿子。除了你没人能够拿到那本簿子。只有你在谢泼德夫妇外出的时候能进他们家。"

到了傍晚,贝尔依然不承认任何事,一直在说他不认为自己应该被逮捕。佩里暂停了审问,给贝尔时间坐着想想自己的情况。"你像耍那位年轻女士一样在耍我们!"佩里冲他吼道,"别告诉我你不记得了。你可能是个变态。只有变态、脑子有病的人才会做那种事。"

等审问拖了好几个小时后，梅茨和麦卡迪判断不会再得出任何结果了。又过了一阵，梅茨回到拖车里，正式向贝尔介绍了自己。我们认为这很重要，因为他电话中相当一部分内容里，都将梅茨视作官方权威的代表。梅茨加入了同贝尔的对话，看他能否对负责本案的人透露点信息。在拖车里和贝尔聊了几分钟后，治安官带着嫌疑犯回到了主楼里。

罗恩和我还坐在麦卡迪的办公室里，等着审问的最新进展。此刻治安官带着贝尔进来了，陪着他们的是县法务官唐尼·迈尔斯。这在我们意料之外。我没有意识到治安官打算让我们同嫌疑犯产生直接的联系。这也是罗恩和我第一次近距离看到贝尔。他体重超重、体型松垮，让我想起电视广告里的"面团宝宝"（Pillsbury Doughboy）。

梅茨说自己要再放一些电话录音的磁带，对此贝尔的反应是："我已经全部听过了。"

梅茨不为所动地说道："哦，是吗？行吧，那让我们从这盘开始。"

贝尔只能喃喃说道："我太紧张和害怕了。我不是罪犯！"

"你为什么紧张？"梅茨问道，"木已成舟，你没法改变什么了。对我坦白，吉恩。"

梅茨继续播放磁带中的一盘。在几秒钟后他停下播放，直直地看着贝尔，强调了戴维斯和佩里已经对他说过的话："那是你，吉恩。我已经告诉过你，我们掌握了证据。"

在治安官播放另一盘磁带时，贝尔摇着头说道："不，我不信。这让我好难受。"

"让你难受了吧，吉恩？"梅茨回道，"你知道磁带里的人是你。你认出了你的声音，对吧？你必须同意我，磁带里的人听起来就像是吉恩，对吧？"

贝尔回答说那确实有点像他,但他没听过自己声音的录音,因此没法真的判断。他还暗示无论是谁在打电话,都已经变了声,这在我们看来是个有趣的观察。"对,可以那么说,"他带着一种听来颇为勉强的笑声说道,"没错,警官们。"

审问的绝大部分内容都围绕着莎莉·史密斯,但梅茨认为可以提起另一桩同样十恶不赦的罪行,就是他在告诉唐恩自己要么去自首要么自杀后犯下的那桩罪行,这也许可以让贝尔开口。梅茨说自己能明白任何人都可能因像莎莉·史密斯一样的年轻漂亮女性而兴奋起来,但这解释不了德布拉·梅·赫尔米克。"我完全困惑的事儿之一是,"梅茨说道,"为什么是那个九岁的姑娘?那个无法自卫、无助的九岁姑娘?帮我理解一下,解解我的惑。你一定对那桩案子感到内疚吧,吉恩。你一定会觉得内疚。"

贝尔声音颤抖着回答说:"我想那事儿,一个九岁的姑娘啊,我是在新闻上听到的。你告诉我的时候,我不相信我会做那事。上帝会因为我对那个九岁姑娘或者另外一个姑娘做了那样的事儿而处死我。但我不认为我会那么做。那和我无关,我和她们任何一个人都没关系。"

然后,迈尔斯第一次提到了安静坐在沙发上观察的罗恩和我。他用自己的卡罗来纳口音对贝尔说:"你知道这两个小子是谁吗?这两个小子是联邦——调查局——的,"每个字都进行了戏剧化的强调,"你知道吗?他们做了一份画像,你分毫不差地都符合!现在,他俩想和你聊聊。"梅茨领着他去到一张靠墙的白色沙发前,让他坐下。接着他和迈尔斯都离开了房间,剩我们单独和贝尔待着。

不知道我们会有这次机会,我什么都没准备,也没和罗恩讨论过。但我不会任由这个机会溜掉而不试着从贝尔身上套出点什么来。我坐到了正对他的茶几边缘上。罗恩站在他附近,显得很是严厉。我还穿着一大早在汽车旅馆里套上的那件白色衬衫和搭配的白色便裤。

When a Killer Calls

要是我知道能有这次机会,也许会选择一套不同的衣服。除了看起来像是卖冰淇淋的小贩,我还认为这是超级明星、歌手哈里·贝拉方提会穿的衣服。但在这个场景下,尤其是在这个有着白墙和白沙发的房间里,我认为自己看起来像是某种医生,整个场景显得有点超然了。

我开始有条不紊地介绍我们连环杀手研究的背景。在这个过程中,我试着清楚表明我们完全明白要对这些谋杀负责的个体的动机,告诫他不可能忽悠我们。一开始他看来有点被吓到了,所以我试着让他更加如坐针毡,告诉他在我和特工沃克的分析里,我们相信他会在接受调查人员审问时抵赖自己的罪行,试着压抑让自己感觉不好的想法。

"去监狱里采访过所有那些对象后,"我详细地描述道,"关于那个人的背景,我们发现了一件几乎永远不会错的事。通常来说,当这样的一起罪行发生后,对犯罪的那个人来说,会像是一场噩梦。他们的生活中沉积了那么多的压力——财务问题、婚姻问题、工作问题或者是同家人或女朋友之间的问题。你的身体和脑子里会有自己也许无法意识到的冲动。人们会有记忆空白,性格里也有黑暗的一面。"

我说这些的时候,贝尔点着头,好像他意识到自己也有大部分的这些问题。

我继续道:"我们的问题,拉里,是等你上法庭的时候,你的律师大概不会想要你站上证人席,那你就永远没有解释自己的机会了。他们所知道的一切是你坏的一面,对你的好一无所知,只知道你是个冷血杀手。就像我说的,我们已经发现人们经常做这样的事儿,这对他们来说就像是个噩梦。等第二天早上'醒过来',他们不会相信自己真犯下了这桩罪行。"

贝尔带着明显的赞同,继续微微地点着头。

我当时没有直接问他是不是犯下了绑架和谋杀罪,因为要是那样表达的话,他一定会继续抵赖。他已经在当天早上和下午的审问中打造了一副情绪上的铠甲，所以要是我们打算进入他的头脑里，就不得不走"侧门"。我没有直接质问，而是靠近了他，用一种缓慢平静的声音说道："你啥时候开始为自己的罪行感到糟糕的啊，拉里？"努力不透露出任何肢体的暗示，罗恩和我都保持沉默，屏住了呼吸。

在安静了几秒后，贝尔回答了："当我看到一张照片，读到一篇这家人在莎莉生日那天在墓地祈祷的新闻报道后。"

有了。他一定是在说那个刊载在《哥伦比亚记录报》上的感人故事，报道是我们策划的，期望未知嫌犯拜访莎莉的坟墓，甚至试着拿走那个小考拉玩偶的仪式。我依然认为，要是 ESDA 对遗嘱的分析没能锁定他，（取考拉玩偶）还可能会发生。无论你有多想赶在造成更多破坏之前尽早地抓住未知嫌犯，都不得不准备长期作战。在这个案子里，就意味着经历那个在墓地举行的仪式，哪怕那对唐恩及其家人会造成多么大的痛苦，也得期望着会在未来某个时候收获成果。在我看来，那些成果刚才不就来了吗？

我说道："你现在是什么感觉？拉里，你现在坐在这儿，是你做的吗？会不会是你做的？"我们已经从自己对连环捕食者的研究中得知，最好避免使用"杀害"或者"谋杀"一类的指责或拱火的说法。

他看向了地板。等他再抬起头来时，眼睛里含着泪水。"我知道的全部，"他犹犹豫豫地说道，"是坐在这里的这个拉里·吉恩·贝尔不会做这种事，但有个坏拉里·吉恩·贝尔可能会做。"

我知道这是我们能到手的、最接近坦白的东西了。但那天晚上还有一幕戏要演。梅茨去拖车里押贝尔时，在把他交给罗恩和我之前，贝尔问能不能和史密斯一家说说话。抓住这个请求，唐尼·迈尔斯认为要是贝尔与莎莉的父母和姐弟面对面对质，我们也许能从他身上得到更自然的反应。也许他会崩溃，并请求原谅，那会是另一种形式的承认。我知道这对这家人来说很残酷，尤其是唐恩，后者已经被我们施加了超过个体所应该承受的负担了。但我同意迈尔斯的想法，认为这可能会有成果。

梅茨为这个请求联系史密斯一家并解释过背后的策略后，希尔达和唐恩担惊受怕地同意了。当时鲍勃和罗伯特没在家，梅茨想要抓住这个机会。他派了一个手下和一辆巡逻车去接上母亲和女儿，把她们带回了办公室。事后回想，鉴于贝尔会被男性吓到，并且已经同莎莉的母亲和姐姐建立了一种基于电话的关系，只让家中女性来是更有效果的做法。

"我记得妈妈和我一言不发地坐在车里，"唐恩回忆道，"没什么可说的。我认为我们实在是精疲力尽了，在你们所能想象的任何一个方面都已经精疲力尽了。我不知道如何让自己相信这一切会真的结束，因为感觉它永远都不会完，感觉他永远都不会被抓住。"

接近晚上七点的时候，她们到了治安官办公室。这个时机不错，罗恩和我已经从贝尔身上得到了我们设想能得到的一切。

在警官们把他带回梅茨办公室之前，罗恩、迈尔斯和我让母女俩为要发生的事儿，以及如何反应和回应做好了心理准备。我讲了"好拉里·吉恩·贝尔永远不会做那些恐怖的事情，但坏拉里·吉恩·贝尔则会做"的说法。我们想要看看，和莎莉的母亲及姐姐面对面，会不会让他有更进一步的表达。我告诉她们，无论谁抓住了机会，都要直接告诉贝尔她认出了他的声音。

贝尔被带进来前，我们安排她们坐好，算是平静了一下。显然两人都紧张不安。我希望她们能熬过这次最新的考验，这一定是她们人生中最痛苦的经验之一了。

警官们把戴手铐的贝尔带了进来，安顿在距离希尔达和唐恩只有几英尺远的一张椅子里。警官们站在边上，仔细看着他，防止他做出某些突然的行为。

治安官梅茨让他说点什么，让史密斯母女能听到他的声音。贝尔说了几个词，然后就像是接过了主动权。哪怕以当时的情况，他也像是掌控着局面或者在主持庭审。他开始发言了,就像在电话里的表现一样。"谢谢你们能来,"他带着一副装出来的谦逊开始了,"治安官梅茨说有了证据,但坐在这里的人,这个拉里·吉恩·贝尔,我不会做过这么荒唐的事儿。现在,我不知道要怎么解释。我知道它影响到了很多人,毁掉了很多人的生活。等我想起理由的时候,会告诉你们家的。"

当时,哪怕他自己都吓坏了,还在继续撑着,好像是在客观分析所发生的事,向希尔达和唐恩展示着自信。唐恩事后告诉我,他开始说话后,她就知道是这个家伙,而那是一个最让她恐惧的现实。她说自己突然意识到,她正和那个对自己家犯下了如此严重罪行的人坐在同一个房间里。

她和他进行了对质,正如我们要求她做的那样。"我认出你的声音了!"她明确说道,"我知道就是你。我在电话里和你说过话。你认出我的声音了吗?"

"我从电视上和报纸的照片上认出了你的脸,"贝尔回道,然后他继续夸夸其谈,"是我坏的那一面对人们的生活造成了所有这些糟糕的破坏:你妹妹和那个小姑娘。那只是我的一部分。"

但唐恩没有放过他:"你真不能回想回想,记起我的声音来吗?因为你清楚我们说过话。你记得你在电话上是怎么叫我的吗?"

"我猜就是叫你唐恩吧。"他无辜地说道。

"那中间名的首字母呢?"她问道,回忆起他叫她"唐恩·E"。

"不。我要求的是你们全家过来。我想要给你们平静的理由。他们有了针对我的证据。如果这是我坏的一面带来的直接后果,我预感会很糟糕。要是上帝决定要我上法庭,被判死刑,那就是我必须要做的。"

坐在我们面前的是一个非常变态但同时也很理性的人。我能看出他已经在构建自己的多重人格辩护策略并寻求同情了,就好像他对自己坏的那一面毫无控制似的,而那实际上才是绑架和杀害那些姑娘的人——一个他宣称自己并不真正认识的人。

"那你为什么想要伤害我呢?"唐恩逼问道。她引领了局面,为妈妈避开了大部分对质。

贝尔继续他可怜、无辜、迷惑的伪装。"我不想要伤害你。我甚至不认识你。"回忆起电话里的内容,他坚称自己是史密斯一家的朋友。"坐在这里的人,唐恩,不是个暴力的人。我希望我现在能回答你的问题。要是我想出了答案,我知道我会的,我会把自己记得的一切都告诉你。要是确信这里的这个人能够控制发生在你妹妹身上的事,我一分钟都不耽搁就会坦白。我对有些事情心怀内疚。几天前我拿到报纸的时候,感觉自己直接或者间接要为那样的一些事儿负责。唐恩,那就是我在某种程度上感觉到的,感觉自己和你家亲近的时候……就像是你家的一分子……就像我要对夺走了你家的一分子负责。能做出那样的事吓坏了我自己,唐恩。我希望你能相信我。我一整天都在审视自己的灵魂,我很高兴你过来了。"

我不意外他重复了很多我们在采访时说过的内容。真让我意外的是,尽管发生了这一切,面对这所有的人,他还好像是在为唐恩表演似的。这家伙是个彻底的自恋狂,随着对话的继续,这一点愈发明显了。

"你在一次来电里说过你和我妹妹合为一体了,"唐恩说道,"你觉得那是否可能和是我家一分子的感觉有关?"那一刻,我明显感觉到,唐恩自己已经成了某种画像师,分析着罪犯说过的话,对他进行剖析、试探,寻找任何可能导致他毁掉了她家庭的线索,同时给了他一种自己真正关心他情绪的感觉。

你可以训练学员,让他们经历多年的教育和培训,却无法像这个之前自己还只是个受到呵护的年轻大学生此刻所表现的一样,达到在应对贝尔这样的人时所需的熟练水平。就好像唐恩对于如何理解这个面前的操纵大师有着天生的理解,还能把自己表达的内容和语气都调整成既不会放弃立场又不会逼他太狠让他封闭起来的方式。以我对她所遭受的一切的理解,她坐在这个用暴力掳走、折磨和谋杀了自己妹妹的男人面前所显示出的镇静真让人惊叹,这也是任何人都可遇不可求的。

他没有立刻回答,好像既不知道要说什么,又要想点什么深奥的回答似的。最后,他说道:"我现在回答不了,唐恩。我想要你家来这里的主要原因,是也许我们能找到点可以帮我解释的东西。我不想和你在电话里说,因为我今天必须得在这里坐很久。他们给我放了可怕的电话录音。这对我没好处,这是在伤害我。"

"但你今天听了录音,听出那就是你和你的声音。"

"我要说百分之九十听起来都不清楚。但唐恩,其他部分一定是……除非那他妈是个很好的模仿。"

"现在就和我讲,你能听出那些磁带里是我在说话吧?"唐恩反驳道。

"你的声音现在听起来和录音不一样。但是,唐恩,不管是什么原因,我真心希望这不会毁掉你们的生活。"他一定是直接从莎莉的遗嘱里拿过了这句话。"这也会毁掉我的家庭,但希望他们足够坚强,继续过日子。我有不好的地方,但我不能说是魔鬼做的,因为我每天晚上和早上都会祈祷。"换句话说,无论发生了什么,都不是他的错,因为他定期和上帝沟通。他真有胆量为自己的行为责怪上帝吗?贝尔关于上帝自以为是的说法,同坐在他对面的姑娘体现出的纯洁信仰之间的对比再鲜明不过了。

"行吧,"唐恩继续说道,"你已经认出了那可能就是你的声音吧?"

"哦,对。我说过的,百分之九十都是模糊的,但其他的是,"他转向希尔达,"就像我对你女儿说的,史密斯夫人。如果我要直接对这起罪行负责,那确实要道歉,为我把悲剧带到了你的生活中,也把悲剧带给了我自己。你女儿可以解释我说的所有内容。我不知道能对你说什么。我只是无法相信自己会做下那些可怕的事儿。"

"你认识我的女儿吗?"希尔达问道。我很有兴趣看看贝尔要如何回应。未知嫌犯宣称是这家人的朋友,他同这两个女人说话的样子就好像和她们很熟一样,让这一幕看起来就像他们共同经历着一个悲剧,有别的人或者别的力量影响了他们所有人。

"不,我不认识你们家,"他回答说,"也许到最后,我能走到那个能带给你答案的临界点。"

"你说什么、做什么都无法让莎莉回来。"希尔达说道。

"不,要是我今天就能诚实地说是我做的,我现在就会告诉你。"

"我清楚知道录音带上的就是你,我脑子里没疑问。我和你说过话,你和我说过话,这里不可能有错。我们就是想要真相,别的不要。"

"等我想起了真相,会告诉你们一切的。"

突然,我脑海里闪过一个念头,不知道这想法是不是已经出现在梅茨、麦卡迪或者沃克脑子里了。要是唐恩或者希尔达带了武器会怎么样?我对她们还没有熟悉到明确有没有这种可能。她们被从家里接出来或者到达治安官办公室的时候接受过检查了吗?我不记得有任何人就要不要这么做说过些什么。从那一刻起,我真正地坐到了椅子边儿上,脚掌微微支着,要是她们中的任何一人伸手去够皮包,我就准备上去夺枪或者缴械。我知道在这样的情形下,如果是我的孩子被谋杀了,自己会想要做什么。而且我根据经验也清楚,其他的很多父母也有同样的感觉。要是她们想,那这就是干掉这家伙的完美时机,世界上没有哪个陪审团会判她们有罪。

幸运的是,唐恩和希尔达都没有试图偷带武器进入治安官办公室。她们比我更克制,也对这个系统有着更多信任。但是罗恩事后确实确认了一下,她们没有被检查过。

希尔达直直地看着贝尔,她接下来说的,让我明白无论有没有杀他的冲动,如果身处在她的位置上,我永远也没法让自己说出这些话。"哪怕我和你坐得这么近,看着你,知道你是打电话到我家的人,我也不恨你。我心里没有足够的空间容纳更多的痛苦了。"她后来写道,也只有笼罩在上帝的慈悲之下,才能让自己对他说出这些。

唐恩回忆了自己当时的精神状态。"我不想再角色扮演了,当时我没有任何善意。但是我妈妈却对那个男人展示出这样的仁慈和友善,这为我树立了一个无与伦比的范例,教会了我要如何解脱。"

唐恩再次开口说话了,显然她是表达我们之前告诉她的信息。"你说你不认识我。我太像莎莉了,也许你可能根据这一点想起什么。"

"要是我把她的照片放在你旁边,你们看起来是很像,"然后他补充说,"这是我个人的看法。"

已经进行得够久了。梅茨站起来,暗示希尔达和唐恩可以离开了。在治安官陪着她们走出办公室的时候,贝尔继续着操纵,说道,"要是我想起来了,我们能再碰面,告诉你们我所知道的吗?"

梅茨让她们继续走,因此她们无需回答,而贝尔在身后吼道,"非常谢谢你们。上帝保佑我们所有人。"

第十六章

当天晚些时候,一脸疲倦的治安官梅茨和另外两名同事举行了又一场新闻发布会,对三十多名记者和约一百位聚集在治安官办公室小型公共大厅里耐心等待的市民们通报情况。这一次梅茨宣布了对嫌犯的逮捕,说出了他的姓名。

"我们不认为还有继续追捕的必要,"他说道,"就我所知,莎莉·菲·史密斯的事如今算是了结了。"他说自己希望这次逮捕"能让我们社区的心绪平静下来"。

莎莉被绑架已经过去了二十八天,刚好四个星期;距离德布拉·梅被绑架也过了十四天了。

特蕾莎·K. 韦弗在《哥伦比亚记录报》上报道了这件事,引用了十七岁的罗宾·胡塔,也就是莎莉在列克星敦高中一位朋友的话。她说自己在得知了逮捕后感觉"好多了","更安全了"。"我一直待在家里,没有独自做过任何事儿。自从这一切发生以来,我都不是我自己了。"

文章总结道:"胡塔小姐说自己认为这些绑架案已经永远地改变了她的生活方式。"

"我不知道什么时候才能再在外面感觉到自在舒服。"

在另一则报道里,韦弗写道,"信源们表示嫌疑犯已经选定了下一个受害者,是一名在哥伦比亚大都会机场工作的年轻金发女性。"

"想到他在那儿探查就很吓人。"文章引用了一位在机场工作的女性的话。她的办公桌从机场的主要入口处就清晰可见。

另外一名雇员,按照韦弗的说法,"表示自己周三的某个时间在候机楼看到了一个男人,她觉得他跟那个'连环杀手'嫌疑犯的素描很像。当在逮捕实施后的新闻报道里看到嫌疑犯照片时,她说自己更加确定看见的就是那个男人"。

这则报道刊发前的一周,显然是同一个未知嫌犯往爆料热线打了一个电话,表明他将在何时何地再度出手。在史密斯和赫尔米克绑架案之间有一个时长两周的间隔,这次也大约过了两周。这是不是拉里·吉恩·贝尔,我们无法确定。但结果就是,治安官办公室和SLED特工都下定决心要在六月二十八日周五前找到这个家伙。

快到午夜的时候,贝尔终于见了一名律师。杰克·B. 斯维林,一名出生在新泽西州的三十八岁男性,六英尺五英寸高、三百磅重,像山一样的男人,被认为是这个区域最好的刑事辩护律师之一。贝尔的家人雇佣了他。甚至是对阵过他的公诉人都对他有着极大的敬意。斯维林宣布自己的新客户"对案件和指控毫不知情,表示自己是清白的"。

我们坐在治安官梅茨的办公室里回忆当天的事情,赞同正是调查的所有元素汇集在一起才带来了这个结果,这是处理任何大型调查的理想方式。那些负责调查、尸检和行为分析的人在整个过程中通力合作、彼此支持。在谋杀调查的残酷过程中,这起案子既是一桩悲剧,也是一场胜利。我们奋力追捕残忍剥夺了两条美丽无辜生命、将她们从爱着她们的家人朋友身边带走的杀手,终于在他再一次进行暴力犯罪前阻止了这一切。

如果没有SLED专家们用ESDA分析莎莉的遗嘱,后面没有跟进一丝不苟的调查工作,并得到详细的心理、行为画像支持,我们依然认为在莎莉生日当天同唐恩和她家人们设计的仪式能够把拉里·吉恩·贝尔引出来。然而幸运的是，我们永远也不需要测试那个理论了。

确实，要是没有科学和技术，我们不会追踪到亚拉巴马亨茨维尔的电话号码。没有麦卡迪和团队紧随其后的侦探工作，我们不会有埃利斯和莎伦·谢泼德这条线索。没有画像，谢泼德夫妇不会把调查方向引向拉里·吉恩·贝尔。而要是没有精心布置的审问环境，没有治安官梅茨的调查人员拿着有力证据用一整天让贝尔服软，我也不可能通过自己采访在押暴力捕食型罪犯的丰富经验来动用心理战术，尽最大可能从他那里获得我们所能拿到的、最接近对那些罪行坦白的东西。

所以，我们总结，是莎莉最后的来信，她在最骇人听闻、令人恐惧的境况下亲手写的信，带来了她自己被谋杀一案以及那个她甚至从未见过的、无辜的小姑娘被谋杀一案的答案。我们都同意，这也是一种在情感和精神上完结这起案子的方式。

贝尔被捕的第二天，唐恩回到了自己夏洛特的公寓里。接下来的一天，贝尔被从列克星敦县监狱转移到了哥伦比亚的中央惩教所（Central Correctional Institution, CCI）。讽刺的是，列克星敦县监狱是鲍勃·史密斯履行自己监狱牧师职责的机构之一，官员们担心某些认识和尊敬史密斯的囚犯会对贝尔进行报复。列克星敦治安官办公室的高级警督鲍勃·福特表示："他待在我们监狱可能造成严重的安全风险。"

在中央惩教所，他被安置在死刑区的一间牢房里，不是因为他被判处了极刑，而是因为监狱方面判定这是他们能够确保他远离其他囚犯蔑视和愤怒的最安全的地方。

在 SLED 的实验室，技术人员们检查了从贝尔家和谢泼德家搜集到的证据，还有贝尔开过的两辆车。化学技术人员鲍勃·卡朋特利用激光检查和分析了取自谢泼德家客房的蓝色薄床垫。在激光下，发红的纤维明显可见。通过偏光显微镜观察，红色纤维匹配了在莎莉被绑架时穿的短裤上找到的纤维。化学技术人员厄尔·威尔斯利用显微镜，用谢泼德家客房、浴室里找到的毛发对比了从莎莉身上提取的头发、阴毛。它们是一致的，其中一些显示出被强行移除的迹象。导致这一点的可能是梳理、和胶带接触或者其他原因。

血清技术人员艾拉·杰夫科特分析了一小滴莎莉的干燥经血，提取自她一条还放在家中洗衣篮里的连裤袜的裆部，将其同在贝尔卧室一双鞋上找到的两处明显血迹进行了对比。其中一滴测出是人类血液，和莎莉的血型一样是 A 型。蓝色薄床垫上的三处污迹被确定为精液和尿液。

调查人员就贝尔犯罪后的行为询问了若干人。像谢泼德夫妇一样，他们确认了我们在画像里预测的，关于外形变化和对案子细节的痴迷。萨米·科林斯是贝尔父母在穆雷湖住所的邻居，和他们隔着几块地。他告诉警探，在六月一日早上，莎莉失踪后一天，贝尔告诉他说自己待在一个朋友家，朋友和妻子外出旅游了。"然后他开始大聊特聊，'我一个好朋友的女儿昨天下午被绑架了。你听说了吗，史密斯绑架案？她真的是一个很漂亮的姑娘。我昨晚上给史密斯家打了电话，猜猜是谁接的电话？治安官梅茨。'"

"我告诉他我什么也没听说。他朝我们走近了一点儿，给了我们一袋桃子，还有一句断言，'她现在已经死了。'正是那时候我注意到他把胡子刮干净了。那天早上之前，我从没见过他没胡子的样子。"

在贝尔被捕之后的日子里，关于他看起来是个安静和善的人的故事不可避免地流传了起来，还有他是如何与邻为善的，没有一个认识他的人怀疑他会犯下这样恐怖的罪行。我在自己的职业生涯里已经过于频繁地听到过类似的反应了，都能写个剧本了。关键在于，连环杀手和暴力捕食型罪犯，无论他们内心有什么，都不会在日常生活中表现得像是怪物。要是他们真这样，要找出并抓到他们可简单太多了。他们的优势就在于，我们会忽略他们。

贝尔在东方航空订票部门的一名前同事告诉《夏洛特观察者报》的记者约翰·蒙克：

"他总是在微笑和大笑。他是你认识的最惹人爱的家伙。后来看到电视上他的照片，听他们说他犯下了这些恐怖的罪行，就好像有人冲着你肚子踢了一脚，让我大受震惊。我不相信这会是同一个人，就好像他既是哲基尔博士又是海德①。"

贝尔夫妇在老奥查德路上的一个邻居说当她和儿子女儿约一年前搬到这里时，贝尔是第一个来欢迎他们的人，表示无论他们有什么需要，都可以帮一把手。

《哥伦比亚记录报》上一则杰夫·菲利写的故事如下：

"邻居们描述贝尔是一个友善的人，不会给他们任何担心或者怀疑他的理由。

还有一名沙尔岛上的居民说自己经常和贝尔一起钓鱼。"

"'我很经常地同他去夜钓。我依然相信他。'这名不愿意透露姓名的男子表示。

"我现在还愿意和他去码头上钓鱼。他是个好人。"

一个曾和贝尔及其姐妹中的一人一起拼车去欧·克莱尔高中的人形容他是"一个安静的人，从来没啥要说的"。高中的其他人除了他不打架、不是很外向、不"出挑"、成绩不太好以及是个"很不错的安静内向的人"之外，再也没有什么印象了。

贝尔欢迎过的那个女人的女儿告诉《州报》记者："非常意外。

---

① Dr. Jekyll and Mr. Hyde,《化身博士》主角的双重人格，前者善良、后者邪恶。——译者

我就觉得他们没抓住正主。他就是不太像是可能做出这种事儿的人。"

贝尔的姐妹之一告诉记者:"要是他说自己是无辜的,要是他说他没做过——嗯,我们从来不认为他会撒谎。他总会来问问有没有什么可以帮着我们做的事。我敢把我的命交给他。"

尽管三个县的治安官办公室在一起协同工作,还是要试图厘清司法权的问题,才可以让一系列的指控妥善地针对贝尔提出。里奇兰县治安官弗兰克·鲍威尔发布了一则声明:"赫尔米克一案必须单独处理,从莎莉·史密斯绑架-谋杀调查中分离出来。"他说他期望对赫尔米克一案的调查能在两周内完成。"我们将从零开始组织对案件的起诉。"鲍威尔说道。

司法权问题是影响很多谋杀案调查和起诉的问题。当得知某个受害者是被从一个州、县或者城市绑走的,但尸体则是在别处发现的,就必须要确定杀害具体发生在何处,最严重的指控才能在相应司法辖区里被提诉。

在逮捕后的几天里,贝尔其他的没那么好的一面开始浮现了出来。除了我们已经知道的,他因袭击女性而遭受的两起指控,以及对一名未成年女性的电话骚扰,来自哥伦比亚州立威廉·S. 霍尔精神病院的心理分析报告细节也流了出来,我们仅仅是在逮捕当日窥见了端倪。部分报告如下:

"病人迄今一直都处于性偏离的模式,表现为针对女性的暴力袭击。我们认为,(病人)重复这些袭击的可能性非常大。我们的建议是将病人长期安置在受控环境中,最好是能得到心理方面帮助的环境。"

贝尔至少有足够的自知,他告诉病院里的一名工作人员:"我感觉有控制不了的冲动要袭击女性,想要在我真的伤到某人前得到帮助。"

这显然是一个高度重要的声明,对他审判的辩护工作大部分就依赖于这样的内容能够被公开。辩护律师想要宣称这证明了他是受精神疾病影响而行事。这种疾病非常严重，迫使他去袭击女性，并意识到自己的问题会对无辜之人带来真正的伤害，因此他绝望地想要获得能治愈疾病的帮助。

辩护律师会将其作为对贝尔之前所受指控的解释，宣称他虽然犯了那些罪，但他是真的不想犯。这像是我们在自己的工作中已经多次见过的现象，多重人格障碍的诊断在逮捕后蹦了出来，被用作缓和谋杀指控的方法。这不是说多重人格障碍作为一种已知的精神疾病是不存在的，它实际上总是在患者年纪尚小的时候就第一时间被发现了，几乎总是因为小孩的家庭环境中存在身体/性虐待的情况。因此当我看到它在一个刚刚因为谋杀被捕或者要接受审判的男人身上第一次出现时，总是充满怀疑。

贝尔一案的问题会围绕他用的"无法控制"一词的意思，那究竟意味着什么。我头脑里就拉里·吉恩·贝尔有精神疾病一事从无任何怀疑，我认为几乎每个暴力捕食型罪犯都有。但在这么多年的行为分析和犯罪调查生涯中，我几乎从未见过任何一个有伤害他人冲动的人是真的无法自控的。

被迫行事的罕见例外和例子是理查德·托伦顿·蔡司，一个被诊断患有偏执型精神分裂并会严重臆想的患者。1977年，在加州的萨克拉门托地区，他一个月内谋杀了六个人。除了同部分尸体性交，蔡司还喝了他们的血，这正是他谋杀的动机。他认为自己需要血液来生存，来让心脏保持跳动。和许多连环杀手一样，他是从不怎么严重的罪行升级而来的：在蔡司的案子里，是从杀兔子喝血升级来的。被关进精神病院后，他抓住了几只鸟，扭断脖子杀掉了它们，然后喝了它们的血。他还偷了针头来抽治疗犬的血，当时那是唯一可用的血源。我没有试过，但基于对异常人格的广泛研究可以显示，在饮用未经稀释的血液时不呕吐是极端困难的；哪怕只是做出这种尝试，你都只能是在被逼无奈之下。鲍勃·雷斯勒在监狱里采访他的时候，蔡司说了自己对纳粹和不明飞行物的致命恐惧。在承认自己杀人的同时，他坚持说任何需要那么做才能活下来的人都会做同样的事。被关起来一年后，蔡司在圣诞节后一天死于自杀，方法是吞咽了他为此攒起来的、相当于好几周量的抗抑郁药物。他当年三十岁。

在我脑中，这显然不是拉里·吉恩·贝尔所具有的那种冲动。贝尔不像是蔡司这样的人，不想做任何绝望的行为。史密斯和赫尔米克绑架及谋杀案都是经过精细筹划和高效执行的，哪怕罪犯面临着极高的风险。他对两名受害者做了自己想做的事，似乎获得了从他变声打给史密斯一家和记者查理·基斯的电话中一样的操纵、通知和控制的满足感，同时还有他深植于米德兰社区中的那种猫捉老鼠般的恐惧。尽管不断重复要么自杀要么自首，但显然他一样都不会做，而是会继续绑架和谋杀年轻女性及小姑娘，只要他还是自由的。

所以，我会说，贝尔并非处在一种无法控制的冲动之下。他绑架、袭击和谋杀受害者，是因为那是他普通平淡、几乎一事无成的人生中唯一能给他满足感、成就感和性快感的元素。

他做出了选择。

第三部分
寻求正义

第十七章

罗恩和我飞回了弗吉尼亚，匡蒂科还有一大堆其他案子等着我们。不像当地的警探，我们通常不能在一个案子上从头待到尾，实在有太多案子要处理了。因此我们努力保持齐头并进，在能对当地警方或者公诉人起到最大作用的时候回去。

随着多个县的公诉人开始准备针对贝尔的案子，整个区域的调查人员做了所有优秀执法机构都会做的事：寻找此案同其他未决案件的关联。

北卡罗来纳州夏洛特的警方认为贝尔是二十六岁珊迪·伊莱恩·科尼特失踪案的嫌疑人，后者是一名保险理赔人以及兼职模特，已经失踪超过七个月了。她最后一次被看见是在1984年12月18日，穿着一套蓝色慢跑服，也许是在自家附近慢跑时被绑架的。在她未婚夫联系不上她后，警方搜查了她的房子。他们发现电视开着，挎包里的东西倒在床上，里面包括她的支票簿。但除了她穿的衣服以及能知道的她随身带着的东西，比如储蓄卡，其他什么都没丢。这也显示了她是在家被绑架的可能。她可能已经跑完步回家了，邻居们说道，她经常在家也穿着那样的衣服。

根据受害者分析，她非常有魅力的事实成了夏洛特警方的考量之一。更引人注意的是，警探们确定珊迪在几年前自家的一场派对上，通过在东方航空公司工作的男友认识了贝尔。警方根据机动车管理处

（Division of Motor Vehicles）的记录，确定在她失踪的时候，贝尔住在离她约四英里的薄荷山社区，并在她失踪后几周搬离了该区域。

"我们在查那家伙，"夏洛特警方的韦德·斯特劳德警督表示，"我们目前不知道是否相关，但试着搞清楚（珊迪·科尼特）失踪时他在哪里。我们知道他是她认识的人，有多熟我们不知道。我们知道他去过她家，是她某个朋友的朋友。但在她失踪期间，我们没有任何能关联到他的东西。这是我们正在努力确定的。"调查人员正在检查贝尔卧室里找到的毛发，看有没有任何毛发是属于珊迪的。

在珊迪失踪后的几天里，她的银行卡被一名男性和一名女性用了三次，试图取出一千美金。这在我们听来不像贝尔的一贯手法；或者说为了金钱或利益犯罪，这不像是他的动机。

1985年9月，根据一条线索，北卡罗来纳州调查局和夏洛特警察局的警官们去了贝尔姐姐戴安和姐夫约翰·洛夫莱斯拥有的一处采沙场，贝尔偶尔在这里干活。他们和SLED及列克星敦县的警方一起，在这一片地区进行了挖掘，寻找珊迪·科尼特及另外两名失踪女性的尸体。但他们一无所获。

二十一岁的丹妮斯·纽瑟姆·波奇，夏洛特约克镇公寓的管理员，失踪于1975年7月31日，自此之后再无关于她的线索出现。在她失踪的那段时间，贝尔住在离她三百码的地方。和已知的贝尔的受害者们一样，丹妮斯是一位金发美人，失踪时已经结婚一年了。

五年半以后，另一个漂亮姑娘、十七岁的贝丝·玛丽·哈根在薄荷山附近的树林里被一根电线勒死，这里是珊迪·科尼特失踪时贝尔所居住的同一片区域。他的公寓位于距离贝丝尸体被发现处约一英里外的梅克伦堡县。一名梅克伦堡县的警官后来注意到贝丝很像莎莉·史密斯。

波奇、哈根和科尼特都符合贝尔已知受害者的类型：有魅力，外向的年轻长发女性。贝尔曾住在波奇附近，经常待在离科尼特家很近的一栋房子里，并住在距离哈根尸体被发现的地方不远处。三人都被猜测是白天在枪口或者刀具胁迫下被绑架走的，和莎莉·史密斯所经历的一样。

就这三起案子，贝尔自己并不是完全缄默的——至少一开始不是。在被从CCI转移到里奇兰县法庭参加关于绑架德布拉·梅·赫尔米克一案的听证时，他对警督迈克·邓波说："我想你安排北卡罗来纳夏洛特的警官来见见我。我想要告诉他们关于一个叫珊迪的失踪姑娘的事儿。"

邓波建议他，说他可能在做出有损自己利益的声明，但当贝尔继续说下去时，邓波决定既不鼓励也不阻止。贝尔继续说道："周一，上帝会给我启示，告诉我珊迪的尸体在哪儿。"他说等官方找到尸体，会发现她的双手被叠成了祈祷的姿势，就像他描述莎莉·史密斯那样。他还提到了夏洛特地区失踪的另外两名女性，但没有给出任何名字。

邓波知会了里奇兰县的区律师、第五巡回法庭的詹姆斯·C. 安德斯，后者随即联系了贝尔的律师杰克·斯维林。"在得知这点后，我立刻知会了律师，告诉他也许需要和自己的客户会面。"安德斯说道。他随后将案件发给了夏洛特-梅克伦堡警察局以供调查。

斯维林公开宣称贝尔"完全否认就科尼特一案有任何信息"。他还补充，贝尔对夏洛特的其他案子也毫不知情。毫不怀疑的是，他已经看到了同这么一个过于自大、自恋而无法闭嘴的客户合作会是多么困难，哪怕他真有任何有用的话可说。

在针对贝尔的案子准备开庭时，罗恩和我已经通过心理语言学得出了结论，认为描述莎莉和德布拉抛尸地点的电话来自同一个人。从一个更科学的角度，联邦调查局技术分析人员确定录音磁带上的声纹都彼此匹配，都符合拉里·吉恩·贝尔的声纹。但是正如驻哥伦比亚联邦调查局特工唐纳德·海登指出的，它们不像指纹一样被法庭接受，主要被用来帮助警方锁定嫌疑犯。另外几个人，包括同贝尔在东方航空共事过的人，也都认出了录音中他的声音。

关于他绑架莎莉时所驾驶的车辆，还有一个谜团。推测那个在他车子后备厢里发现的 DCE604 车牌——他绑架德布拉·梅时开的车的车牌——也在莎莉被绑架时的那辆车上。一名在史密斯家附近普拉特斯普林斯路上开车的女人认为自己看到嫌疑人倾过身子在对副驾上的一位金发女人说话，时间是在绑架发生后不久。这个女人对车辆的描述是一辆黑加仑色、较新型号的美国品牌车辆。七月四日星期三，治安官梅茨的手下和 SLED 特工在附近卡姆登的一家汽车经销商处扣押了一辆 1984 年的黑加仑色别克君威。去年十二月，这辆车被租给了一个住址登记在克肖县的人，并在四月报警车辆被盗。后来，在贝尔被捕前两天，车辆被发现遗弃在一家喜来登酒店的停车场上。如果这是贝尔用来绑架史密斯的汽车，这显示出他在犯罪方面的老练；会为下一次犯罪换车，也反驳了他是在由精神疾病导致的、无法控制的冲动下行事这一说法。里奇兰县治安官办公室也针对一辆 1980 年的银灰色庞蒂亚克大奖赛型号汽车发布了警示，他们认为这辆车被用于对赫尔米克的绑架。在赫尔米克家拖车附近发现的车轮印和通用汽车旗下庞蒂亚克和别克车型的轮胎相符。

"任何知道贝尔在六月十四日开着这样的汽车，或者任何可能租给了贝尔一辆这样汽车的人，都被要求致电我们，"治安官鲍威尔说道，"要是我们后面发现有人租给贝尔这样的车但没有告知，这人有可能会因为妨碍司法而被起诉。"

法务官唐尼·迈尔斯宣布自己正在等待更多的测试结果，也打算亲自来起诉史密斯和赫尔米克的案子，无论最后的结果判定莎莉真正的死亡原因是什么。"就我所知，没什么区别，因为我是列克星敦和萨卢达两地的法务官。"他说道。

七月二日，里奇兰县官方正式就德布拉·梅·赫尔米克绑架案起诉了贝尔。部分支持这一起诉的证据来自目击证人瑞奇·摩根，那个目睹了留着胡子的陌生人靠近并掳走德布拉·梅，还观察到了车牌是以 D 开头并跑去告诉了姑娘父亲谢伍德的邻居。摩根还和治安官办公室的素描专家合作，做出了对嫌疑犯的素描。

七月十四日星期日下午，夏洛特调查人员劳伦斯·沃克去 CCI 询问贝尔。"我进行百分之一百一十的配合。"贝尔向他保证。

接下来的约十一个小时里，贝尔试图说服沃克自己正在配合。沃克几乎连擦着边儿的内容都没拿到。贝尔在第一和第三人称中转换，告诉沃克自己有得自上帝的幻象。沃克看出他似乎非常喜欢能有个听众。在没有承认杀了她的同时，他描述自己确保莎莉有水喝，又一次提到了莎莉和德布拉·梅交握的双手。他说莎莉死后，他清理了所有东西，将其放进了一个绿色垃圾桶里，然后回到谢泼德家的房子冲了个长长的冷水澡。他还说了一会儿科尼特的谋杀案，以及北卡罗来纳的另外两起未破获案子。还说了上帝是如何给他幻象，告诉他这些罪案可能是如何发生的。但在所有的连篇累牍和大肆表演之外，贝尔没有坦白，或者给沃克任何可以利用的东西。我不确认那时候要相信什么，但我经常说假的坦白是容易给出的，而真的坦白则是困难的。

之后不久，夏洛特和梅克伦堡的警方也开始就另外两起陈年悬案调查贝尔：十岁阿曼达·雷和五岁尼利·史密斯的绑架及谋杀案。1979 年 7 月 18 日，阿曼达从自家房子里失踪了。第二天，在梅克伦堡县北部发现了她的尸体。尼利是在 1981 年 2 月 18 日失踪的。她的遗体要到当年的 4 月 12 日才被发现。两个姑娘都是白天被绑架的，和莎莉、德布拉·梅一样。也许我们没能像自己期望的那样，在贝尔谋杀生涯的早期抓住他。但和被关在监狱里的他聊过后，梅克伦堡警方认为他不知道除公开信息之外的任何信息。

"我们和他聊过，他没有告诉我们和案子有任何关系的任何事，"

助理总警监 R. B. 狄克逊说道,"我们经调查已决定停止将他看作首要嫌疑人了。"但是,他补充说,考虑到阿曼达和尼利绑架案同德布拉·梅一案的相似性,"我们的两个姑娘失踪时他也住在夏洛特。一切都符合,我们必须要调查清楚。"还有,"就我们所知,他的名字会进入这些案子的非活跃卷宗中。我们已经核查了数百名嫌疑人。他的名字会加到其中去"。贝尔依然是科尼特失踪案的嫌疑人之一。

公诉人安德斯和迈尔斯,还有列克星敦、萨卢达和里奇兰县的治安官一起工作了几个星期,试图搞清楚在指控贝尔谋杀中的司法管辖权问题。绑架案的指控没问题,因为很清楚每个姑娘是在哪儿被绑架的。但在南卡罗来纳的法律中,规定如果从调查以及物理证据里无法清楚判断一起谋杀真实发生的地点,会被认为谋杀发生在尸体寻获地点所处的司法辖区,那里也将是提起诉讼的地方。有一段时间,迈尔斯和安德斯之间的对立已经反映到了媒体上。安德斯准备好要在自己的辖区就绑架而非谋杀起诉贝尔,而迈尔斯觉得只为绑架起诉他会威胁到所有的谋杀指控。

"要是法务官安德斯如此着急地要以绑架罪起诉贝尔——也许会破坏后续的谋杀起诉——他就应该在里奇兰县以谋杀罪起诉他。"迈尔斯声明道。

报纸文章还暗示,这部分的冲突也许和安德斯是民主党人而迈尔斯是共和党人有关。数篇社论呼吁州检察长介入解决争端,可能的方式是组织一个州一级的陪审团。渐渐地,随着七月末尾临近,贝尔卧室里——就是谢泼德夫妇家客房——找到的毛发经实验室分析确定是属于莎莉的,这最终说服了各方她是在萨卢达县被杀的。这就结束了法律上的周旋,管辖权的争议也得到了解决。因此,绑架和谋杀的指控被合并,史密斯的案子将会在萨卢达县审理。德布拉·梅·赫尔米克是在里奇兰县被绑架的,但尸体是在列克星敦县被发现的,因此同意了两县分别是她的绑架案和谋杀案起诉地。这合了迈尔斯的意,他的辖区包括了这两个县。迈尔斯表示如果需要，自己和安德斯会协同合作。

1985年7月23日，辖区正式就史密斯一案对贝尔提起了公诉。

8月2日星期五，贝尔在列克星敦县被控谋杀赫尔米克，绑架案也被转移到了这里，同谋杀指控合并。尽管两队医学检查人员尚没能完全确认莎莉或者德布拉·梅的死因，因为尸体被发现时状态很糟，但两组检察人员都判定死亡并非意外、自然死亡或者自杀，而是谋杀，这就意味着这两人的死亡是由于另外一人的行为造成的。因为贝尔已经被证实绑架了两名受害者，就可以对他进行谋杀指控，哪怕死亡的明确方式无法证明。

八月十二日星期一，萨卢达县的一个大陪审团就莎莉·菲·史密斯被绑架和谋杀一案出具了一份正式起诉书，并表明如果被告被定罪，这将是一个符合死刑条件的案件。州法律明确，在有恶劣情况的前提下，极刑可在谋杀案中被采纳。绑架和性侵就是两种恶劣情况，其他的恶劣情况还包括折磨、持枪抢劫、盗窃和杀害执法官员。

迈尔斯表示，莎莉谋杀案中的"恐怖情形"和她遗体的状况说服了他去追求极刑判决。"我看到尸体那天就决定要寻求死刑判决了。"他说道。按照南卡罗来纳法律，要是陪审团在极刑案件里做出了有罪判定，随后将由其来投票决定是否判决死刑。投票结果必须是一致同意，否则就无法判处死刑。

出于对治安官办公室、法务官办公室、SLED和联邦调查局多部门合作的认可，《州报》刊发了一篇社论，支持这样的合作被正式化，方式是创建一支针对严重犯罪的特别行动小队。"这样一来，"社论总结道，"一个协调良好的行动小队能够加速逮捕过程，进而可能拯救生命。"

贝尔被带往巡回法庭出席保释听证，被安排坐在法庭后部，法官休伯特·E. 朗此时在介绍其他案子可能的陪审团成员候选人。当法官说话的时候,贝尔吼了起来:"我想要合法地要求并邀请史密斯和赫尔米克两家人将自己的朋友放进陪审团来审问我。我在绑架莎伦·菲·史密斯和德布拉·梅·赫尔米克案子上是完全无辜的,这毫无疑问会被证实。"法庭里的人被这一通发言给震惊了。他也许在试图展示自己是个疯子,来缓和自己被判有罪后的刑罚,但我确定真正会因为这一幕发疯的人是杰克·斯维林。

不出所料,贝尔继续想把所有的注意力都集中到自己身上。"等听证完了,"当法警把戴着手铐脚镣的他带出法庭时,他说道,"我想要一个小时和媒体聊聊。"法警拖拽他出去,他吼道,"我的宪法权利被侵犯了。"

等朗法官完成了陪审团候选人的相关工作后,贝尔被带回了法庭上,斯维林马上申请公众和媒体回避听证,这样让审前的曝光不至于影响审判的公平。"在从事法律工作的十二年里,"斯维林说,"我从未见过像这起案子所产生的曝光程度,我也没有在社区里见过这么多的讨论和恐惧。"

"我不喜欢封口令或者类似的东西,"在否决这一提议时朗说道,"我们生活在美国。"

法官随后拒绝了保释。有趣的是,贝尔说自己反正也已经决定不保释。杰克·斯维林声明说自己的客户保留在未来某个时间要求保释的权利:"贝尔先生想说的是,在坚持自己无辜的前提下,这一次他不想要申请保释是因为他担心自己的生命安全。"

考虑到贝尔的精神病史,唐尼·迈尔斯提议将他转移到州医院进行十五天的精神评估。斯维林表示反对,他说,被告人尚没决定在审判中宣称自己精神失常。迈尔斯反驳说提前搞清这一点很关键,这样审判才可以在这一点不成为障碍的前提下推进。朗法官同意了,并拒绝了斯维林申请保护令以保证贝尔告诉心理医生的任何内容不被法庭采纳的要求。

史密斯绑架和谋杀案的审判日期被定在十一月十一日。同时，贝尔由一队来自南卡罗来纳州医院的精神健康专家执行了检查。在系列测试后，他们一致判定并向法庭报告，在莎莉·史密斯和德布拉·梅·赫尔米克被绑架和谋杀的时候，拉里·吉恩·贝尔是知道对错的，并且在精神上是可以接受审判并为自己辩护的。

在唐尼·迈尔斯的要求下，我十月底飞回了南卡罗来纳，陪同我的是法律训练小组的特工杰弗里·希金博特姆，他来为案件策略提供咨询。希金博特姆一直在同我们合作，想要搞清楚如何让犯罪人格画像成为专家证人证词中的标准组成部分。他感觉这次会被高度报道的审判，是一个介绍画像过程的好机会。他想要为将来来自执法机构和司法部门的要求设立一个先例。

针对我的证词，公诉方有两个目的。首先，他们感觉罗恩和我在治安官办公室里同贝尔交谈时，他说的东西对案件来说很关键，因为那是我们所有的、最接近直接坦白的东西。其次，迈尔斯想要强迫辩方提起画像这个话题，因为根据庭审规定，这是公诉方不被允许自行引入的内容。但通过让我作证，迈尔斯能以一种泛泛的方式来质询，并让辩方在交叉质询中提起画像报告。他笃信这份高度准确的画像报告会对辩方造成破坏。

迈尔斯一直好奇在事关若干亚特兰大儿童遭谋杀的韦恩·威廉姆斯审判中，我们是如何协助公诉人杰克·马拉德的。我建议要是贝尔站上了证人席——我认为他会的——那目标应该是拆穿他那炫耀和疯狂的矫饰，让陪审团看清他真正是谁：一个变态但有条理的杀手，清楚知道自己在做什么。迈尔斯相信自己能做到。

在哥伦比亚的时候，我正式收到了出席庭审的传票，也非常乐意地接受了传唤。

第十八章

莎莉·史密斯绑架和谋杀案的陪审团成员挑选始于 1985 年 11 月 4 日。意识到要选出一组包含十二名成员的不偏颇的陪审团是怎样的挑战，法庭方面整理出了有一百七十五名备选陪审团成员的名单——是普通名单人数的三倍之多。约翰·汉密尔顿·史密斯法官（和莎莉没有关系）根据精神病学报告判定拉里·吉恩·贝尔可以接受庭审。

"他能够回答问题，能回应我们，"约翰·C. 邓拉普博士告诉史密斯法官，"在我见他的时候，或者我的任何一名同事见他的时候，会认为他有精神疾病。"

辩护律师斯维林质问他有没有可能一个有病史的个体在过去表现出了精神疾病，但在当下被询问时显得正常。"你知道存在精神疾病的历史。"辩护律师表示道。

"我知道他因为精神方面的原因接受过检查，"邓拉普回答道，"当时做出的诊断大概会符合当时他们所见的情形。而当时他们所见的情形大概是准确的。"

11 月 11 日星期一，计划开始庭审的当天，杰克·斯维林提出动议要求改变场地，理由是该案已经获得了海量曝光，随之而来的是确保陪审团成员不受其影响。在知道一桩案子和感觉自己在庭审中无法做出公正判断之间有着不同之处，但每个法官不得不在每一起高曝光案子中仔细评估如何行走这段钢丝绳。史密斯法官对此的回复是，他会首先试着在萨卢达县选出一个陪审团。

这个有着约一万七千人的县基本上是个农业县。法庭所在的萨卢达市镇区域约有七千五百名居民。这是一个少有犯罪发生的安静和友好之地。迈尔斯足够清楚这个区域和这里的居民，因此他相信哪怕他们都听说了案子并有了某些看法，也会要么接受庭审的结果，要么足够诚实地表示不接受。除此之外，居民们告诉记者，他们主要担心的是蜂拥而来的媒体会影响到自己，以及在法庭附近找个停车位会有多困难。

庭审当天早上，法庭受到了七名 SLED 特工和四名萨卢达县治安官的保护。SLED 特工同时也对建筑进行了搜查，排除炸弹威胁。贝尔被带进来时穿了一套浅棕色西服，胡子剃短了，看起来像是减掉了二十五磅。他母亲在法庭听众之中，史密斯一家没在。

两个整天之后，只有陪审团成员名单中的二十三人接受了彻底的询问，而这其中，只有六人被选中。史密斯法官显然对选择陪审团成员以及选出一个完整陪审团外加两到三名替补的速度不满意。

星期三早上，他宣布的内容让法庭上的很多人大感意外："拉里·吉恩·贝尔将不会在萨卢达接受审判。经过过去的两天，我相信贝尔先生在萨卢达县这样的小城和小社区中得不到公正的审判。"我认为这是个明智的决定。我们中任何人都不希望因为庭审前的曝光以及对陪审团偏颇的推断，而导致有罪判决经上诉后被推翻。

接下来的十一月十八日星期一，史密斯法官宣布贝尔绑架及谋杀莎莉·史密斯一案的审判将被转移到约一百英里外的地方，即查尔斯顿北边蒙克斯科纳的伯克利县法庭。他把新的开庭日期定在一月二十七日。"那是我找到的可用开庭日期，地方则在哥伦比亚各家电视台的范围之外。"他解释道。

萨卢达县法庭的书记员伊迪丝·帕吉特预计转移审判将会花费约一万美元。县里的官员们很快安抚民众说，哪怕庭审开支超过了规定的预算，他们也不会有增税的需求，但这是拉里·吉恩·贝尔的行为扰乱正常秩序及米德兰地区人们生活的又一个例子。

随着这一年行将结束，另一个可能的信号是，治安官梅茨报告说，在过去这一年，几乎每一种严重的暴力犯罪都增加了，这是自1979年以来的第一次。他将犯罪增加的部分原因归于对囚犯的提前释放，但同时也说莎莉和德布拉·梅的谋杀案也许让市民们对犯罪更加敏感了，因此他们报案变得更频繁了。

对我来说，就好像经常在经过某些地方的时候——街道、树林、操场，任何地方——它们会让我想起犯罪现场或者抛尸地点；在过重要节日的时候，几无可能不去想那些此刻和我体验一样的家庭，因为他们挚爱的一人已经被别人带走了。一想起马克和我参加过的一次谋杀受害者亲属互助会，我还会流泪：当时一个发言人聊到了独立日时，自家女儿墓碑上红色、白色和蓝色的锡纸星星，还有圣诞节时壁炉上的小小花环。正如鲍勃·史密斯在莎莉十八岁生日上说的，时间的确会疗愈伤口，但伤痕永远都在。

我确信对史密斯一家和赫尔米克一家来说，这是个很艰难的圣诞节——他们第一个缺失了一个女儿和姐妹的圣诞节。唐恩·史密斯说希尔达和鲍勃甚至不想庆祝，但她和罗伯特感觉有义务以此来怀念自己的姐妹。他们把雪人装饰挂到了圣诞树上唐恩、莎莉和罗伯特名字的旁边，但没法让自己按照传统把圣诞袜子挂在壁炉上。挂上三只袜子却只有两只被装上礼物会是一种什么感觉啊？唐恩后来写道："我们在圣诞夜拆礼物的时候，往常的欢笑被悲伤的眼泪取代了。"

史密斯一家的痛苦还因不得不同诉讼团队再过一遍所有细节，以及得知唐尼·迈尔斯想要他们一家四口每天都参加庭审以便让陪审团一直意识到他们的存在和一个家庭成员的缺席后雪上加霜。

在一次审前听证上，史密斯法官命令贝尔录制打印出来的、同史密斯一家和查理·基斯的部分电话对话，以便在庭上和犯罪真正的录音进行对比。斯维林争论说这违反了宪法第五修正案规定的不能自证其罪的权利，说政府"通过重复能证明有罪的内容，实际上是在试图让一个人证明自己有罪"。史密斯法官不同意他的说法。

在杰克·斯维林严重关节炎导致的延迟后，1986年2月10日星期一，庭审终于开始了。知道自己会被召唤出庭作证，我一直关注着庭审的进展，每隔几天就从麦卡迪和唐尼·迈尔斯的办公室收到报告。那是个雨天早晨，七点左右，怀着期待的人们开始在法庭外排队，希望能在庭上找到一个座位。大部分人和案件或者涉案人都没有私人关系，但就是想要看看那个据称给整个地区带来了恐惧的男人。一对夫妇有一个孙女，她在那段恐怖时期内不敢离开房子。他们想要看看这到底是怎么一回事儿。另一个女人说："我只是好奇这个案子。它太奇怪了。我想要看看能杀掉别人女儿，还打电话给他们说自己感觉是这家中一员的人。"好几个记者把人群比作想要购买流行百老汇音乐剧、摇滚演唱会或者某项运动决赛门票的人。那些排在队伍里的人试着监视和控制任何试图插队的人，一度还有推搡在两个女人之间爆发。

出于安全考虑，即使距离很短，贝尔还是乘坐一辆警方巡逻车被从监狱转移了过来。他身穿一件有着标志性绿色鳄鱼商标的拉科斯特棕色套头衫，内搭一件白色衬衫，浅棕的便裤和运动鞋，胡子剃得整整齐齐。一钻出车子，他就朝站在庭外的一群记者吼道："我是拉里·吉恩·贝尔。我没罪！"在他胸膛上，一个自制的纸质徽章写着："我是受害者。拉里·吉恩·贝尔。我是无辜的。"

等贝尔进了高高的法庭内部，史密斯一家已经入座了。他们被安置在查尔斯顿的假日酒店。这是鲍勃和罗伯特第一次见到他真人，也是希尔达和唐恩在治安官梅茨办公室的那个傍晚后第一次见到他。他们每个人都瞟了他一眼，然后迅速转开了目光。唐恩记得他在被带进来的时候，脸上带着一丝坏笑。

他确定了自己是所有人关注的焦点,大声地声明道:"我是无辜的,还得不到公平的审判!"

一小会儿之后,在史密斯法官解释关于死刑审判的法律以及加刑和减轻的情况时,贝尔站起来说道:"到底为什么我要被关着,而治安官梅茨清楚吉恩·贝尔是无辜的?"法官命令他坐下,拒绝了斯维林基于这次爆发会影响陪审团判断而导致审判无效的动议。

由此,陪审团成员的挑选开始了。

第二天贝尔抵达法庭参加陪审团成员挑选时,他向等候的媒体发言说:"我安静的朋友们,无论这次审判的法律结果如何,我每天都为史密斯一家、赫尔米克一家和贝尔一家祈祷,祈祷他们能积极地继续生活。"仿佛他不仅是为了自己的性命而出庭,还是在为了媒体而出庭。

一进到法庭内,在对前一天的骚乱道歉后,贝尔抓着麦克风宣称说:"法官大人,声明一下,我想要表明吉恩·贝尔不是一个邪恶、恶毒、危险的人。除非是不认识我本人,否则任何人都会这么说!"

几分钟后,在另一名陪审团成员被两方接受并带出法庭后,贝尔又一次站了起来,用一种抽抽泣泣的声音说道:"我再也受不了!吉恩·贝尔没有责任。我没做过,你们都想要给我死刑或者终身监禁。这不对!"

可以预料的是,史密斯法官命令被告坐下,保持安静,否则在挑选陪审团成员的过程中,他会被从法庭上带走。"这些爆发对你没有好处。"他告诉贝尔。

斯维林告诉法官说自己的客户没有和自己以及他的共同辩护律师伊丽莎白·莱维沟通,对自己的辩护也没有帮助。当天剩下的时间里,贝尔都安静地坐着。

在表示自己坚定不移地反对死刑后,两名陪审团候选人被排除了。另一名女性说自己对死刑没什么看法,"除了判得太少。我们需要清除那些杀无辜孩子的人"。她也被排除了。同样被排除的一个男人表示贝尔有罪,不值得被审判。

因为死亡威胁,治安官的手下二十四小时监控着杰克·斯维林的房子。"代理拉里·吉恩·贝尔这样的人会让这个体系保持诚实,"他告诉《国家法律期刊》(*The National Law Journal*),"确保贝尔先生享受他的全部权利能保障我们所有人的权利。"

第十九章

周三早晨,贝尔冲着那群密集的记者和电视台摄像机,又发布一条消息。"常识,值得怀疑。吉恩·贝尔已经被审判过了吗?这个国家已经被污染了吗?正义:轰!"媒体早已饥渴地等待这样的内容了。

到了下午,由七名女性、五名男性组成的陪审团被选定,并宣过了誓,黑人和白人各占半壁江山。陪审团成员的选择比预期的要快得多,主要是因为当地居民之前对米德兰的案子真不大知道。

在双方进行了开庭陈述后,莎莉的男友理查德·劳森被公诉方叫上了证人席。他回忆了那个决定命运的星期五下午的事件:他是怎么和莎莉在购物中心碰头的,他们是怎么和莎莉的朋友布伦达·布泽去那个泳池派对的,以及如何开车送两个姑娘回到购物中心取自己的车。布伦达紧跟着理查德上了证人席,确认了理查德的说法。

接下来,鲍勃·史密斯讲述了看到莎莉的车停在车道尽头,然后在她没有直接回到房子里时下去找她,以及当找不到她时感到的惊恐。他作证给治安官办公室打了电话,也证实那通一大早打来的电话承诺说他们会收到一封莎莉写的信,以及他被治安官手下带去邮局签收并正式接收了那封是莎莉遗嘱的信。他还讲了好几通来自同一个未知个体的来电。

迈尔斯问他是否认识拉里·吉恩·贝尔;要是认识,是否像是来电者说的,"是这家人的朋友"。

"不,先生。"

"在1985年5月31日或者6月1日之前,你知不知道他的存在?"

"不,先生。"

斯维林说自己没有问题问史密斯先生。这很精明,辩方律师试图质疑一个悲伤的父亲是绝对没有任何好处的。

约翰·巴林杰,一位刚好在关键时刻经过了史密斯家车道的当地商人,形容了莎莉在邮箱边上停着的那辆车。

特丽·巴特勒,一位住在附近、有两个小孩的家庭主妇,描述说在突然转向路另一边前,那个司机开着那辆车差点就撞上了自己的车。她说整个过程很短,只有几秒钟,但是,"我看到了他的眼睛,他也看到了我的"。就在那之前,她看见莎莉的蓝色雪佛兰开上了车道。她帮着治安官办公室做出了第一版素描。

"你能指出他吗?"助理法务官诺克斯·麦克马洪问道。

"他就穿着一件白衬衫坐在那儿。"她说道,指的是贝尔。

"你脑子里有任何的疑虑吗,巴特勒夫人?"

"没。"

"比起你在1985年5月31日看到的,他今天有任何不一样吗?"

"他留了胡子,头发也梳服帖了。"

轮到斯维林交叉质询时,他说:"所以你做出的辨认是基于不到一秒的时间,是吗?"

"我不知道我看了他多久,"巴特勒回道,"但我看见他了。"

贝尔父母的邻居萨米·科林斯描述了六月一日星期六早上和贝尔的交谈,说贝尔显得对史密斯绑架一案格外感兴趣。他还描述了贝尔的外貌在六月一日到二十二日之间是如何变化的。

希尔达·史密斯是下一位证人。她回忆了自己在那个星期里的经

When a Killer Calls   175

历。然后迈尔斯领着她回忆了那一系列的来电：来电者一开始是怎么想要和她通话，然后又专注在唐恩身上。迈尔斯锁定了第二次来电，也是第一通被录下来的来电。

"法官大人，"他说，"现在我们想要提交那盘录音作为证据。"

陪审团成员、法庭工作人员以及律师被指示戴上无线耳机来听取录音。斯维林没有费劲去挑战这个证据的相关性，也没有质疑设置录音设备及追踪来电的三十多名执法官员和电信公司技术人员的做法正当与否——这是公诉方预测他可能用来推翻这些录音合法性的策略。但这只会拖慢庭审，惹恼陪审团成员，对辩方完全没有好处。媒体接触的书面记录显示了希尔达是如何就莎莉的生死哀求来电者的：

"我想你知道作为莎莉的母亲的感觉，知道我有多爱她。你能不能告诉我，她没药吃的话身体可还好？"

录音继续播放，里面的另一个声音告诉她说让一辆救护车待命，并告诉治安官梅茨停止在列克星敦县搜索，应该去搜萨卢达。也是在这通电话里，未知嫌犯摆明了：

"我想要告诉你另一件事儿。莎莉现在是我的一部分了——身体上、精神上、情感上以及灵魂上。我们的灵魂现在是一体的。"

尽管鲍勃·史密斯已经作证说"我们一直到最后都希望她还活着"，而罗恩和我第一次听到这个录音时就非常确定莎莉已经被杀了。不是画像师也能听出这家伙正从操纵、统治和控制被吓坏的这一家人中获得满足。

迈尔斯问希尔达录音中的声音是不是和第一通来电里的声音一样。她确定是一样的。录音继续播放。等迈尔斯播放到第五段录音时，莎莉的母亲再也忍不住眼泪了。

播完最后一盘录音磁带，迈尔斯跳到了六月二十七日和贝尔在治安官梅茨办公室的会面。"在那天之前你见过他的脸吗？"他问。

"没，我没见过。"希尔达回道。

"那天当你和拉里·吉恩·贝尔说话的时候,他的声音和打那些电话的人的声音比起来如何?"

"我一遍又一遍地被那个声音折磨,哪怕是夜里想要睡觉的时候,都没法屏蔽那个声音,但它没长着脸。当听到拉里·吉恩·贝尔说话,我就有了一张和那听了一遍又一遍的声音能搭上的脸。拉里·吉恩·贝尔就是那个声音,而他被抓住了。"

斯维林足够聪明,没去挑战受害者的母亲。他在交叉质询时所问的全部内容就是:"之前你不认识,也从没见过拉里·吉恩·贝尔,对吧?"

"我不认识他,从没见过他。"

"谢谢,史密斯夫人。那就是我想问你的全部问题了。"

唐恩接着她母亲站上了证人席,迈尔斯继续播放录音。第一段录音是六月六日的来电,唐恩不得不忍受:

"嗯。我把她绑在床柱子上,呃,用的是电线。她嘛,也没挣扎、没哭,没啥。[……]我用了胶带,用它完全地缠住了她的头,闷死了她。"

电话继续:

"我给了她选择……过量服药、枪击,还是,嗯嗯,闷死……她说她知道自己会变成天使。"

这也是那通他说了下面内容的电话:

"事情已经失控了,我只想要和唐恩做爱而已。我已经盯着她看了几周了……"

"和谁?"

"对不起,和莎莉。"

他不打算杀掉莎莉的暗示很快就在他绑架和谋杀德布拉·梅·赫尔米克后被推翻了。他也只是想要和这个九岁小孩做爱吗?他也没打算杀她吗?事态也只是再次失控了吗?他确实做了自己明确打算的、

When a Killer Calls 177

想要对她以及和她做的事。"

迈尔斯放了六月八日星期六下午的一段录音后——录于莎莉的丧礼后——他问道:"唐恩,这盘磁带上他说要自杀,又说了一次,说他们会在他尸体上的一个塑料袋里找到照片。那他自杀了吗?你们找到了他说的照片了吗?"

"没。"

然后公诉人回顾了治安官办公室里的会面。在明确了她在那个下午之前没见过贝尔后,他问道:"那个周四你从拉里·吉恩·贝尔口中听到的声音和你一直接到的电话里的声音相比如何?"

"是同一个声音。"

"你脑子里有任何怀疑吗?"

"没,先生,没有怀疑。"

史密斯法官不让陪审团听取的一段证据是来电者对唐恩说的这段话:

"行吧,你知道的,上帝想要你加入莎莉·菲。这个月,下个月,今年,明年。你没法永远都被护着。你知道那个赫尔米克家的姑娘。"

因为史密斯法官判定六月二十二日的这段录音过于不利,会损害到被告法律意义上的无罪推定。斯维林还想法官更进一步,不让陪审团听到录音里希尔达和唐恩的声音,因为陪审团成员对她们天然的同情会以愤怒的形式转向贝尔。史密斯法官否决了这项动议。斯维林接着试图说服法官,在梅茨办公室里的时候,贝尔是在没有律师在场的情况下和我们对话的。但记录清楚地表明贝尔自愿放弃了自己的米兰达权利,实际上,他渴望着谈话,并要求带史密斯一家来见他。当时,梅茨直白地告诉过他说律师会建议他不要开口,但他显然无论如何都想聊聊。在陪审团听证之外举行的一次会议上,梅茨证明贝尔的兄弟——一名律师——当时等在走廊里,但贝尔重复表明不想见自己的兄弟。

甚至不用那盘被排除的磁带,我认为已经呈现的证据足以让陪审团不可能忽视。我此刻主要的担忧是他们会认为贝尔怪异和自恋的行为是因为无法控制的精神疾病。再一次,我承认他有一定程度的精神疾病,但状况远不足以超出他自控的能力,也不会阻止他意识到对错之间的区别。大部分"普通人"难以理解的是,像贝尔这样的变态确实明白对和错之间的区别,但他们认为自己的欲望和全知全能的感觉有着更高的价值,这在他们脑子里超越了道德标准。

WIS-TV 记者查理·基斯就打给自己的电话做了证,说来电者在电话里承诺会自首。那个承诺,和未知嫌犯的所有承诺一样,都没有兑现。

当天快要结束时,朱迪·希尔,一名 77 号州际高速上中央车站卡车停车场的收银员——此处也是六月六日那通来电被追踪到的地方——指认贝尔那天来买过咖啡,并为打电话换了零钱。她看着他走过大厅,看到那里的公用电话被占用了,然后走向停车场上的另一部公用电话。

作为公诉人,面对所有证人,你努力要做的是让你的说法在陪审团看来是无法辩驳的。你要让每一名陪审团成员认为,如果你说法中的这一部分是准确的,那被告一定就是那个罪犯;而当你把这段证词加入其他证词里的时候,怎么可能会出错呢?

在莎莉尸体被发现时查验了尸体并随后进行了尸检的乔尔·塞克斯顿博士,也在希尔达和唐恩作证的同一天上了证人席。基于检查结果以及当时没有死后僵直,他认定莎莉已经死了至少两天。"腐坏正在发生,"他解释道,"苍蝇已经产了卵,有了蛆虫和甲虫。这是自然破坏一具在野地里死尸的正常过程。"尽管听起来恐怖,但这是杀手在把莎莉的尸体放在那个环境中时已经知道会发生的情况,他想要让死亡的具体原因难以被发现。致死要么是因为窒息以及/或者勒毙,要么是因为她病情导致的严重缺水。任何一种情况下,遭到绑架并被非法拘禁是在法律意义上导致她死亡的直接原因，所以绑架了她的人要直接为她的死亡负责。

塞克斯顿博士继续向陪审团解释，因为严重的腐败，不可能判定莎莉是否遭到了强奸。就这一点，陪审团可以基于贝尔在电话里对唐恩说过三次他已经"做了爱"来自行判断。尽管考虑这一点很是可怕，但对做出判定几乎毫无障碍。

第二十章

二月十四日星期五，埃利斯·谢泼德轮到站上证人席，他描述了他们夫妻和贝尔之间的房屋看顾安排，确认在贝尔被捕前六个月，自己雇佣他当了一名助理电工。他说自己和妻子从他们计划的九周旅行中临时回了一趟家，检查贝尔在萨卢达县一份工作的进度。当贝尔开车载着这对夫妻从机场回来时，他就莎莉·史密斯失踪一事开始了一场详细的谈话。"他（贝尔）问我认不认为这家人会想要拿回尸体。"

谢泼德说自己回复希望那姑娘还活着，就此贝尔回应说，"但要是她没了，那你认为他们想要回尸体吗？"

谢泼德给贝尔看过的那把.38手枪，他描述自己发现它被弄脏卡住后，还被放在和自己开始放的地方不一样的位置。手枪由此被作为证据引入。

他认出录音中的声音是贝尔的，哪怕用了变声装置。"我很生气，"谢泼德说道，"我知道（录音里）是贝尔的声音。我脑子里没有怀疑。"

"在那盘告诉人们自己对莎莉做了什么的磁带上，你听到的是谁的声音？"迈尔斯问道，把这一幕的恐惧深植到陪审团心中。

"那是贝尔先生的声音，不会是别人的。"

莎伦·谢泼德在自己的证词里确认了丈夫所说的一切。两人都将贝尔描述成一个优秀的员工，但确实"诡异"和"奇怪"。他们说他强迫性地记笔记，会对任何需要完成的任务写下一步步的步骤，还说他会不断地再去看那些步骤。

SLED 问题文件检查人员马文·道森"米奇"描述了 ESDA 的原理，介绍这是一台基于伦敦苏格兰场一项技术发明的机器，它如何在被调查的一页纸上分辨出前几页纸上笔记所留下的印记，以及莎莉写遗嘱的纸张是如何被不可辩驳地归属到了莎伦·谢泼德给贝尔留下指示的那本簿子上。

通过一张照片，道森还解释道，"我用莎伦·菲·史密斯已知的笔迹对比了遗嘱上的笔迹，明确判定后者是莎莉的笔迹。"

斯维林试图把这份文件移出陪审团在讨论时带入陪审团房间的证据，理由是莎莉给她家人和男朋友的信息和案件本身几无关系，但能够煽动陪审团成员针对被告。史密斯法官立刻驳回了这一项动议，表明这份文件是最重要的一份证据，没有它的话谋杀案可能还没被破获。

为了今天出庭而身穿白色衬衫、背心、绿色便裤，还打了一条绿色领带的拉里·吉恩·贝尔在没有陪审团在场的情况下站上了证人席。他抱怨说他允许对自己车子和房子的搜查——实际上是他父母允许的搜查，因为那是他们的房子——说当时不知道可以先咨询律师，还说是治安官梅茨劝他不要找律师，因为"律师只会让我闭嘴"。

梅茨是告诉过他，要是他同意签那些表格就能节省点时间，但也说了要是他不签，他们会申请一张搜查令，而他们实际上确实针对搜查房子而申请了一张。所以，就我所知的，这个问题是没有意义的。

一旦贝尔站上了证人席，场景就像是他在电话里的表演了。他进入了自己的角色和舒适区。他拒绝坐下，坚持要站着，仿佛试图统治整个法庭，宣称这是十九世纪英国的做法。

"我们不是在玩游戏，除非你认为莎莉·史密斯的命以及我的命是一个玩笑，"他指责迈尔斯道，"让我们表现得职业一点。"最让我困扰的事之一就是,他把自己的命和莎莉的命绑在一起,就好像他们都是同一起罪行的受害者一样。

史密斯法官反复告诉他要紧跟质询的要点,比如当他跑题去抱怨说治安官办公室没有归还他的钱包时——按照他的说法,里面还有八九十美元。

"你必须言归正传。"史密斯法官告诉他。

针对法官的告诫,他回答说,"我能理解,但我希望你也理解我的处境。"

星期六的庭审开始时,贝尔来到被告席上就站起来抱怨 SLED 特工从他那儿拿走了一支笔,说它能被用作武器。史密斯法官解释说这个做法是当被告不戴手铐被带进带出法庭时的标准安全程序。

"大人,我不接受你的道歉!"他吼道,"可能是这个原因,但我不接受。"

"我没有给你道歉。"史密斯法官回答道。

当法庭上的注意力集中到他身上时,贝尔似乎从周五他停下的地方重新开始了。"我已经在地狱门口站了七个多月了,"他说道,"远比不上史密斯和赫尔米克一家所经历的。我站在地狱门口,而他们在地狱里。让我们翻过这一篇,继续我们的生活。"史密斯法官已经判定公诉方不能提起赫尔米克的案子,因为这会造成偏见,但贝尔对此视而不见。他告诉法官审问的笔录以及梅茨办公室里的那次会面不能相信,因为有重要的事情被遗漏了。"瞎子都能看到假证人和假证词被用来针对我了。"

一小会儿之后,在梅茨驳斥了贝尔的证词,并从证人席下来朝法庭外走的时候,贝尔伸出自己的手去和梅茨握手。治安官不过是盯了他一眼,然后走开了。

另外一次,斯维林转向贝尔,严厉地问道:"你是必须对所有人挥手吗?"

"我只是表示对法律的尊重，"他回答道。这不过是他对操纵、统治和控制的瘾头再一次发作而已。

"你以为你是谁，"辩护律师进一步问道，显然是不耐烦了，"一个烈士？"

陪审团依然不在场的情况下，史密斯法官准备判决当夏洛特警方就珊迪·科尼特失踪一案询问贝尔时，他告诉前者关于莎莉·史密斯的事是否可以纳入证据。

斯维林将这次询问定义为"十一个小时的胡言乱语"。他就贝尔口中来自上帝的幻象提问调查人员劳伦斯·沃克，并试着强调精神疾病这一角度。他问道："难道你不认为那有点奇怪吗？难道你不好奇他那来自上帝的幻觉吗？"

沃克回答道，正如我们自己也在局里见过的，将事实归咎于来自上帝的幻象或者信息，这经常是嫌疑人在不直接开口坦白时承认涉案的方式，是挽回面子的一种做法。"以我作为一名警官的经验看来，某人告诉你他们有过某种幻象并非罕见情况。那对他们来说是一种表达出脑子里某种东西的方式。"

"你认为他当时的行为异常吗？"斯维林问道。

"是的，先生。整个询问中拉里·贝尔确实不时地表现得异常，而我想要强调的是'表现'这个词。"

为了强调自己的观点，斯维林招来了精神病专家哈罗德·摩根博士，后者受被告方雇佣并审阅了询问的笔录。他说贝尔没资格放弃要求律师在场的权利，因为他当时"精神有问题"，并且"他显然是疯了才让他没法知情同意。他当时和现实失去了联结"。

摩根作证说自己在七月十六日询问了贝尔，这是在夏洛特警方那次询问的两天之后。摩根发现他处在一种癫狂的状态中。"他有幻觉，认为自己有着某种力量，和上帝保持着联系。他在胡言乱语。我很清楚他疯了。"

这是在我的工作中时常发现自己和精神病专家及其他精神相关专家意见不符的情况。他们倾向于关注那些在普通人听来没有逻辑的胡言乱语，而我们试图审视的是达成暴力犯罪所涉及的策划、组织和高效执行的程度，以及罪犯能在何种程度上以一种足够有条理的方式来回忆和讲述犯罪过程。

史密斯法官判定，虽然贝尔说的话是胡言乱语，但它们不意味着他同现实失去了联系，或者他没法明白自己的宪法权利。法官判定贝尔所说的莎莉·史密斯相关内容能被作为证据，同时也包括了谈到德布拉·梅·赫尔米克的部分，但关于珊迪·科尼特一案的内容不能被采用。

之后，星期六大部分时间的内容都涉及从贝尔及谢泼德夫妇房子，以及谢泼德夫妇家客房里那张床垫上获得的法医证据。SLED的法医化学人员作证说地毯上找到的头发、血迹和尿迹同莎莉的一致，对比的是从她梳子上提取的头发、连裤袜上提取的血液。血液样本的血型也和贝尔一双运动鞋上的血迹是一致的。

专家说他们不能确定有任何印迹是贝尔的，因为他拒绝提供自己血液、尿液和唾液的样本。在复杂的裁定中，史密斯法官判定公诉方可以告诉陪审团被告拒绝提供自己的血液和尿液样本以便和床垫上的印迹进行对比，但他们不能提到他违反了提供头发或者声音样本的法庭命令。关于他的声音，史密斯解释说，既然陪审团成员已经听到了录音，他们能自己做出决定。

到目前为止，法庭中的人们已经经历过好几次贝尔的爆发了。另一方面，陪审团则全程都没出现在法庭上。

二月十七日星期一早上，迈尔斯结束了起诉过程。到案件结束时，迈尔斯已经传唤了数十名证人，并提供了五十九件证据，包括照片、图表、地图、手枪、绳子、胶带、笔、信封和在贝尔卧室发现的邮票、黄色记事簿子、电话录音，当然还有那份至关重要的遗嘱。

现在轮到被告试着至少组织一些关于拉里·吉恩·贝尔是否杀手的合理怀疑了；或者证明到现在他还疯着，当绑架、拘禁、谋杀莎莉·史密斯的时候，他脱离了现实，不知道对与错的区别。执法机构的我们都认为这是一件很难的任务。

第二十一章

星期一下午，被告方开始了陈述，以三位精神病学专家的证词开场。第一位是临床社工苏珊·阿彭泽勒，她证明贝尔是威廉·S. 霍尔精神病院门诊病人，但错过了大部分的就诊。同时，他在该处的第一次就诊期间，告诉诊断团队自己的母亲死了，而这不是真的。

霍尔的精神病专家卢修斯·普雷斯利博士证明 1976 年时，贝尔被诊断患有虐待狂型的性变态。普雷斯利明确，并且我们的研究显然也肯定了，这种性虐待狂症状"是最难治疗的问题之一"，因为个人会从异常行为中获得愉悦，自身冲动欲念也会不断增强。

但哪怕这个证词是为他辩护的，贝尔也转向媒体席并评论道："要是你们相信这个，那蒙娜丽莎就是个男的。"

南卡罗来纳大学医学院全科医学系的心理学家罗伯特·萨巴里斯博士说他 1975 年时在霍尔检查过贝尔，发现他有着低于平均水平的智商，八十八，显示出了"精神病的早期症状"。当接受交叉质询时，萨巴里斯博士承认这个情况不能被认为是法律意义上的精神失常。

陪审团成员很快就能做出自己的判断了：接下来贝尔站上了证人席。让客户站上证人席接受交叉质询并遭到反驳，这对被告律师来说通常是个巨大的风险。但斯维林是在打自己最好的一手牌，希望能向陪审团展示贝尔哪怕不是彻底的疯癫，也至少是非理性的。贝尔上了证人席，他再一次选择站着，双手背在身后。斯维林以这个问题开始了:"你多大了?"

"沉默是金。"贝尔回答道。

"我没问你那个,"斯维林发怒了,"我问你多大了。"

"三十七。"贝尔最后回答道。如果你想展示自己的客户是疯的,而不是一个自以为是的烦人家伙,这可不算一个有利的开头。贝尔随后要求和斯维林私下交流,二十五分钟后才回到庭上并为延迟道了歉,当然没有这么直接明了。

"我明天开始。我迷糊了,但我会百分之一百一十变得更好,"然后贝尔转向媒体席说道,"我太迷糊了。但我们很开心不是吗?"

"我再也受不了了,"迈尔斯嘟囔道,"我觉得我要疯了。"

"我迷糊了。我也说不出什么了。"斯维林只能这么说了。

史密斯法官宣布当天休庭。

第二天早上,二月十八日星期二,贝尔第一次在陪审团面前站上了证人席。法庭里站满了人。他抱怨说自己在被捕时向警方提供了不在场证明,但他们从没核查过。他再一次把自己扮成受害者,坚持道:"我恳请过他们去核查我的不在场证明。我遭到了误导,天真而愚蠢地相信了他们。"他没提那个不在场证明是什么。

他作证说自己一生中看过很多精神病专家和心理健康方面的专家。他转向陪审团总结道:"你们想想。天才的、迟钝的,或者就是个傻瓜?你们选吧,"他解释说,"我中毒了。你们不会相信我一生中和多少个医生聊过。我这一辈子都在听医生们说我是个傻瓜。"

他否认了有严重的精神或者情绪问题,坚持说:"我没有精神疾病。但你永远都没法说服医生。我一辈子都在和他们聊天,一次又一次地告诉他们我没病。他们从来不听。"

斯维林试图挖掘他的家庭情况时,贝尔反驳道:"你是在掩盖一切。你不会留下任何秘密。我不在乎。我整个人生都这样——一切都被扭曲了。"

贝尔把一个关于自己中学经历的问题转移到了对他如今在CCI的居住条件的抱怨。"在被不公正地扔进地狱大门后,我的体重因为高温和食物而下降了。但我没有抱怨。我知道那一天会来的。"他指的那一天是他能出庭来反驳"针对我的一面之词"的一天,而混乱的比喻不过是他最小的问题而已。

他描述自己是一个"独行者、个人主义者和领导者",然后就自己和哥哥在高中的运动实力来了一段独白,而陪审团似乎不明白他想说些什么。从那里开始,他喋喋不休地引用起了《圣经》里的章节,背诵了《奇异恩典》中的一些内容,然后突然宣称他会"把公诉方案子的门给扯下来。他们提到的东西和案子没关系,也不可能是正义的。事情都失衡了。"

到了午餐休息时,贝尔对迈尔斯说:"你是最棒的!"

"还不算,"公诉人回答道,"我还等着你站上证人席呢。"

在下午的庭审里,贝尔承认了他就在罗克希尔袭击一名女性并企图用刀强迫她进到自己车里一事认了罪,但他宣称认罪是有违自己判断的,之所以那么做是因为他的律师和家人告诉他说他有罪。

前一天,我就已经飞到了南卡罗来纳。迈尔斯计划将我当做收尾的证人,安排在所有人作完证后出庭。他传唤了联邦调查局哥伦比亚办事处的人,他们回顾了在学院对我提出的要求。他和我提前在电话上聊过几次我要给出的证词,认为有很大的机会让双方提供的精神健康专家意见在陪审团的脑子里彼此抵消。而我,在另一方面,能说说贝尔的罪行里包含的组织能力、筹划程度以及复杂老练,这不是一个神神道道或者毫无希望的妄想症精神病人能做到的。

晚饭后,我在自己住的汽车旅馆见了迈尔斯和他的团队。我问迈尔斯,史密斯一家人可还坚持得住,尤其是唐恩和希尔达。他说他们保持了坚强,在这样的情况下,他们表现得同预期的一样好。然后我问贝尔是不是还把注意力集中在唐恩身上,迈尔斯说他显然还是。当他盯着她看的时候,她绝对显得不舒服;而只要可能,她弟弟罗伯特就会试着挡住贝尔的视线。

我警告迈尔斯要准备好应付贝尔在法庭上的爆发,尤其在他发现我在第二天的证人名单上时。他应该足够清楚我对控方的作用,会尽自己所能地来展示自己既是非理性的又是掌控局面的。这两个目标看上去也许矛盾,但以他那膨胀的自我意识,我感觉贝尔会试着中和我的证词,还要中和控方的精神健康专家证词,同时还要继续展示自己的自大。

二月二十五日星期二早上,我第一次亲身观摩庭审而不是单单接收报告和更新信息,贝尔回到了证人席上,再一次拒绝坐下。他说他选择站着,"因为不幸的是,在地狱的门口是没有椅子的。要是你坐,你就只能坐在冰冷的地板或者硬邦邦的床上"。我从没听说有人形容地狱是冰冷的,但随便了。

斯维林问道:"地狱大门是什么?"

"距离那里一步之遥的地方。"他说自己已经在某个幻象里看见了莎莉·史密斯死去,但坚持说他没有参与她的绑架或者死亡,或者任何他被怀疑犯下的罪行。他不能说出是谁杀了莎莉,"因为我不想要有麻烦,法律上的以及在执法机构眼里的麻烦"。

当被追问到这些幻象时,他憋出了一个表达,这后来成了他证词的标志:"沉默是金。"他解释说这是出于对史密斯一家的尊敬,他们已经遭受了太多。他说自己已经配合了检查自己的精神病专家,因为"配合医生是很重要的。毕竟,那可以将一个人从电椅救下来,给他一个'有罪但有精神病'的诊断。一切都是可能的"。他的表演和我预测的差不多。

如果你信了贝尔那无疑很不稳定的话,似乎能看出他和斯维林之间有着直接的冲突，后者一直在给自己的客户足够的空间来营造患有严重精神疾病的样子，而贝尔自己则主张他是完全正常的。在他宣布自己知道所有陪审团成员的姓名、家庭住址和个人信息时，大概率也没能让讨到对方的欢心。

终于被贝尔的胡话和不配合耗尽耐心后，史密斯法官宣布休庭，请陪审团离场，然后警告了被告方。"行了，斯维林先生，贝尔先生已经在证人席上待了六个多小时了。这显然足够他在回答问题时让陪审团观察清楚他的行为了。我已经注意到贝尔先生明白自己被问到的问题，他的答案也是清楚的。斯维林先生，要是你不在自己客户回答你提的问题时限制他一下，那我就要这么做了。如果不做的话，我们也许还得在这儿耗上三个星期。"

"我准备着呢！"贝尔欢快地回应道。

陪审团回到法庭上后，贝尔终于详细描述了莎莉被绑架时自己的不在场证明，但也不是全无反抗。"你想要我透露自己不在场的铁证？"他问斯维林，"我试着把它当做王牌呢。"

他被催促着说出自己当时带着母亲在哥伦比亚看足病医生，随后他以那种最真诚的语言详细描述了一切。按照我们画像出的那种强迫症的方式，他描述一点十五时在列克星敦县邮局和她见面，开上了她的车子。然后他说了每条街道的名字，经过的每个交通信号灯、停车标志以及去医生办公室路上的所有地标。他们在二点五十离开了医生办公室，去了埃尔姆伍德大街上的克里斯托餐厅。他点了个汉堡，还说柜台后有个男的认识自己。他们在三点三十离开了克里斯托，开车回到列克星敦邮局去取了他的车，抵达的时间是四点整。

"猜猜谁开车过来，停在了两个车位以外？"他说道，直接冲着陪审团，"是尊敬的詹姆斯·R. 梅茨，列克星敦县的治安官。他开过来的时候，妈妈从邮局出来，在邮局前碰到了他。他们一定聊了有十分钟！"他补充说要是梅茨——后者当时没在庭上——想不起这次碰面，那他一定患有健忘症。

贝尔也把当天剩下的时间都详细描述了出来：他开车回了父母在穆雷湖的家中，然后去了谢泼德夫妇家。他在这里看了南卡罗来纳大学对佛罗里达州立大学的棒球锦标赛，一直看到了午夜。然后回到了他父母家，他在那儿过的夜。这都意味着他和莎莉·史密斯被绑架毫无关系。

现在，让我们想象一下公诉方没有从贝尔父母房子和谢泼德夫妇家里找到物理证据，也没有目击证人对嫌疑犯和车辆的描述，或者莎莉的家人和其他认识贝尔的人没把施虐狂来电者的声音鉴定为贝尔。在我的经验里，被指控谋杀的人——尤其是那些面临死刑的——不会坚持说一个后发的不在场证明是"一张王牌"。当时贝尔已经被关了快八个月，遭到了CCI中其他人的威胁和奚落，因此为了保护他，监狱方面已经让他住进了死刑犯的区域。要是能够证明自己在莎莉·史密斯遭绑架的时候身处何处，他一定会从被带进治安官办公室的那一刻起，就事无巨细地说清楚。而你可以打赌一个像杰克·斯维林一样有技巧、有经验的辩护律师已经努力去证明每一点，想让庭审变得没必要，一定会让目击证人排着队来支持这个不在场证明——我不得不相信贝尔的母亲是会为了救自己儿子的命而乐意作证的。但被告方什么都没有。所谓的不在场证明不过是贝尔享受在证人席上作为关注焦点，通过所有人都知道是假话但必须同意他发言这一事实来操纵司法程序。

尽管史密斯法官已经禁止公诉方引入赫尔米克一案和珊迪·科尼特失踪案，但贝尔在自己的证词里提到了它们。他说德布拉·梅被绑架时自己在布什河商场购物，但在他听说了绑架后，对于所发生的事有了幻象。他详细地描述了幻象。而当斯维林提到他失败的婚姻和见不到的儿子时，贝尔哽咽了，说道："我对此也会'沉默是金'。"他很大程度上是在选择自己要说的和不想说的。

第二十二章

下午的交叉质询轮到了迈尔斯,但得到的回答和斯维林已有的那些没什么区别。明显可见的不一样是出于某些原因:贝尔这一次决定要坐着,而不是站着。被问到他做的梦的时候,贝尔澄清它们是幻象,并责骂了公诉人:"显然你昨晚没有做好功课。我昨天说了'沉默是金',我的朋友。你从公事越界到私人事务上了。也许你是聋了。"

"你知道莎莉·史密斯小姐是怎么被绑架的吗?"迈尔斯问道。

"沉默是金。"这是他的回答。

"我知道你明白这些问题,贝尔先生,"史密斯法官插了进来,"回答问题,然后你可以解释。"他向陪审团成员澄清说自己的话不是关于被告精神状态的看法,仅仅是判断他确实明白被问到的问题而已。

"沉默依然是金,我的朋友。"贝尔回复道。他看着迈尔斯说,"你在我看来依然是个值得尊敬的律师。"

在迈尔斯逼问他为什么告诉父母的邻居之一,说自己知道莎莉被从雷德班克的家中绑走以及有人给她家打了电话时,贝尔回答说,"我确信是母亲告诉我这次绑架的。当天早上我们听说后,当然就要关心。我们看晨间新闻,看到了。"

然后,耐人寻味地,我想到,哪怕贝尔讨厌谈论自己的私人生

When a Killer Calls   193

活，迈尔斯也让他承认了每一次导致他被捕的事件是让他去寻求心理帮助的唯一机会。"除了被判有罪时之外，你从没有看过精神病学家或者心理医生？"

"是的。"贝尔回答道。

迈尔斯引用的贝尔同夏洛特警探会面时就此案给出的说法，引出了他的一堆固定用语：

"我不打算表明自己有罪。"

"我们玩得不开心吗？"

"沉默是金。"

贝尔向法官抱怨迈尔斯试着引诱他承认谋杀了史密斯。"你没法糊弄我，"他进攻道，"我不知道你为什么要浪费法庭的宝贵时间。萨卢达县已经财政赤字了。"

因为贝尔已经提到了自己在赫尔米克案上的幻象，迈尔斯就这些幻象询问了他。"沉默是金，我的朋友，"贝尔重复道，"我不会坦白没做过的事。我们把这事儿了了吧。要么放我自由，要么让我死！"我知道我为他选择的结果是哪个。

从这里开始，贝尔的表演甚至更疯癫了。他说自己不会谈论上帝给他的幻象，因为死去姑娘们的家人就在法庭上。

"我已经请他们出去了，"迈尔斯说道，"你现在能和我们说说那些幻象了吗？"

"我想要堵住所有的漏洞，"贝尔向他保证，"但这可能会传到错误的人的耳朵里。我尊敬媒体的成员，他们有工作要做。我不想让应该负责的人占了先机。肯定不想，哥们儿！"

贝尔下了证人席，斯维林播放了治安官办公室后面拖车里那次审问的录音，用来展示贝尔配合了调查人员，显示他们暗示了他遭受着精神疾病的困扰，以及也许他们没有让他清楚意识到自己有权让一名律师在场。在全法庭听着这段长长的录音时，贝尔会时不时地大笑、哭泣、把指关节扳出响声以及看上去很无聊。

1976年在哥伦比亚的 VA 医院检查过贝尔，然后在他因两起谋杀被捕后再次检查过他的托马斯·R. 斯科特博士将他定性为偏执狂型精神分裂症患者，以及"有着严重不安的家伙"，"很大可能"在犯罪时有精神疾病，因此无法控制自己袭击女性的冲动。他说这一类的人"他们生活中的一部分可以是彻底的疯子，但其他部分可以正常运行"。

"但他能知道绑架一个十七岁的姑娘、任由她在树林里腐坏是错的，对不对，博士？"助理法务官诺克斯·麦克马洪在交叉质询中问道。

"我确信他知道，"斯科特博士回道，"但我认为说他完全明白是不公平的。当你有这么严重的思维紊乱时，你的理解也就不会太好。"

麦克马洪问贝尔不断去电和逗弄史密斯一家是否因为是施虐狂。

"我听了那些录音。在我听来他不像是施虐狂。他听来像是某个在为自己做的事情赎罪的人。听起来像是企图把一切做对的错误尝试。"精神病学家说道。尽管陪审团成员不被允许听取录音的这个部分，斯科特的说法也让我困惑，因为贝尔曾对唐恩说：

"行吧，你知道的，上帝想要你加入莎莉·菲。这个月，下个月，今年，明年。你没法永远都被护着。你知道那个赫尔米克家的姑娘。"

威胁那个他绑架、性侵、折磨和谋杀的姑娘的姐姐这一点，如何能被解读成赎罪的企图，这里面的逻辑缺失在我看来无法想象。这表明了整体评估一名罪犯所做和所说的重要性。以我从我们的监狱采访中得到的经验，不存在无用的言论。他们所说的一切都解释了他们伪装的一个方面。

星期三，另一名心理学家戴安·福林斯塔德博士就自己在贝尔被捕后询问他的十一个小时作证。她回忆说，他告诉自己他人格分裂——坏的拉里·吉恩·贝尔对上了好的拉里·吉恩·贝尔——尽管她没有看见多重人格的证据。和我之前说的观察了很多次的情况一样,多重人格第一次在成年被告身上被主张存在时,几乎都是发生在被捕之后。

另一方面,福林斯塔德博士诊断贝尔患有躁郁症,也有精神分裂和妄想的症状。显然,这是被告律师显示贝尔有精神疾病的又一策略。但我的问题是,也一直都是,这样的诊断如何让一个人无法控制自己不去绑架和谋杀女人和小姑娘,但依然能够计划罪行,并采取精密的步骤以逃避追捕呢?

相比贝尔所暗示的,与其说有两个人格,心理学家把贝尔犯罪时称为"精神错乱的时刻"。

"他试着面对已发生的,但坏的一面永远不会让他承认。"她说被捕后的测试说明他有妄想症状、没逻辑的思考方式,和现实失去了联系。"他告诉我说自己有心理暗示的能力,能让人们做他想要的事儿。他还告诉我说,他能用精神移动物品,以及上帝给他发来了特别的信息。"

行吧,好吧。假设他有幻觉,和现实失了联,对他人存在心理暗示的力量,还有心灵感应能力,并收到了来自上帝的特别信息。但这其中的任何一点是怎么迫使他去绑架和杀害他人的呢?就说说吧,假设对莎莉·史密斯和德布拉·梅·赫尔米克的绑架发生在精神错乱的时刻,不管其中的所有理性思考——比如更换车牌以及把受害者带到他对环境有着绝对控制的地方——那所有打给史密斯一家的操纵和施虐狂式的电话也都是在精神错乱时发生的吗?在这些错乱时刻,他要如何清醒地去选择位置偏僻的公用电话、确保不留下任何指纹或者其他痕迹呢?你不能"既要又要"。令我震惊的是,在涉及贝尔所能控制、何时能控制以及他没法控制情况的方面,有点像是穿针一样过于精准了。难道他能够完美地在工作期间、在视他为朋友的人群中自控,但一心想要绑架和杀掉某人的时候却控制不了了?

南卡罗来纳判决有罪但有精神疾病的标准，比法律上精神失常的标准要略低，要求被告"无法让自己的行为遵守法律"。按照很多标准来说，贝尔是个疯子，但我没看到证据可以说当他想要的时候，无法让自己的行为遵守法律。

　　星期五早上，显然对自己客户已经不耐烦的斯维林申请了暂时休庭，理由是贝尔无法在精神上跟上并理解庭审过程。"他现在不和我说话，"被告律师说道，"我问了他如果打算配合我的话，是否会和我商量着来。他没有以任何清醒的方式答复我。"

　　大约中午，史密斯法官暂停了作证，请陪审团离开，好让贝尔再次接受检查，看斯维林的说法是否正确。检查后，精神病学专家们在下午稍晚时候向法庭进行了报告。

　　在十一月的预审听证时面对史密斯法官已经做过证的约翰·C.邓拉普博士说贝尔的行为疯癫，他的话里全是陈词滥调，但那是故意的。邓拉普说："他认为他有别人没有的力量，说他能控制别人，说他是上帝之子以及沉默是金，还说这是金玉良言。这不是精神方面的疾病，这是试图控制询问的企图。"他称贝尔有自恋型人格，还相信贝尔有强迫性倾向，想要被抓从而沉浸在关注中，并获得声望。他补充说，贝尔也许也相信如果自己被捕并被起诉的话，能比调查人员和公诉人更聪明，能操纵他们。

　　杰弗里·麦基博士同意邓拉普的说法，表示他相信贝尔试着操纵测试，以显得在精神上要比自己真实的情况更加不稳定。"我相信他有能力高效地和自己的律师沟通，但就是选择不这么做。"

　　被告方的精神病专家哈罗德·摩根博士认为贝尔在庭审期间状况急剧恶化了，戴安·福林斯塔德博士认为贝尔表现怪异。"他提到了好几次今天要和唐恩·史密斯结婚，还请了我们去参加婚礼，说要是我们去不了的话也能理解。"这听起来确实奇怪，除非你把它放到贝尔对史密斯家两姐妹的性幻想背景里来看。庭上有好几次，他冲着福林斯塔德去了("私下说说,你很美。我喜欢金发的,职业女性那种"),还有被告联席律师伊丽莎白·莱维——他轻抚了她的脸颊。

贝尔还提到对自己的谋杀审判和堵住国家安全漏洞有关,他期待罗纳德·里根总统来南卡罗来纳放他自由。

在就被告方的动议进行判决前,史密斯法官把贝尔召回了证人席。他拿起了证人宣誓用的《圣经》。

"说出你的姓名。"斯维林指示道。

"我叫拉里·吉恩·贝尔。"

"如果我要你不要聊唐恩·史密斯呢?"

贝尔没有回答,转而开始翻看《圣经》。斯维林重复了问题。

贝尔还是没有回答,而是望向法庭外,荒谬地说道:"思考一下,就像我之前说的,记录在案的。要是你相信这是真的,就会相信我接下来要说的,蒙娜丽莎是个男人。沉默是金,我的朋友。"他站起来,从证人席上走下去,走向了被告席。

斯维林试着让他回去,命令道:"拉里,站上证人席。"

他继续走着。

"拉里,回到证人席上!"

贝尔停住了,看向自己的律师,说道:"我把自己的命交到你手里了,把它当成是你自己的。"然后他坐了下来,只说了一句:"我累了,我们把它搞完吧。"

迈尔斯站起来:"法官大人,这就是胡闹!"

"我反对法务官说这是胡闹的评价。"斯维林迅速反驳道。

星期五下午四点刚过,史密斯法官判决了:"我感觉被告适合出庭受审……因此我命令诉讼继续进行。"

贝尔最精准的精神状态,我认为,是第二天呈现出来的。1976年时在霍尔精神病院评估团队中的俄克拉何马市精神病专家格洛丽亚·格林博士总结说,贝尔大概率是在假装有精神疾病,以在针对自己的案件里获得更有利的法律结果。"我们感觉他不应该回归社会，"她作证说，"我们认为他没有良知。他不知道对和错的区别。只要他愿意，他是可以控制自己的，但他对任何事都没有懊悔或者悲伤。因为这一点，结合了对冲动的糟糕控制，我们感觉这个人不能待在社会里，除非他已经在某个受控的环境中生活过了。"她同意对这类性格失调的治疗几乎没有作用，但"要是有任何希望能在这个人身上找到一丝良知，他都值得接受治疗"。她进一步说明，"当某些针对他的指控被撤销后，他再次作了案"，变得更不迷惑、更有攻击性，显示出他能够调整自己的行为来适应情况。

星期五在法庭上发生了这一切之后，要到了第二天，二月二十二日星期六，才轮到我作为收尾的证人站上证人席。迈尔斯明确介绍了我的资历，让我概述了自己的经验和教育背景，解释了我们对在押连环谋杀罪犯以及暴力捕食型罪犯的采访和研究，以及我作为联邦调查局犯罪画像项目经理的工作。陪审团看起来对我产生了密切的关注。

然后他进入了我证词的核心部分，问我当我们一起在梅茨办公室里的时候，贝尔给我的印象，以及我和罗恩同他单独在麦卡迪办公室时，贝尔和我们之间所发生的事。

"他非常清醒、非常理智，表达也非常清楚，对于和执法人员沟通很有兴趣。"我说道。

交叉质询时，斯维林问："这期间他有任何时候承认了有罪吗？"

"通过表明也许是拉里·吉恩·贝尔坏的一面犯下了这桩罪，他承认了有罪。"我说道。

在再主询问[①]中，迈尔斯问道，"在他接受询问之前，你是否有计划让警官们提出这个关于好的一面和坏的一面的问题，给他一个

---

① re-direct，指控方在交叉质询后再次询问己方证人。——译者

When a Killer Calls

机会？"

"是的，先生。我们叫这是'挽回面子'，为对象提供一个借口来表达自己在案子里的身份。"

"你和警官们提起了吗，这个挽回面子的情形，问他是不是另外一面做的？"

"是的，我们提了。"

"那他上钩了吗？"

"是的，先生。"

"法官大人，"迈尔斯说道，"本方问完了。"

在我的想法里，迈尔斯和我之前也讨论过，所有这些彼此冲突的专业看法会给都是外行、而非精神病学家、心理医生或者社工的陪审团成员造成智识上的负担。但最后，陪审团的审判就在于让一个人类的同类来评估所有证据，决定哪个故事最可信。我们当然觉得就贝尔的庭审提供了有利的证据，也问到了他是否在庭审的罪行中有罪，以及要是有罪他是否在精神上有能力防止自己这么做。我被带来蒙克斯科纳主要就是要就此事发表最后的意见，我很满意做到了自己打算要做的事。

当晚，史密斯法官放陪审团休息。就在暂时休庭之前，他向两名首席律师说："在本案的审理中，你们对我表现出了友善，你们俩堪称楷模。这是一次漫长的审理，我认为空气中时不时有些微的摩擦刚好证明你们俩都是很棒的律师。"

在法庭众人散去的时候，梅茨走向我，问我去没去过博福特炖肉派对。我承认自己不仅没去过，还根本不知道那是个啥。"行，你今晚就去一次。"他说道。

在抓紧洗漱换衣后，他来汽车旅馆接上了我。我们开车去了一栋令人印象深刻的巨大房子。房子属于他的一名手下，后者显然是同当地一户非常富有的家庭的成员结了婚。那里至少有一百号人，大部分都和治安官办公室或者执法机构的其他部分有着某种关系。现场有鲜啤、炸鸡，还有各种配菜。注意力的焦点是那口巨大无朋的沸腾大锅。你可以把螃蟹、虾或者手边任何当地鱼类、海鲜扔进去，外加香肠、土豆、玉米和其他的几种时令蔬菜。我的印象是每个"大厨"都有自己特定的配方，这着实让人记忆深刻。

更让我难忘的是，几乎每个参加了庭审的人都在现场：梅茨和麦卡迪、唐尼·迈尔斯和他的律师、调查员团队、杰克·斯维林，甚至法官也在！我在北边从没见过类似的情形，尤其是在审理尚未结束的时候。在经历了所有那些对峙和对抗争论后，我惊讶于人们对彼此都那么热情友好。他们相处得那么好。全程一直都试着劝说陪审团认为贝尔遭遇着严重精神疾病困扰的杰克·斯维林告诉我，他认为在试图说服陪审团方面，我是一个非常棒的证人。同样的，公诉方的其他人则在称赞斯维林面对一个难搞且不配合的客户时做了多么出色的工作——无论贝尔的举止有多滑稽，他都坚持住了自己的尊严和职业素养。

我告诉斯维林，他的口音泄露了他是来自纽约的人，和我一样。他微微一笑，说自己是在新泽西的贝尔维尔长大的，上的是克莱姆森法学院，之后就留在了那片区域。他似乎认识州里的每一个人。我们也意识到彼此还有别的共同之处——我们俩从小都想当兽医，夏天的时候都会在农场上工作。

派对给了我新的看法：你可以在法庭上尽全力赢下案子，那里的代价真的就是生和死；但之后在法庭外，你们同属一个社区。

我在等最后的辩护和判决，之后得立刻回到匡蒂科。我希望自己能和唐恩及史密斯家其他人单独待会儿，但人在那里的时候，没法在庭审期间做出安排。

星期日早上，最后的辩护开始了。诺克斯·麦克马洪代表公诉方第一个发言。他颇有技巧地回顾了证据：不同的目击证人；打给史密斯家和查理·基斯的电话；辨识出了录音中贝尔声音的几个证人；在遗嘱上找到的法医证据；头发、纤维、床垫及贝尔鞋子上的血迹；莎莉尸体上找到的胶带残留；还有希尔达和唐恩参与审问和对质的记录。

唐尼·迈尔斯站起来对陪审团做最后陈述，他提醒陪审团成员有超过四十名证人出席，贝尔不是迷糊而是疯狂地绑架和谋杀了莎莉·史密斯。

"我们还需要聊聊莎莉的遗嘱和谢泼德夫妇的文件，以及那些给案子带来突破的证据吗？电话号码印在了簿子上。谁是那栋房子里唯一的人，唯一有钥匙的人？那本簿子是留给谁的？而遗嘱正是写在同一本簿子上的。"

"还有当被关在CCI的时候，拉里·吉恩·贝尔对警官们说了什么？'我想我把那本簿子扔掉了。'这一点能说服你们产生合理的怀疑吗？"

迈尔斯暗示说某个像辩方所描述的贝尔一样"和现实失联"的人，不会像来电者那么精准地描述出他对莎莉做的事和他抛弃她尸体的地方。

"我们面对的是一个没有理智、和现实失联、无法自控的人，还是一个从绑架姑娘、杀害她们、然后打电话给她们家人中获得病态快乐的人？答案很简单，"迈尔斯说道，他的声音提高了，"拉里·吉恩·贝尔能不能遵守法律？或者说拉里·吉恩·贝尔会不会遵守法律？谁才是真正的拉里·吉恩·贝尔？你们知道答案。用你们的常识判断。"

他提醒陪审团，贝尔只有在被捕、被判袭击女性、明确有罪后才会寻求精神方面的帮助，因为精神疾病在这个策略里是一种奖励。

"他疯了吗？失控了？或者他施虐成性？冷血？你们决定。听听那些电话，听它们告诉你的，还有他终于承认那是他声音的问询——但一定是坏的拉里·吉恩·贝尔，不是好的那个。还有联邦调查局特工说那么做是要'挽回脸面'。"

"等我坐下后，你们就不会听到州里代表莎莉·史密斯说他有罪还是无辜的任何东西了。我们会结束这个部分，如同她已经长眠了一样。她人在坟地里，而这次审判是关于让她身处那里的人的。要是州里面没能为你们满意地证明，让你们无法有理由怀疑拉里·吉恩·贝尔犯了案，让你们认为他无罪，那就放了他。你们是事实上的法官。你们的决定应要大声地宣布，钟声是为真正的拉里·吉恩·贝尔而响起的——为了拉里·吉恩·贝尔还是为了莎莉·史密斯。说出真相吧。"

在自己的结案陈词里，杰克·斯维林承认州里排除了合理的怀疑，证明是贝尔绑架了莎莉。他在法庭上踱着步，轮着和每一个陪审团成员对视，说道，"我不会侮辱你们的智慧。我不是来这里放烟雾弹不让你们看见真相的……他们抓住了对的家伙。他们因绑架案抓住了贝尔先生。贝尔先生的声音被录在了那些磁带上。现在，至于谋杀，我不知道。贝尔先生在那盘磁带上披露的是真正发生的事情的结果，或者那是一个失去了理智、不知道在发生什么的疯子的胡言乱语？"

斯维林继续解释了他们可做出的裁定的种类。"要是你们的裁定是绑架罪，我甘愿接受；如果是谋杀，这取决于你们，那我确实就要申请一个表明真相的裁定：拉里·吉恩·贝尔有罪，但他精神有问题。在这个裁定下，他依然会为自己的行为负责。"

我不意外斯维林没有要求陪审团以精神失常的原因做出无罪裁定，因为我认为，事实已经表明得很清楚，贝尔是知道对错的，知道这个关键的区别。相反，斯维林在犯绑架罪但精神有问题上很有胜

When a Killer Calls　　203

算，这是他排除可能导致死刑裁定及判决的策略。他说:"在我看来，南卡罗来纳州是在要求我们把头埋进沙子里，回到十六世纪，那时候有精神问题的人会受到和其他人一样的对待。"

"有多少绑架过别人的理智的人，有多少造成过死亡的理智的人会拨打能被追踪到的电话?"斯维林暂停了一下。我不理解这里面的逻辑，因为贝尔从随机的地点打了所有的电话，确保等警方抵达时自己早已经走了，不留下一丝痕迹。

尽管在迈尔斯陈词过程中保持了安静和受控，但到了被告律师陈词的结尾，当斯维林告诉陪审团他们看到的是一个"反常的人站在了证人席上"时，贝尔站了起来并对法官说:"史密斯先生，今天是安息日，我认为在法律上以及在上帝眼中，轮到我站上证人席了。"

"坐下，贝尔先生。"史密斯法官回复道。

他坐了下来，大概安静了三分钟，然后站起来，又打断了斯维林。"史密斯先生，"他说道，"我已经听够了!今天是安息日。工作时间已经结束了，现在是玩耍的时候了。欲望中士和堕落中士已经等太久了。是时候休息休息、娱乐娱乐了。我请唐恩·史密斯嫁给吉恩·贝尔!"

史密斯法官命令在结案陈词剩下的时间里将他带离法庭，直到自己对陪审团做出最后指示之前都不要带他回来。在走回被告席的时候，贝尔突然转向了唐恩，后者当时坐在公诉方背后的区域。鲍勃·史密斯和梅茨的好几个手下都跳了起来。法警先抓住了贝尔，强迫他回到了属于他的位置上。

第二十三章

陪审团没用太久就做出了听取十一天证词后的决定。二月二十三日星期日，仅仅五十五分钟的讨论后，他们带着裁定回到了庭上：在南卡罗来纳州诉拉里·吉恩·贝尔案的第一项指控，绑架罪成立；第二项指控，对莎莉·菲·史密斯一级谋杀罪成立。

没了之前的滑稽举止，贝尔不做评价也没有明显反应地听取了裁定。史密斯法官宣布庭审的量刑阶段将会在星期二早上开始。

"我们希望陪审团判他有罪，但患有精神病，"斯维林在法庭外告诉记者们，"我相信这个系统。我从来没有就陪审团的裁定进行过争论。"

在被带出法庭时，那群记者中的一人问贝尔感觉如何。

"沉默是金，我的朋友。"他回答道。

量刑阶段将会是贝尔避免死刑的最后机会，且无论是否故意，他确实做了所有可能的事来展示他的怪异行为。

陪审团成员听取了他在电话上威胁唐恩的录音，还有指示如何找到德布拉·梅尸体的录音。

公诉方把唐恩和其他贝尔被控袭击的女性请上了证人席。唐恩说因为电话上的威胁，她不得不待在父母的房子里，受到警方二十四小时的保护，直到杀死妹妹的杀手被抓住为止。贝尔清醒地盯着唐恩，并在她离开证人席时冲她挥了手。她连一个眼神都没有给他。

轮到他的时候,在站上证人席的四十五分钟里,贝尔拒绝回答斯维林针对他生活的直接问题,说那是"私人事务"。相反,他抱怨说:"我是在为自己的性命战斗,但我没有任何时间来享乐。我早该歇歇了。"他明确表示对自己有罪的裁定是不可靠的。因为是在周日做出的,所以裁定是有罪的。然后他重复了另一句自己的口头禅:"我累了,又冷又饿,该回家了。我想要带一个人回家。唐恩,你愿意嫁给我吗,我那唱歌的天使?看着我的眼睛,我圣洁的天使。要是你同意在神圣的婚姻中牵起我的手,那一切就是命定的。"我不确定什么是命定的,但他又开口了:"你愿意嫁给我吗?现在是保持沉默的时候了。"

在庭上一直用身体阻挡贝尔看他姐姐的视线,并在每次他从证人席上注视唐恩时都盯着他的罗伯特·史密斯,看起来好像就要跳过去拧断贝尔的喉咙了,但他控制住了自己。

"你为什么对莎莉·史密斯做出那么恐怖的事?"迈尔斯在交叉质询中问道。

"我没做,"他回答,"不是我做的。我不会再回答这个问题了。"

迈尔斯问完后,贝尔问史密斯法官他是否可以对陪审团发表一个声明。"如果你们说这是一桩罪行,那我绝对是有罪的,"贝尔开始了,"从头到脚,我都渴望着唐恩·伊丽莎白·史密斯。我想要在神圣的婚姻关系中与她携手。那是我唯一有罪的地方。那和这次审判有着很大关系。"根据非正式统计,这是他第三次在庭上向唐恩求婚了。她后来说这个体验"恶心倒胃"。

贝尔的几个邻居作证说他是个善良友好的人。公诉方的联席律师伊丽莎白·莱维问十七岁的梅丽莎·约翰斯敦有没有怕过他。

"他从没给过我害怕的理由,"这名高中生回道,"和吉恩在一块儿很开心。"

一名在夏洛特和贝尔共事过的票务员说:"如果我必须说有人像

是我兄弟一样，那他就是。"她说他帮着自己度过了一次痛苦的离婚，还帮她打理房子。

我明白为什么这些性格证人会被传唤出庭，但确切地说，我认为他们恰恰证明了被告方极力想要否认的：和很多我们研究过的连环杀手一样，拉里·吉恩·贝尔完全可以控制自己的行为和行动，只在他选择要做的时候出手。

被告律师传唤了几名狱卒来作证贝尔在CCI的表现基本上是安静而有礼的，说明他总是遵守规则，能够在狱中被改造。我则想起了我们的朋友和同事、法医心理学家斯坦顿·谢苗诺夫博士的观察结果：如果一个人最开始没被改造过来，那就很难改造了。

如今十九岁的梅瑞思·比尔——在十岁的时候被贝尔电话骚扰过——作证说："在电话上，他说了一些非常恶心的事儿。它们大部分是他想要对我做或者做过的性行为。提到了很多的口交内容。"比尔和妈妈都说这场磨难中最恐怖的方面是来电者似乎永远都清楚她们什么时候到家，有时候还说他要过来。

除了史密斯一家，谢伍德·卡尔·赫尔米克大部分时间也都在庭上。在量刑的阶段，德布拉·梅的父母都来了。这场审判结束，他们就会等来希望会给女儿伸张俗世正义——无论是何种正义——的折磨的开始（指审判）。

贝尔的姐姐戴安·洛夫莱斯作证说，他在史密斯谋杀案前后都有抑郁症状，告诉自己他可能就此被询问，原因是他有前科。但她说在他被起诉后，自己感觉震撼且惊骇。

他们的父亲阿奇说自己在1985年的春天注意到了儿子行为的变化。"他变得非常情绪化，躁动不安。我和他说话时，就好像他人不在那儿。他表现得像是听不到我一样。"

贝尔的母亲玛格丽特作证说，得知他被控的罪行后吓坏了，直到儿子被捕前，都不知道他会是凶手。她认为他之前的问题已经被早先的判决和治疗给治好了。她不知道他被东方航空给开除了，哪怕当时他过来和他们一起住，或者因骚扰电话而被判了刑。"我在这间法庭里知道了太多的东西，还有从报纸以及人们口中才得知的。"她流着泪说道。聊起 1983 年他搬来和自己及阿奇住后，他的抑郁症和无法保住工作，她说："往回看看，我应该意识到的。要是我知道了今天要做的事，我之前会意识到的。我认为不会是这么严重的事。对吧，要是我们早知道，我们就会试着做点什么。"

加在一起，斯维林在量刑阶段一共传唤了二十名证人。

史密斯一家人在迈尔斯大声读出莎莉的遗嘱时都哭了。几名陪审团成员和执法官员也都流了泪。"她说写这封信能有点好处，"公诉人说道，"她是对的。要是她从没写过，我们今天就不会在庭上见到她的绑架者和杀手。"

迈尔斯来回踱着步，在陈诉时把贝尔的名字变成了一个主题："1975 年，当他在罗克希尔袭击那名女性时，施虐的警钟①被敲响了。在哥伦比亚，当他试图掳走那名 USC 学生时，恐怖的警钟又响起了。这必须停止！让你的判决为正义而鸣。让它清晰地发出莎莉·史密斯的甜美名字。阻止那恐怖的警钟，让它永不再响起！"

他力劝陪审团不要听被告律师对慈悲的呼吁。"慈悲？你告诉我要慈悲？他用胶带缠着她的头和脸，一圈接着一圈的时候，是什么样子？他给过她慈悲吗？"

斯维林用自己的请求来反驳这点。"唯一剩下需要决定的，是你们要不要判拉里·吉恩·贝尔死刑，还是等上帝按祂的时间来做。我请你们把这件事留给祂。祂说报仇应是祂来，而不该陪审团。"

在表示说我们的社会不给病人判死刑后，他总结道："我们是一个努力保护生命的社会……这是一个悲剧。我向你们所请求的全部，

---

① bell，和贝尔的名字相同。——译者

就是不要加剧这场悲剧。"

二月二十七日星期四，陪审团在快到中午前开始了讨论，风吹动雨水，敲击着法庭窗户。十二分钟后，他们问史密斯法官要是他们判决贝尔无期徒刑，他什么时候能获得保释。史密斯回答，在南卡罗来纳的法律下，他们不允许考虑这个问题。

他们花了两个小时多一点来决定对拉里·吉恩·贝尔的量刑。

"就上述案件，我们陪审团在合理怀疑的基础上发现，（被告）在实施绑架这一法定严重罪行的同时犯下了谋杀罪，现建议法庭对被告拉里·吉恩·贝尔因谋杀莎伦·菲·史密斯判处死刑。"

穿着白衬衫、米色便裤和背心、打着领结的贝尔，在阅读判决期间安静地坐着，还回头看了一眼法庭背后墙上的钟。时间是二点十四分。鲍勃和希尔达·史密斯拥抱在一起。唐恩和罗伯特对着彼此露出了微笑。谢伍德·赫尔米克盯着贝尔。迈尔斯已经向鲍勃保证对他女儿的杀手不会有认罪协议。

当被问到在判决前有什么要说时，贝尔非同寻常地回答道："呃，没，大人，显然没有。"

史密斯法官把行刑日期定在了五月十五日，但他知道那不过是一个形式。按照州法律，所有的极刑都会自动上诉到南卡罗来纳最高法庭。"好吧，"他对法警们说道，"你们可以带走他了。"

在法庭外，迈尔斯评论道，"我们对陪审团的裁定感到无比开心。在一起死刑案子里，要十二个人都投赞成票是非常困难的。"他说这次审判是"我公诉过的最困难的案子，它涉及的情感是如此浓烈"。

公诉方和被告律师都就陪审团在艰难而胶着的三周审判中表现出的配合和专注提出了表扬。斯维林对裁定和量刑表示了失望，他告诉记者们："这是个糟糕的案子。一个年轻姑娘被绑架、被杀害了。陪审团做出了反对我们的裁决。我在这里面找不到他们的错误。"

1986年7月,距离这场审判的恐怖经历过去尚不到六个月,唐恩·史密斯怀着对自己打算做的事儿的巨大迟疑和不安,参加了在格林威尔举行的南卡罗来纳小姐选美比赛。这是在竞争了哥伦比亚小姐(她没能获得名次)和自由小姐(她赢了)之后。她已经下了决心,决定不让拉里·吉恩·贝尔阻止她成就自己的命运。她不会允许他获得另一个胜利。同时,她和莎莉长大过程中总会一起看电视上的选美比赛,也是莎莉一开始建议唐恩参加选美比赛的。唐恩在哥伦比亚学院的声乐教练和室友朱莉也鼓励了她。要是她赢了,或者在南卡罗来纳小姐选美中获得了名次,她得到的奖学金就足够在大学毕业后去追求音乐方面的深造了。

在星期六晚上的决赛中,她演唱了查尔斯·古诺1867年歌剧《罗密欧与朱丽叶》中的咏叹调《啊!我渴望生活》。唐恩解释了自己的选曲:"那是朱丽叶在自己十五岁的生日上,说着自己是多么开心能够活着。她是多么兴奋,又是多么深爱着生活。这就是我表演时候所感受到的。"

她的勇气、镇定以及天生且刻苦打磨的才华助她乘风前进。在比赛的最后,她戴上了南卡罗来纳小姐的桂冠,荣获了州内的全额奖学金。她的姑妈苏·史密斯二十年前就是南卡罗来纳小姐,当时唐恩还是个婴儿。

九月,唐恩去了新泽西的亚特兰大,第一次代表自己的州参加了美国小姐的选美比赛。在台上伴着钢琴自弹自唱的《我将回家》为她赢得了一座才华奖杯,并在泳装初赛环节和对手打成了平手。她通过了每一轮比赛,进入了决赛,最后被评为亚军。

第二十四章

《哥伦比亚记录报》记者杰夫·菲利在史密斯案审判后的夏天采访了德布拉·赫尔米克,当时她和丈夫谢伍德正等着对杀害德布拉·梅的杀手的审判。当听到自己幸存的小孩之一在屋外喊叫时,她说:"我飞跑出去看发生了什么事儿。我猜那是自然的反应,但现在对我来说有另外的一层含义了。"

她说自己的儿子伍迪在法庭上见过贝尔,"他告诉我们这就是绑走德比的男人。他当时就在现场。他清楚地看到了那个男人"。她说伍迪还会做被绑架的噩梦。"他有时候会尖叫着醒来。"她补充说如果没有姐姐贝基,他就不会到房子外面去,晚上也不敢自己上厕所,害怕那个坏人会回来抓自己。

在我的职业生涯中,见过很多种受害者家庭对杀害自己亲人的杀手的反应。每个人都有自己的方式来应对这种人类所能面对的最坏的创伤。不去评价别人,我认为我自己的反应会更像德布拉·梅的姑姑玛格丽特·赫尔米克的反应,而不像希尔达·史密斯那样。玛格丽特告诉菲利:"我恨死他了。我想要用我的手勒住他的脖子,看着最后一口气离开他的身体。"

德布拉说她和谢伍德在下一次审判中没有心情去忍受贝尔的胡言乱语。"如果我是拉里·吉恩·贝尔,会待在我应该待的地方,不要过来找我们,"她警告道,"我知道谢伍德已经告诉过 SLED 特工要是他像靠近史密斯一家一样靠近我们，他会自卫的。"

在一篇相关的文章里，菲利描述了赫尔米克一家自谋杀以来所经受的密集困难。他详细描述了在谋杀发生后的一年里，谢伍德丢了工作，开始大量饮酒，遭遇需要住院治疗的精神崩溃。在他丢掉了建筑公司的那份工作后，一家人被迫搬进了他兄弟拥挤的拖车里。

"他会呆坐着，看着德比的照片，一看就是好几个小时，"玛格丽特的话被引用在了文章里，"他任由这一切占领了自己。他甚至没法工作。账单都堆起来了。"

接受治疗后，谢伍德就找了份工作，和兄弟一起安装石膏板，而德布拉则打着一份服务员的临时工。他们希望能搬回自己的家里。

在很多小镇社区的努力下，在今天类似"水滴筹"的东西出现之前，里奇兰和列克星敦县的居民们建立了赫尔米克基金来帮他们重新立足。基金会主席艾米·穆雷告诉菲利："德布拉·赫尔米克不是唯一的受害者。她的家庭每天都还在受苦，很快他们就要迎来审判了。他们不应该还要担心头上能不能有遮风避雨的屋顶。"

唐尼·迈尔斯同时也在和他们的债主沟通，请求给他们更多的时间来解决账单。三周内，基金就筹到了足够的钱帮赫尔米克一家支付部分账单、买一辆车，还能有钱继续过日子。

1986年11月，已经确定了赫尔米克谋杀案的审判将在1987年2月23日开始，距离第一次审判已经过了约一年时间。查尔斯顿的劳伦斯·E. 里克特法官随后被指派来审理此案。审判被推迟到了三月，让他能够加速了解此案涉及的法律问题。和史密斯案一样，这起案子也会在米德兰地区之外审判，地点选在了皮肯斯县。

研究了第一次审判后，里克特法官命令在法庭中的一个房间里安装了喇叭，如果贝尔"作了起来"，他就会被带到那里，同时还能听到审判的进展。里克特已经同意了陪审团应该被隔开。

陪审团成员的备选名单在三月出来了，共有一百七十五名居民，是该县有史以来最大规模的一次。某些纳税人抱怨这次审判的预算，说这笔钱花在道路或者监狱上更好，因为贝尔已经被判了死刑。

迈尔斯反驳说："任何抱怨公诉此案的人都应该去和赫尔米克夫妇说，说他们女儿的生命不值得那笔花来作为给谋杀了她的男人定罪的预算。"他还有另外一个理由来起诉这第二桩案子。他知道在每个死刑判决都要经历的漫长上诉中，有多少种方法可以驳回这一决定，不管是在州一级还是联邦层面上。他想让贝尔在逃避正义时面临更多的困难。

与此同时，北卡罗来纳男子、四十一岁的弗雷德·科菲被控在1979年7月谋杀了十岁的阿曼达·雷，这是贝尔曾被调查的案子之一。警方同时也考虑科菲犯下了尼利·史密斯的案子。

1987年3月23日，拉里·吉恩·贝尔正式在绑架和谋杀德布拉·梅·赫尔米克一案中做无罪辩护。对正义的第二次追寻现在开始了。

第二十五章

赫尔米克案开庭之际，皮肯斯县小小法庭的安保非常严密。十名SLED特工被派驻到了楼里，和之前庭审一样，这里也预期会引来挤得没有立足之地的观众。以颜色编码的T恤或者领扣被发放给了记者和陪审团成员备选人，这样他们能被迅速地认出来。每个人都必须经过一道金属探测门进入法庭。

甚至在这个皮德蒙特地区的小镇上，当一百七十五名陪审团备选成员被问到是否知道这些谋杀的时候，几乎所有人都站了起来。十七个人表示自己知道得够多，已经有了看法。从那一刻开始，备选名单很快就缩减到了一百零八人。不像史密斯一案的审判，贝尔在这次陪审团成员选择过程中安静地坐着。五名SLED特工围着他，带他从法庭后门进去的时候，他甚至控制住了没和记者们交谈。他穿着一套黑色的三件套西服，配白衬衫、棕色领带，还有一双灰色运动鞋。法庭里，他在坐到被告席之前拥抱了父母。

三月二十五日星期三，由九名女性和三名男性构成的陪审团被选了出来。被选中的成员中包括了一名克莱姆森大学的教授、一名家庭主妇，还有一名医生。就在选择快结束的时候，贝尔被看见在翻阅一本小册子，标题是："死后还有生命吗？"

等陪审团就座，唐尼·迈尔斯开始了："所有的事件都要以1985年6月为中心。1985年6月14日，一名九岁的小姑娘和她三岁的弟弟在自家房车附近玩耍。正如公诉书中写明的,拉里·吉恩·贝尔绑架了这名小姑娘,把她从家和家人身边带走,去了列克星敦县。在那里他犯下了人类所知的最十恶不赦的罪行:谋杀。德布拉·梅·赫尔米克的尸体在八天后被发现,时间是1985年6月22日,地点在列克星敦县。这些事实很痛心,但我们不得不呈现出案件的细节。你们是事实的十二名裁判,法官则是法律的裁判。结合起来,做出代表真相的判决吧。"

在开场陈诉后,公诉方以谢伍德·赫尔米克描述下班回家看见自家孩子在家门口玩耍开始。他进到屋内换了衣服,吃了午餐,就再也没见过活着的女儿了。

他的妻子德布拉之后形容了他们的小姑娘。"她是我最大的女儿,金色头发,蓝色眼睛。她是一个全优的学生,长大想当校长。"她描述了自己在出门上班前怎么给德布拉·梅洗头发、换衣服。然后她表示没有父母应该经历的一切:她的婆婆来工作的地方找她,告诉她女儿被从自家的前院里绑走了。她继续说着:"她的尸体被发现后,警官给我们带来了尸体上衣服的照片,还有那个在现场找到的粉色发夹。那是当天上午我别在德布拉头上的,短裤和薰衣草色的T恤也是德布拉·梅的。棉内裤是德布拉·梅的,但那条丝质的比基尼泳裤不是。"

公诉方引入了七条从贝尔卧室的衣柜抽屉里找到的类似内裤作为证据,同时还有房子后面储物间里及贝尔开的皮卡车上找到的几卷胶带和绳子。迈尔斯让搜查了贝尔房间的SLED特工肯·哈本把七条内裤搭在了陪审席的栏杆上。"我们发现赫尔米克小姐被找到时穿着和贝尔的这些完全一致的丝质内衣。"迈尔斯在周四的庭审结束后告诉媒体。

哈本也确认了其他作为证据的物品,包括贝尔卡车上找到的DCE604车牌,这符合瑞奇·摩根目击的字母D;还有从卧室柜子里找到的、装着一把发令枪的白色袋子，一发.22口径子弹，四根五英尺长的绳子；以及贝尔被捕时，在他副驾上找到的刀子。

瑞奇·摩根作证说看见一个男人开车靠近，下了那辆双门的庞蒂亚克大奖赛型号或是雪佛兰的蒙地卡洛汽车，让门开着，然后靠近了德布拉·梅和伍迪·赫尔米克。"我看到的下一件事儿，是那个男人像是要进到他们家一样走近。我以为他是这家的朋友。那个男人弯下身子，从腰部抓起了德布拉，开始向车子跑去。她当时在尖叫踢打。我能看见她的一只脚踢到了车顶上。"当被问到那个男人是否在法庭现场时，摩根指着贝尔："我脑子里没有任何怀疑，就是他。"在贝尔被捕后，电视上一出现他的照片，摩根就知道正是这个男人绑走了德布拉·梅。

在交叉质询中，斯维林问道："他没有做任何事来隐藏自己，对吧？"暗示贝尔一定是精神有问题才会那么显眼。

在陪审团通过耳机听取了相应电话录音后，唐恩——如今被大部分媒体称为"现任南卡罗来纳小姐"——被传唤站上了证人席，她描述了给出找到德布拉·梅尸体的指示的电话。她说自己不怀疑在电话里听到的声音是拉里·吉恩·贝尔的。斯维林没有试图驳斥她的记忆。

列克星敦县治安官办公室的副总警监布奇·雷诺兹作证说，指示去何处寻找两名受害者腐坏尸体的来电都以"仔细听着"开始，显然是来自同一个个体。

希尔达·史密斯在回忆自己同来电者的对话时，泪洒证人席。

在作证开始之前，斯维林已经反对过传唤希尔达或者唐恩，辩称前一桩罪行的证据出于疑罪从无的原则，大体上是不允许被使用的。迈尔斯指出了两起案子的相似之处，认为给出尸体下落的电话是关键证据，把两起案子联系在了一起。里克特法官同意了。

昵称"奇普"的前 SLED 特工拉马尔·普里斯特说德布拉·梅的

一绺头发上有电工胶带或者封口胶带的残留，就是那一绺别在粉色发夹里的头发。考虑到德布拉·赫尔米克之前关于洗自家女儿头发的证词，胶带残留一定是在这姑娘被绑走后才有的。发夹也和母亲的证词相符。

在二十四个由州里传唤的证人中，斯维林只选择了两人进行交叉质询。

星期五，轮到被告方了，但斯维林没有传唤任何证人或者引入任何证据。"法官大人，贝尔先生在此案中将不会进行辩护，"他宣布道，"被告方陈诉结束。"

在面对陪审团的结案陈词中，斯维林说道："我甚至不会请求你们判他无罪。这也许会让你们中的某些人感到意外。我们的策略是不为他所做的进行辩护，但提供一个他为什么这么做的解释。为什么我会出面来为已经发生的事辩护？那是不对的。对此没有可辩护的，我的工作是保护拉里·吉恩·贝尔，确保他得到了他应有的全部法律权利，并且是以有尊严的方式获得的。我认为今天早上，你们针对这个案子只会带着一个裁定回到庭上，所以作为他的律师我不会就此案中已经发生的事进行辩护。但我建议你们，随后我们将会告诉你们为什么会发生这一切。请遵从你们的良心，做出正确的选择。"

在总结和最后的指示之后，陪审团成员退庭去考虑裁定。不久之后，法官和律师就被从正在吃午饭的餐馆叫了回来。陪审团花了大概一小时做出裁定。他们在星期五下午约一点四十五分回到了庭上，带着针对德布拉·梅被绑架和一级谋杀有罪的裁定。希尔达和鲍勃·史密斯坐在德布拉和谢伍德·赫尔米克的正后方。当裁定被读出来时，鲍勃向前倾过身子，捏了捏谢伍德的肩膀。

贝尔没有显出情绪。斯维林前一天晚上已经告诉了他无罪裁定是毫无可能的。他能在审判全程控制住自己的事实，鲜明地对比着他在史密斯一案审判中的表现，再一次显示了他的爆发是有选择的，并且

When a Killer Calls   217

他绝对知道自己在做什么。斯维林后来解释,"我相信贝尔先生如今能控制自己了。我希望他继续保持。"所以,他在第一次审判的整整三周里都是处在精神病发作的时刻?

拉里·吉恩·贝尔被带出了法庭,被允许吃完了他为午餐点的、被陪审团返庭而打断的大份豪华披萨。

在三月三十日星期一的量刑阶段,州里传唤了六名证人,包括精神病学专家约翰·C. 邓拉普博士,他再一次把贝尔定义成了性虐狂。"我在贝尔被捕后检查过他,得出的结论是贝尔知道法律意义上的对与错,并且意识到了犯罪行为的后果。他也许无法控制自己的想法,但显然可以控制自己的行为。他做自己想做的事。在他想做的时候,针对的是他选出的可以满足自己的人。重要的是他对自己已经做出的事缺乏任何懊悔或者遗憾的感觉。"迈尔斯在自己的结案陈词里引用了这段话。

有趣的是,邓拉普的评估实际上对应了1976年6月一份分析贝尔当时状态的保释报告。报告的部分写道:"员工们感觉,被告显然不会对自己的行为感到有罪或者懊悔,而是为他当下的情况责怪他人,这意味着他对他人的巨大危险。"的确如此,而且悲伤的是,报告在1976年具有的预见性,在十年后仍是对的。对我来说,这是我们思考犯罪心理中最重要的点之一。在评估暴力犯罪的精神疾病和过失时,人们经常搞混无法控制自己的行为和感到同情、对其他人类的关怀之间的区别,以及罪犯是否对他们所做之事认罪或者懊悔。

迈尔斯在结束自己对邓拉普的询问时问道:"假设六月十四日在里奇兰县的夏依洛房车营地外,九岁的小女孩德布拉·梅·赫尔米克在大约下午四点于自家院子里玩耍时旁边站着一名警官,贝尔先生会绑走这个孩子吗?"

"不。他显然知道自己正在做的事是非法、不道德的,并且他很快就会被捕。"在执法机构中，我们将这种说法称为"手肘边的警官"，意思是如果一个个体在一名身着制服的警官前依然会犯罪，他显然就是疯了。如果没这么做，他就是有能力控制自己的。

公诉方的另外一名证人，玛丽·简·纽，是穆雷湖附近贝尔频繁光顾的"乔治先生"餐厅的服务员。她说自己完全相信他，认为他是自己的朋友。她回忆了他的父母，玛格丽特和阿奇，在1985年5月31日晚上来了餐馆，请她给他电话问他要不要来"乔治先生"一起吃晚餐。他告诉她说自己在电视上看南卡罗来纳大学在大学生世界大赛中的比赛。那是一场令人激动的比赛，比分以零比零打平。她后来在阿奇的要求下拨回电话询问比分。贝尔复述了那场比赛前五局发生的事儿。当时，莎莉·史密斯要么正被用电线绑着，躺在谢泼德夫妇家客房的床垫上，恐惧万分，等待着自己的命运；要么贝尔已经杀掉了她。

纽说自己曾和贝尔讨论过对自身安全的恐惧，后者同意每晚去检查她的住房。"我信任他，"她说道，"要不是他，我就不敢回家了。"

有人也许会好奇为什么一个如此邪恶的人也能表现得如此友善。这完全不让我意外。这是这类捕食者所追求的刺激的一部分，他能由此感觉到掌握生死的力量：他可以随着心意去拯救，也可以去杀害。两种情形下，他都感觉自己掌握了另外的人，通过他的干预，她归属于了他。

陪审团听取了六段电话录音，其中有贝尔向唐恩描述自己是如何杀死莎莉的那段。斯维林反对播放这些录音，理由是贝尔已经因为那桩罪行被判了刑，这会构成一罪双审。迈尔斯争论说录音展示了贝尔的性格是"恶毒且邪恶的"，而不是精神失常。

量刑阶段最后的公诉方证人是唐恩，她描述了那通带警方找到德布拉·梅尸体的电话。

"在他给出了找到德布拉·梅尸体的指示后，你从这个人这里还接到过任何电话吗?"迈尔斯问她。

"没。那是我们接到的最后一通电话。"

"请再一次告诉法庭,在那通电话里他还对你说了其他的什么。"

"他说下一个就是我。"

和史密斯案一样,我作为收尾的证人被传唤。我再一次在计划出庭作证的前一天乘飞机南下。在到了皮肯斯县后,我和唐尼·迈尔斯短暂地碰了一下,我们对我将要说的都非常有信心,所以并没有必要长时间地规划。我不像和史密斯一家那样,和赫尔米克家有过私人关系。他们也没有被要求参与引出自家女儿的杀手,所以我和德布拉、谢伍德或者他们的小孩没有联系过。但是,受害者的年纪和样子比起莎莉要更像我的两个女儿,因此我既感到了一种联结,也觉得需要通过参与这起案子来帮上些忙。尽管我们已经在史密斯一案上得到了判决,我感觉如果德布拉·梅的正义也要被伸张的话,就必须以类似的有罪判决来划上句点。

在公诉方的部分,贝尔的几名前受害者描述了他对自己或者试图对自己做的事。戴尔·豪厄尔描述自己在从杂货店走回家的路上,贝尔是如何停下一辆绿色大众汽车问她要不要搭车的。当她拒绝后,她说:"他抓住我,在我腹部抵了一把刀子。但我尖叫起来,吓退了他。"

关于1976年的定罪,前第五巡回法务官罗纳德·A.巴雷特回忆了贝尔如何向一名UNC女学生"问方向,而当她没法回答时,他用枪指着她,威胁要射杀她。然后他抓住她,把她拉进了车里。"幸运的是,她成功挣脱,跑开了。

斯维林也安排了差不多的一群精神病学家和心理学家。1979年在夏洛特治疗过贝尔的埃德温·哈里斯博士说,根据他的测试,贝尔在应对女性方面存在问题。"他把女性当做发泄性欲的物品,"他指出,并补充说,"我认为他在精神上非常矛盾、混乱,有精神疾病。"他说贝尔没能很好地融合个性中的男性和女性特质。那可能是真的吧,但这跟他强奸和杀人的冲动有什么关系呢?在交叉质询中,哈里斯承认贝尔依然是可以意识到并明白对和错的区别的。

卢修斯·普雷斯利博士再一次把贝尔定性为控制不了冲动的性虐狂。而罗伯特·萨巴里斯博士称他是"边缘型精神病",但是精神分裂。他表示说,在罗夏克墨迹测验(Rorschach inkblot test)中,"贝尔先生能在好和坏、上帝和魔鬼之间看到很多的冲突"。这可能显示出了精神病学家所做的和我们所做的事之间的区别,因为我看不到那点和控制自己不要去绑架并有条不紊地杀掉另一个人之间的联系。

尽管不被允许就画像本身作证,因为那不能作为罪行的真正证据,但我又一次站上了证人席,这一次是关于我和贝尔在治安官办公室里时,我对他的观察和同他聊天后对他的评估。我说尽管他确实古怪,但看起来精神正常,明白正在发生什么。"他显得利索、有条理,"我说道,"他看起来在一定程度上是善交际和有逻辑的。他显得很是喜欢自己受到关注。"

我再一次解释了我的方法。"我们给他提供了一个合理的挽回面子的场景,某种程度上给了他一个借口。他告诉我自己要为那些死亡负责,但不是这个坐在我面前的拉里·吉恩·贝尔,而是坏的拉里·吉恩·贝尔。在我看来,因为他承认自己参与了这些谋杀,这方法非常有效。"

四月二日星期四,上午十一点三十九分,陪审团退庭去考虑量刑。他们在六十七分钟后结束了商议,所有人都回到了庭上。判决书递给了里克特法官,法庭书记员朗读了出来:"就上述案件,我们陪审团在合理怀疑的基础上发现,被告在实施绑架这一法定严重罪行的同时犯下了谋杀罪,现建议法庭对被告拉里·吉恩·贝尔因谋杀德布拉·梅·赫尔米克判处死刑。"

除了受害者的姓名,这和史密斯一案的陪审团决定一字不差。这是自 1976 年美国最高法院重新允许死刑以来,皮肯斯县判决的第一起死刑。

对裁定和量刑感到满意的我,向迈尔斯、梅茨、麦卡迪和他们的团队道了别,飞回了弗吉尼亚。我们的案件量还在继续增长,我如今还被分配了几个额外的人力,所以最近我有了新的画像特工在行为科学小组接受训练。

第二十六章

量刑之后，贝尔被带往皮肯斯县监狱，再从那儿被带回了哥伦比亚的 CCI。他被两次判处死刑，但现在拜占庭式的（指错综复杂）上诉过程开始了。

在他蹲监狱的同时，夏洛特的警方和公诉人开始更仔细地审视他和两年半前发生的、迄今尚未破获的珊迪·伊莱恩·科尼特一案的关系。重看了对他的询问，调查人员们说贝尔提到了科尼特失踪后现金被从她银行账户里提走的准确细节。他还告诉拉里·沃克警官、州调查局特工史蒂夫·威尔逊，还有梅克伦堡县警长克里斯·欧文斯说，她的绑架者是某个像他的人，但不是他。

沃克报告说："关于案件，他告诉我们的某些事是我们不知道的，要到后来才确认。"贝尔详细描述罪犯一开始是入室盗窃，但看见了科尼特和她的未婚夫。他等到未婚夫离开，然后敲了门。他表示自己开车经过这个社区，决定停下来喝杯酒。珊迪一开始被吓到了，但随后认出了他，让他进了家中。接着他绑住并勒死了她。

这些细节显然符合贝尔的一贯手法，但他通过律师否则了自己涉案。"他在那起案件上一直坚称无辜。"斯维林回应说。夏洛特警方表示他们在该案中没有别的怀疑对象。

尽管经历了这一切，鲍勃·史密斯仍继续在监狱中布道，担任列克星敦县监狱的牧师。唐恩定期和他一起去,有时也会自己去。他还在一家男孩矫正学校组织了一个每周一次的《圣经》学习班,希尔达则负责了一家女子监狱。鲍勃和希尔达一起加入了南卡罗来纳"受害者之希望"董事会,这是一个为暴力犯罪受害者及其家人提供援助和安慰的组织。好几次,当需要通知被谋杀小孩的父母时,治安官梅茨是请鲍勃陪着自己去的。

1987年4月,赫尔米克案结案的同一个月,葛培理布道团访问了CCI。唐恩因为南卡罗来纳小姐这个头衔而成了州内名人,也出席并讲述了莎莉被绑架和谋杀的惨剧。在众多的公开表演和露面之外,她开始录制心灵音乐。在莎莉逝世三周年时,唐恩录制了一首自己写的歌,名叫《姐妹》。

1987年8月24日,经一致同意,南卡罗来纳最高法院维持了贝尔在绑架和谋杀莎莉·史密斯一案中获得的判决。斯维林的上诉理由主要是基于他认为史密斯法官在判定贝尔精神上有能力接受审判这一点犯了错误。

另一上述理由是允许莎莉家人出庭作证,证明她被谋杀对家人造成了影响,在这点上法官有错。刑事司法领域中,有很多人不信任被受害者影响的发言,因为这样的发言可以左右陪审团,因此在审判中造成不公平的环境,哪怕两次被告(指有无上诉发言的两种情况)都被判以同样的罪行。以我的经验看来,我强烈反对这一观点。任何时候当罪犯猎捕受害者时,他就在他们之间创造了一种"关系"。这是一种受害者不想要的关系,但无论如何,就是有了关系。因此,我相信受害的一方在如何处理这段关系中有着不容置疑的权利。法官于此间是要确保这个受到影响的发言的效果不至于太过重要了,但受害者在法庭上应该有和被告一样的权利。

在州一级上诉失败后,斯维林说他现在会进入联邦上诉程序。

"我们感觉其中有了些新的要素,我们将会不断努力。"被告律师说道。

之后的 1988 年 1 月,美国最高法院拒绝考虑贝尔的上诉,否认了贝尔的宪法第六修正案权利受到侵犯这一理由:所谓的侵犯是指在庭审过程中的特定时段,因为观众不被允许进入或者离开法庭,导致他没能获得"公开审判"。

另外一个遗留下来待解决的法律问题是,贝尔是否会在赫尔米克案的所有上诉都完成前因史密斯谋杀案被执行死刑。为了说明一下死刑案件的上诉程序可以变得多么复杂,斯维林表示在史密斯案件的进一步上诉中,自己将不再担当贝尔的律师,因为下一个的上诉理由通常涉及了审判中辩护律师犯下的错误。

"但我还是会继续负责他在赫尔米克案中的上诉,"斯维林解释道,"所以,一方面,我会就第二起判决继续在南卡罗来纳最高法庭进行申诉;另一方面,另外的人会为第一起判决担任司法救济,因为我在其中作为律师的有效性将会遭到质疑。"

1988 年 4 月,埃奇菲尔德、麦科米克和萨卢达县的公共律师汤姆·米姆斯接过了史密斯案的上诉。

下一个月,斯维林在南卡罗来纳最高法庭上争辩,说电话录音在赫尔米克案中不应该被接受为证据。他也反对把绳子和贝尔衣柜里找到的那些内裤作为证据。德布拉·梅的父母安静地坐在法庭里。就我所知,斯维林和他的联席律师约翰·布鲁姆宣称录音是不公正的,因为它们让人注意到贝尔已就之前的相关罪行接受了审判,并被判有罪。这里的逻辑是,贝尔对唐恩描述了莎莉被杀掉的方式,而没有特定证据来证明德布拉·梅是如何死去的。因此,引入这些录音"让陪审团推测在赫尔米克案中可能发生的事,却没有证词证明她如何迎来了死亡"。

唐尼·迈尔斯反驳说,因展示出"同样的计划、情节和动机",

存在允许使用过往案子证据的法庭先例。

上诉过程到了这个阶段,除非你基于"确实无辜"来要求司法救济,否则相比判定被告是否有罪,论点基本上更多是和法律程序有关的。

这一切在进行中时,拉里·吉恩·贝尔在自己的囚室里加入了附近凯斯的布罗德克斯浸会教会。某些教会成员表示反对,但大部分认为这是教会持续进行的监狱布道的自然结果。其他人感觉这是他的律师们为避免死刑的策略。的确有很多囚犯在狱中皈依宗教,或者看起来像是皈依了,因为贝尔一直都宣称和上帝有着特别的联系,还有来自上帝的幻象,我对此不感到意外。他将会在 CCI 中受洗。

1989 年 3 月,唐恩嫁给了威尔·乔丹,她的前室友朱莉当了伴娘。在婚礼仪式上,一根特别的蜡烛为纪念莎莉而燃烧着。在她收到的贺卡中,有一张是拉里·吉恩·贝尔从 CCI 的死囚区寄来的,恭喜她二十五岁生日快乐以及新婚快乐。她没让这张卡片毁掉婚礼。唐恩和威尔夫妻俩一起扩展了后来成为乔丹布道公司的机构,业务是为教堂和公民团体进行演讲和演唱,传递关于信仰的信息,教授忍受生活赋予我们的负担的能力。唐恩和威尔要搬去得克萨斯沃斯堡,后者将在那里的西南浸会神学院(Southwestern Baptist Theological Seminary)攻读神学硕士学位。此时唐恩收到了一封贝尔写来的信。信里引用了《圣经》里关于原谅的内容,而唐恩因他胆敢就此教育自己而备受冒犯。但正如在自己书中所写的,她无法把这封信从脑子里赶出去,不得不质疑自己是不是真的原谅了杀害妹妹的凶手;而哪怕她真原谅了,他也不可能知道。

她觉得自己有必要给他回信,描述上帝的恩典是如何帮她熬过了所有的审判,以及"抵达了我此刻的人生"。她写到自己永远也不会原谅他对自己家庭做的事,她想要他知道她已经原谅了他。她说她为他和他的家人祈祷。"等我停下笔,再读我写的内容后,"她回忆道,

"我感觉一个巨大的负担被卸下了。"

1990年2月临近结束时,南卡罗来纳最高法院就上诉作出判决,认定贝尔在德布拉·梅·赫尔米克谋杀案中得到了合理的审判,做出了和之前维持他在谋杀莎莉·史密斯一案中裁定和量刑一样的决定。十月,美国最高法院维持了贝尔在赫尔米克案中的判决。至此,没有法庭在他涉及的任何法律程序中找到任何可驳回的错误。

1992年6月,夏洛特警方和切诺基县治安官办公室制订了搜查县域内一口废弃水井周围地区的计划。一个线人告诉他们贝尔向自己透露那是他抛弃两具尸体的地方。其中一具尸体,他们认为,可能是珊迪·科尼特的;另一具尸体的身份则不清楚。线人说自己十五岁那年和一个同伴沿着85号州际高速徒步时,被贝尔载了一程。贝尔说自己见到两具尸体被塞到了井里,并已经保守这个秘密有八年之久了,但他的良心最终找上了他。线人报告说当贝尔向他们展示地点的时候,他说道:"如果你们不照着我说的做,那也会发生在你们身上。"

警方不知道他们会找到什么,但时间范围符合科尼特失踪的时间,而我们知道贝尔享受用自己事关性和暴力的话语来逗弄别人的情感。

当时壁虱肆虐、蜜蜂成群,还有炎炎高温,约二十五名警官参加了搜查,试图重新厘清他们认为的贝尔穿过农村土路和茂密树林的路线。他们被一架依照徒步者提供信息前进的直升机引导。然后,调查人员用一台水泵从他们认为是线人描述的水井里抽空了十二英尺深的水。水井距离85号州际高速约有四点五英里。科尼特的兄弟拉里陪着警方,而他的父母在附近的汽车旅馆里等候。

警方利用一台特殊相机扫描了水井,但没有发现什么。两天后,他们叫停了搜查。"我们很确定找到了对的区域,"夏洛特的唐娜·乔布警司声明道,"只是区域里水井太多了。"她说他们将会重新组队,重新审视信息，看能否在其他位置有所收获。

1993年4月，美国最高法院又一次拒绝了就贝尔在史密斯一案中的判决进行听证。此时，唐恩和丈夫威尔·乔丹正在等待他们的第一个小孩降生，那是一个他们已经决定要命名为汉娜·莎伦的小姑娘。

接下来的十月，一名美国地区法庭法官驳回了史密斯案的另一次上诉。

但故事还没有结束。

第二十七章

1995年4月4日，刚好是唐恩的生日，鲍勃·史密斯在后院烤炉上做晚饭时心脏病突发。他当时刚从亚特兰大出差回来。幸运的是，他被及时送到了医院。医生们将心脏病归因于不断累积的极端压力。

1996年9月7日星期五，被判谋杀莎莉·史密斯超过十年之后，在检察官查尔斯·康登·"查理"的要求下，南卡罗来纳最高法院裁定如今已经四十七岁的贝尔的行刑日期为十月四日。康登指出贝尔所有州一级和联邦级的上诉都被驳回了，并评论说："执行陪审团决定的时机成熟了。"

九月十日，贝尔的律师们以要求州巡回法庭就贝尔精神正常与否再进行一次听证为由反对行刑。同时，贝尔已经决定了自己要怎么死。尽管戴维·比斯利州长已经在1995年签署了变更州死刑执行方法的法令，从电椅变为注射死亡，但那些在此之前的判决依然可以选择先前的方法。贝尔选择了电椅。我好奇，以他那怪异的思想，这个选择和他被捕前作为电工的职业是否有关系。他似乎还把那个木质椅子类比成了耶稣的木质十字架。

九月二十七日星期五，在听取了两方专家意见后，戴维·马林法官判决贝尔足够清醒，通过了州里的精神测试。他显然是赞同迈尔斯的，表示贝尔"保留了足够的精神来操纵系统，获取了自己想要的结果"。

在进一步说明中，法官说道："尽管患有精神疾病，但在他想这么做的时候，依然拥有操纵和控制自己回答的能力。他能和自己的律师们沟通绝大部分的信息。"

从自家女儿死后，德布拉·赫尔米克·洛就把德布拉·梅最喜欢的玩偶，拖把头斯科蒂，留在了她位于巴恩维尔家中的卧室里。和谢伍德离婚后，她用回了自己的娘家姓。我见过那么多次儿童的死亡——尤其是死于暴力——这样的悲剧要么让一对夫妇更加亲密，要么就会拆散他们。史密斯夫妇被连在了一起，赫尔米克夫妇就没有这么幸运了。

德布拉手拿那个玩偶告诉《州报》记者约翰·阿拉德："这对我是个安慰。她再不能和我在一起了，而这是第二好的事儿了。我依然在夜里祈祷她会被好好照顾。"1996年10月2日，南卡罗来纳最高法院拒绝重新审阅一名法官就贝尔在精神上是否适合接受死刑的判定，德布拉想着也许在受了超过十一年的折磨后，这一切终于要结束了。同时，贝尔的律师们在准备另一份简报以提交美国第四巡回法庭的上诉庭，要求美国最高法院推迟行刑，此时行刑日期定在十月四日星期五的一早。

德布拉说自己打算出席行刑仪式，哪怕从技术上来讲那针对的是莎莉被谋杀一案。"我就是感觉我应该在那儿让自己圆满。每一天都有一些东西让我想起德布拉。"她承认自己已经原谅了贝尔，但这其中是有着细微差别的。"我意识到我需要原谅他来让自己重归上帝。但行刑不会让我停止想象德布拉如果还活着，现在会在做什么。"

德布拉·梅的奶奶安·赫尔米克说："在他了结之前，对我们来说就不算完。我感觉周五的时候，就要卸下负担了。"

此刻，拉里·吉恩·贝尔在死囚区待过的时间已经长过德布拉·

梅在人世间活过的时间了。

希尔达·史密斯的兄弟里克·卡特雷特计划代表史密斯一家出席。

到了这个时候,关于贝尔的更多背景信息也已经浮现了出来,几乎没有东西让我感到意外。除了对小动物表现出的暴虐残忍,他还在年少和刚成年时性侵过几名女性亲属,后者都被家人强迫不要报告受了侵犯或者进行起诉。其中一个姑娘如今已经成年了,她说他从她五岁到十三岁之间都在猥亵和跟踪自己。后来长大了一点后,她说他把她关在一间卧室里,实施了强奸。

"他一直都知道对错,"《州报》的约翰·阿拉德引用了她的话,"但他控制不了自己的冲动。他状况越来越糟糕,也没有得到治疗。当听到他因谋杀被捕后,我不意外。我知道他逐渐会做出类似的事儿。"

1996年10月2日星期三,南卡罗来纳最高法院拒绝重新审阅马林法官对贝尔是否适合接受死刑的判决,哪怕他患有精神疾病。美国第四巡回法庭的上诉庭驳回了被告律师团队最后关头提交的要求阻止或者推迟行刑的上诉。戴维·比斯利州长的确重新审阅了案件,但拒绝了赦免。

夏洛特的调查人员南下来到哥伦比亚,希望和贝尔的律师们谈判,进行最后一次问询,看是否能让贝尔告诉他们任何关于珊迪·科尼特的信息,包括他是否真的知道尸体在哪儿;以及他对发生在丹妮斯·波奇或者贝丝·玛丽·哈根身上的事有任何信息;或者他是否能告诉他们手上其他悬案的任何信息。

贝尔拒绝就珊迪·科尼特一案或者其他任何案子同夏洛特警方的警探交谈。"我已经和珊迪家人说过了,他们真的大受打击,"夏洛特警方的里克·桑德斯警司说道,"他们知道随着他的死亡一起消失的,还有找到她、让她被安葬的最后机会。"

拉里·吉恩·贝尔身穿一套绿色的连体服走向了电椅。这把椅子是在 1912 年投入使用的。当时的时间在 1996 年 10 月 4 日星期五凌晨一点刚过。在被绑上椅子，戴上用来导通电流，由海绵、金属圈和黑色皮质外层构成的头戴装置时，他看起来平静而顺从。一条连着一个金属片的地线缠在了他右边的小腿上。他没有做出最后的发言，头套被罩在头上的时候，他也没有拒绝。

流程要求三位匿名行刑官进到一间装有朝向行刑室的单向镜的房间，同时按下一个金属盒子上的三个红色按钮。他们中只有一个人会真的触发电椅，因此他们永远不会知道是谁执行了死刑。

贝尔在 2000 伏特电流穿过身体后抽动了起来。他的双手握紧，背部微微弓了起来。然后他就瘫软了。他在凌晨一点十二分被宣布死亡。

"他让我们经历了地狱一般的日子，"治安官梅茨宣称，"史密斯一家原谅了贝尔。我无法原谅。"

任何一个目睹了这些悲剧案件的个体都能自己决定拉里·吉恩·贝尔是否在精神上有病，是否能够逃脱绑架和谋杀莎莉·史密斯和德布拉·梅·赫尔米克的法律和道德责任。既然我们无法真正穿透别人的思想，也就没有绝对的方法来确定这一点。

从我的角度看来，我认为他清楚自己能在电话被追踪到，了解警官们赶到每个地方前能在电话上逗留多长时间，也知道要擦干净电话不留下证据。我认为在因逃脱执法机构的抓捕而获得自信前，他想到了要用电子装置来改变自己的声音。我认为他计划了绑架和谋杀，等到自己有了安全地点再来绑走受害者，采取措施来掩盖自己抛尸的地点，直到清楚腐败会让证据难以获得为止。我认为他预先想到了要变更自己驾驶车辆的车牌来逃避追捕。我认为他不断地、残酷地操纵史密斯一家人，让他们希望莎莉还活着。我认为没有任何一个人，无论他们精神或情绪有多不正常，还能认为绑架、虐待和谋杀两个无辜的姑娘是可以接受。罪犯这么做，是因为这满足了他的需求，哪怕他知道这是错误且邪恶的。

  我认为无论生活给我们发了怎样的一手牌，都可以做出选择。面对恐惧，面对生命过早的终结，莎莉·史密斯以几乎难以想象的优雅、尊严和镇静做出了她的选择。我甚至无法想象，在年幼的德布拉·梅·赫尔米克的脑子里发生过什么，除了恐惧、害怕和痛苦，她应该无法明白发生在自己身上的事。在他那长得多的生命里，拉里·吉恩·贝尔做出了自己的选择。他们都为我们所有人提供了经验和教训。

后　记

1997 年 5 月，鲍勃在南达科他出差时，希尔达·史密斯出现了严重的头痛和恶心症状。唐恩坚持要她就医，开车送她去了列克星敦医疗中心的急诊室。在医院里，希尔达出现了痉挛。检查结果显示她患了脑动脉瘤，需要在第二天进行手术。她被救护车转移到了里奇兰纪念医院，唐恩陪着她，并联系上了父亲，告诉他立刻回家。鲍勃连夜开车到了明尼阿波利斯，赶上了飞往夏洛特的第一班航班。等他到医院时，希尔达已经做好了手术的准备。

她在神经科的 ICU 里待了八天，有两次濒死经历，一共在医院里住了四十六天。她和鲍勃、罗伯特都认为能康复是一个奇迹。

同一年，当时已是受到了任命的牧师威尔·乔丹离开了唐恩，说自己不再爱她了，留给了她两个年幼小孩，分别是一岁和四岁。他后来再婚了。

德布拉·赫尔米克·洛在 1997 年 7 月 8 日嫁给了约翰·哈默·约翰逊。

1997 年 12 月 10 日，她的女儿丽贝卡，通常被叫做"贝基"，德布拉·梅的妹妹，生了一个小姑娘，取名为德布拉。

2003 年，希尔达·史密斯在和卵巢癌搏斗了两年后逝世。

2015 年，治安官詹姆斯·梅茨因在帮助关押于列克星敦县监狱的非法移民免遭联邦监禁的计划中充当的角色而被控罪。他认了罪。

从 1972 年起就担任县治安官，到了六十八岁，他的任期是州史上时间最长的公共服务任期纪录之一，期间他把一个装备不足、缺乏训练、仅有十二名人员的乡村组织改造成了一个现代高效的执法部门，拥有超过三百名人员。尽管有来自社区的超过一百封支持信，还有公诉方和被告律师就梅茨免除服刑的请求，南卡罗来纳区法庭法官泰瑞·L. 武滕还是判了他一年零一天监禁，并处一万美元罚款。刘易斯·麦卡迪作为临时治安官接任了他。梅茨在北卡罗来纳的布特纳联邦监狱服了十个月刑，在 2016 年 4 月因表现良好被提前释放。

刘易斯·麦卡迪在 2018 年 1 月逝世，享年七十六岁。1964 年，他作为巡警开始了自己在执法机构中的杰出职业生涯，1972 年调任到了列克星敦县治安官办公室，直至 1999 年退休。

1975 年的丹妮斯·波奇失踪案、1980 年的贝丝·玛丽·哈根失踪案，还有 1984 年的珊迪·伊莱恩·科尼特失踪案，依然未能破获。

致　谢

我们再次向以下人士表示钦佩和衷心的感谢：我们出色的、眼光敏锐的编辑马特·哈珀，他的才华、洞察力和观点指导着我们的每一步；以及整个哈珀柯林斯出版社/威廉·莫罗出版社/德伊圣家族，包括安娜·蒙塔格、安德里亚·莫里托、丹妮尔·巴特勒、

感谢比安卡·弗洛里斯、凯尔·威尔逊和贝丝·希尔芬。

感谢我们了不起的研究人员和《心理神探》内部编辑安·亨尼根，她从一开始就和我们一起工作，是团队中不可或缺的一部分，这些不过是这本书要题献给她的众多原因中的一部分。

感谢一直支持我们的、足智多谋的经纪人弗兰克·魏曼，以及他在福里奥文学管理公司的团队。

感谢马克的妻子卡罗琳，《心理神探》的"参谋长"和内部顾问。

感谢前特工罗恩·沃克，他是约翰在这些案件中的搭档。还要感谢他们在联邦调查局学院的所有同事。

唐恩·史密斯·乔丹以及整个史密斯和赫尔米克家族，感谢他们的勇气、品质和合作。

有三本书是我们宝贵的资源，我们对它们的作者致以诚挚的感谢：唐恩的《恩典之奇》（十字路口图书，好消息出版社）、她已故的妈妈希尔达·卡特雷特·史密斯的《莎莉的玫瑰》（美国书屋出版社），还有丽塔·Y.舒勒的《米德兰谋杀案》（历史出版社，阿卡迪

亚出版社）。

感谢《哥伦比亚记录报》、《州报》、美联社和所有报纸的记者们，他们辛勤地报道了这一迅速成为南卡罗来纳州史上最大的搜捕行动和最有新闻价值的犯罪故事。

感谢玛利亚·奥斯、珍·布兰克和他们在"承诺电影"的团队，感谢他们不断的帮助、支持和鼓励。

最后，感谢史密斯和赫尔米克案件的整个执法和公诉团队，特别是詹姆斯·梅茨、唐尼·迈尔斯以及已故的刘易斯·麦卡迪和莱昂·加斯科。他们和他们的同事为使世界变得更美好、更安全而奉献了自己的事业和生命。

WHEN A KILLER CALLS

Copyright © 2022 by Mindhunters, Inc.
Published by arrangement with Dey Street Books, An imprint of HarperCollins Publishers.
Simplified Chinese edition copyright © 2024 by Shanghai Translation Publishing House
All rights reserved

图字：09-2022-0628 号

图书在版编目（CIP）数据

杀手来电/（美）约翰·道格拉斯（John Douglas），（美）马克·奥尔谢克（Mark Olshaker）著；李昊译. 一上海：上海译文出版社，2024.6
（译文纪实）
书名原文：When A Killer Calls
ISBN 978-7-5327-9499-7

Ⅰ.①杀… Ⅱ.①约…②马…③李… Ⅲ.①纪实文学—美国—现代 Ⅳ.①I712.55

中国国家版本馆 CIP 数据核字（2024）第 103171 号

杀手来电
[美] 约翰·道格拉斯 马克·奥尔谢克 著 李 昊 译
责任编辑/范炜炜 装帧设计/邵旻 观止堂_未氓

上海译文出版社有限公司出版、发行
网址：www.yiwen.com.cn
201101 上海市闵行区号景路 159 弄 B 座
上海盛通时代印刷有限公司印刷

开本 890×1240 1/32 印张 7.45 插页 2 字数 146,000
2024 年 6 月第 1 版 2024 年 6 月第 1 次印刷
印数：0,001—8,000 册

ISBN 978-7-5327-9499-7/I·5942
定价：58.00 元

本书中文简体字专有出版权归本社独家所有，非经本社同意不得转载、摘编或复制
如有质量问题，请与承印厂质量科联系。T：021-37910000